Kontaktadresse nach EU-Produktsicherheitsverordnung:
produktsicherheit@droemer-knaur.de

AF195472

*Von Regine Kölpin sind bereits
folgende Titel erschienen:*
Oma zeigt Flagge
Oma geht campen
Oma wird Oma

Über die Autorin:
Regine Kölpin, geb. 1964 in Oberhausen (NRW), lebt seit ihrer Kindheit in Friesland an der Nordsee. Ihre Romane spielen überwiegend an der Küste. Sie hat zusätzlich zu ihren Romanen zahlreiche Kurztexte publiziert und ist auch als Herausgeberin und Leiterin von Schreibworkshops tätig. Regine Kölpin wurde mehrfach ausgezeichnet (u. a. Stipendium Tatort Töwerland, Titel: Starke Frau Frieslands). Mit ihrem Mann Frank Kölpin konzipiert sie Musik- und Bühnenprojekte und schreibt die entsprechenden Textbücher und Songtexte. Sie lebt mit ihrer großen Familie in einem idyllischen Dorf in Friesland an der Nordseeküste. Mehr unter www.regine-koelpin.de

Regine Kölpin

Oma tanzt auf Wolke 7

Roman

Besuchen Sie uns im Internet:
www.knaur.de

Deutsche Erstausgabe Oktober 2018
Knaur Taschenbuch
© 2018 Knaur Verlag
Ein Imprint der Verlagsgruppe
Droemer Knaur GmbH & Co. KG, München
Alle Rechte vorbehalten. Das Werk darf – auch teilweise –
nur mit Genehmigung des Verlags wiedergegeben werden.
Redaktion: lüra – Klemt & Mues GbR, Wuppertal
Covergestaltung: semper smile, München Coverabbildung:
© Shutterstock / Eric Isselee;
Aleks Kend; Halfpoint; FlorianKunde; oriontrail
Abbildungen im Innenteil:
Möwen: Pyzhova Olena / Shutterstock.com
Schirm: robuart / Shutterstock.com
Satz: Adobe InDesign im Verlag
Printed in Germany
ISBN 978-3-426-52295-0

1. Kapitel

Jette Blümerant sah aus dem Fenster die Straße zum Bahnhof von Langeoog hinunter. Die Inselbahn war gerade angekommen und spuckte farbenfroh gekleidete Menschenmassen aus. Für eine Weile war viel Leben auf der Straße, aber schon bald würde alles wieder seinen gewohnten Gang gehen.

Jette suchte ihren Lebensgefährten Günther in der Menge. Es dauerte eine Weile, bis sie ihn entdeckt hatte und er auf sie zukam. Ihm folgte eine blonde, junge Frau. Ihre leicht gewellte Mähne reichte bis zum Po, das Gesicht war exakt bemalt. »Wen schleppt er denn jetzt wieder an?«, seufzte Jette. Dass Günther Besuch mitbringen wollte, hatte er ihr nicht erzählt.

Die junge Frau trug eine rosa Rüschenbluse zu hellen Jeans mit weißem Spitzenbesatz, ihre Füße zierten hochhackige Pumps, mit denen sie über die Straße stöckelte und dabei ihr sehenswertes Hinterteil schaukeln ließ. Die sieht aus wie eine Kopie von Marilyn Monroe, dachte Jette. Was auch immer eine solche Person auf die Nordseeinsel verschlagen haben mochte, mit ihren Pumps würde sie jedenfalls nicht weit kommen. Spätestens im Dünensand wäre das Ende eines Spaziergangs mit diesen Fußkorsetts gekommen.

Günther Meilenstein zerrte derweil einen überdimensionalen pinkfarbenen Trolley mit der rechten Hand hinter sich her und balancierte links zugleich ein Necessaire gleicher Farbe aus, das mit langen Schlaufen in seiner Armbeuge hing.

Jette schüttelte resigniert den Kopf und strich sich das dunkle Haar zurück, das sie seit zwei Wochen kurz geschnitten trug. Es war typisch für Günther, ohne Vorwarnung jemanden mitzubringen. Sie vermutete mal wieder einen Notfall, für den sich ihr Lebensgefährte verantwortlich fühlte. Seit Jette und er sich im letzten Sommer nach 30 Jahren wiedergefunden hatten, waren sie eigentlich verliebt wie in jungen Jahren, nur war Günther immer wieder für eine Überraschung gut. Mal sehen, was es mit der Ankunft der jungen Frau auf sich hatte. Im Sommer, als Günther zum ersten Mal vom Festland nach Langeoog gekommen war, hatte er einen großen Metallkäfig dabeigehabt. Darin hockte der Scheidungshamster Emma. Er hatte seiner Nachbarin auf dem Festland gehört, die in Scheidung lebte und eine Zeit lang nicht auf das Tier hatte aufpassen können. Günther, der nie Nein sagen konnte, war deshalb kurzfristig zum Hamstersitter geworden und hatte das Tier samt seinem Luxuskäfig zu Jette auf die Insel geschleppt, bis es wieder nach Hause konnte.

Und diesmal? Das blonde Weibchen würde mehr Platz brauchen als der Käfig. Angesichts des voluminösen Gepäcks sah es nach einer längeren Einquartierung bei Jette aus. Und ihr fiel auf, dass sie längst noch nicht alles entdeckt hatte: Aus der überdimensionalen Handtasche der Blondine schaute ein winziger Hundekopf, der rhythmisch im Takt ihrer Schritte hin und her wackelte.

Jette ging in den Flur und öffnete die Tür ihres kleinen Inselhäuschens. Der Oktoberwind fegte einen kleinen Haufen Blätter herein. Als Günther gleich darauf verlegen vor ihr stand und von der Nachmittagssonne angestrahlt wurde, schwante Jette Übles, denn im Gesicht ihres Lebensgefährten las sie eine Mischung aus schlechtem Gewissen und dem Mut des Verzweifelten.

»Hallo Jettelein«, sagte er mit einem schiefen Grinsen. Wenn Günther schon Jettelein sagte! Ihr wurde warm ums Herz.

»Hallo Günther!« Jette hielt ihm ihre rechte Wange zum Kuss hin.

Er stellte das Gepäck auf dem Gartenweg ab und wollte Jette eben einen flüchtigen Kuss auf die dargebotene Wange hauchen, als er vom entsetzten Schrei des Blondchens davon abgehalten wurde. »Günther, pass auf, dass mein Necessaire sauber bleibt! Du kannst es doch nicht auf dem dreckigen Weg abstellen!«

Verlegen hob Günther das Täschchen wieder hoch und schaute entschuldigend zu Jette. »Schön, dass ich wieder bei dir bin. Ich habe dich so vermisst! Waren sehr lange drei Wochen, meine Liebe. Aber nun habe ich das Haus endlich verkauft.« Günther hatte in Blersum ein kleines Landarbeiterhaus besessen und sich schon seit einer Weile bemüht, es zu verkaufen, weil er ganz zu Jette nach Langeoog ziehen wollte.

Jette schloss ihn in die Arme. Egal, was er ihr gleich offenbarte, sie war glücklich, dass er endlich zurück war.

»Ich freu mich auch«, sagte sie, »sehr sogar!« Dann aber zog sie ihn zu sich heran und flüsterte ihm über das Necessaire hinweg ins Ohr: »Wer ist das, Günther?«

»Ich wollte mich deshalb bei dir melden, Liebes, aber dann haben sich die Dinge überschlagen, und ich bin einfach nicht dazu gekommen.« Er lächelte gewinnend.

»Hast du mal wieder vergessen, dass wir keine Brieftauben mehr losschicken und auch Rauchzeichen nicht mehr zeitgemäß sind?« Jette stupste ihn liebevoll an, schüttelte aber den Kopf. Günther mit seiner Angewohnheit, alles auf die lange Bank zu schieben! Er war zwar ein Tüftler, aber er mochte mit seinen kräftigen Fingerspitzen keine Handytastaturen bedienen.

»Für einen Brief war es zu spät, Jette! Der wäre gar nicht mehr pünktlich angekommen.«

Das Blondchen schabte ungeduldig mit der Pumpsspitze übers Pflaster.

»Na ja, hab ich jedenfalls alles nicht gemacht. Dir Bescheid gesagt und so.« Günther wirkte zerknirscht, und Jette nahm ihn in den Arm. Sie konnte ihm einfach nicht böse sein. »Aber anrufen hättest du schon können! Dann hätte ich etwas für den zusätzlichen Besuch vorbereitet. Du weißt, dass meine Enkel morgen aus Oldenburg kommen und die Herbstferien über bleiben wollen.«

»Stimmt.« Günther legte beim Grinsen sein Gebiss frei, das wie immer glänzte, als wäre es von einer Zahnpasta-Firma gesponsert worden. »An Fenna, Marie und Kilian habe ich gar nicht mehr gedacht!«

»Wie dem auch sei«, sagte Jette resigniert. Es war eben, wie es war. »Willst du uns einander nicht vorstellen?« Sie nickte der jungen Frau zu.

Günther schleuderte sich beinahe das Necessaire gegen das Gesicht, als er auf die Blondine zeigte. »Aber sicher doch. Das ist Walburga.«

»Walburga«, wiederholte Jette. »Willkommen auf Langeoog. Wo kommen Sie her?«

»Kannst du sagen. Ich komm aus Hamburch«, sagte Walburga. »Das ist eine Großstadt.« Sie ploppte eine rosa Kaugummiblase.

Was du nicht sagst!

»Aus Hamburg«, wiederholte Jette dennoch. Dass Günther Verbindungen in diese Stadt hatte, war ihr neu. Sie blickte fragend zu ihrem Lebensgefährten.

»Später«, flüsterte er. »Ich erkläre es dir später.« Er wandte sich Walburga zu, die inzwischen fassungslos auf ihre Pumps stierte, die in einem bunten Blättermeer versunken waren. »Wind kenn ich so 'n büschen«, sagte sie. »Aber nicht so bannig viel davon wie hier.«

Jette trat beiseite und ließ die beiden ins Haus. Es wurde Zeit, dass Günther diesen lächerlichen Kulturbeutel im pinkfarbenen Vintage-Style von seinem Arm bekam.

»Nehmt doch in der Stube Platz!«, forderte Jette sie auf, noch unsicher, ob der Scheidungshamster von diesem bunt getuschten Weibchen getoppt wurde. »Ich koch uns erst mal einen Tee.« Teekochen war immer gut, um die Gedanken zu ordnen. Sie ging in die Küche und stellte den Wasserkocher an. Hatte sie Gäste, machte sie stets den guten Ostfriesentee, exakt drei Minuten gezogen, dann schmeckte er am besten. Sie selbst bevorzugte grünen Tee, er war ihrer Meinung nach verträglicher. Das sagte man aber den waschechten Ostfriesen besser nicht. Es würde als Hochverrat gelten.

Während das Wasser im Kocher erwärmte, räumte Jette hastig die Tarotkarten beiseite, die ihr schon am Morgen eine turbulente Zeit vorausgesagt hatten. Diese Information hatte sie auf die Ankunft ihrer drei Enkel bezogen, die eine gehörige Portion Unruhe ins Haus bringen würden. Eine ihr völlig unbekannte Walburga aus Hamburg hatte sie nicht ins Kalkül gezogen.

Als Jette mit dem Tablett in die Stube trat, fiel ihr Blick auf den Taschenhund, den sie bisher erfolgreich missachtet hatte, der aber tatsächlich lebendig war. Sie mochte Tiere durchaus, nur fand Jette es entschieden besser, wenn sie mit ihren Herrchen oder Frauchen draußen herumliefen und nicht in ihrem Inselhaus in Handtaschen hockten. Allerdings hatte dieses Exemplar gar keine andere Wahl, als dort sitzen zu bleiben, denn sein Gefängnis hatte Walburga an die Lehne des Stuhls gehängt, sodass ein Entkommen unmöglich war. Beim Raushüpfen hätte er sich vermutlich das Genick gebrochen, und so blöd, es zu versuchen, schien er nicht zu sein.

Trotzdem hätten wir dann ein Problem weniger, dachte Jette, schalt sich aber gleich selbst. Das war gemein. Sie setzte sich zu den beiden an den Tisch.

»Bevor ich Tee trinke, muss ich noch für lütte Deerns«, Walburga stöckelte hinaus.

Mach mir mit deinen Absätzen bloß keine Dellen in den Holzboden!

Jette wartete, bis Walburga den Raum verlassen hatte. »Also, Günther, was macht die junge Frau hier? Warum hast du sie nach Langeoog gebracht?«

Günther hob beschwichtigend die Hände. »Immer schön sinnig, Jette.«

Keine Ausflüchte, Günther Meilenstein. Ich will nur die Wahrheit wissen. Einfach nur die Wahrheit!

Günther stockte und schenkte sich eine Tasse Tee ein. Der Kandis knackte laut, als die heiße Flüssigkeit darüberlief. Dann nickte er Jette zu. »Ja, da muss ich dir wohl was erklären.«

»Bitte! Ich warte!«

»Bei der jungen Frau handelt es sich um Walburga. Sie ist … meine Nichte. Also eher eine entfernte Nichte, also die Tochter meines Cousins. Ich weiß nicht, wie man den Verwandtschaftsgrad nennt.« Günther sah betreten zu Boden und schwieg.

Da stimmt doch etwas nicht, dachte Jette, fragte aber erst einmal nicht weiter nach. Sie würde schon noch herausfinden, wie es sich wirklich verhielt. »Lass mich raten: Deine sogenannte Nichte steckt in Schwierigkeiten.«

»Ja, so kann man das nennen.« Günther wirkte erleichtert. »Und da kam sie auf mich, weil sie ja sonst keinen hat.«

»Ist sie auch ein Trennungsopfer wie der Hamster? Oder ein Findelkind wie die Schnappschildkröte, die du nach Bayern bringen musstest?« Jette schüttelte den Kopf. Günther Meilenstein war einfach zu gutmütig und spielte ständig den Retter der Verlassenen. Auch das Hüten dieser Schnappschildkröte war eine Folge seiner Großmut gewesen. Günther zog herrenlose Geschöpfe nahezu an und kümmerte sich rührend um sie. Ein Grund dafür, warum sie ihn so liebte.

Günther lehnte sich zurück und schlug die Beine übereinander.

»Nun erzähl schon!«, forderte Jette ihn schließlich mit warmer Stimme auf.

Günther entspannte sich merklich, als er feststellte, dass Jette nicht sauer war. »Es ist ziemlich kompliziert.«

Das klang nicht gut. Das klang nach Chaos.

»Ich bin gespannt.«

»Stell dir vor, Jettelein«, begann Günther, »Walburga ist schwanger, noch ganz am Anfang, und das arme Ding mag nicht erzählen, von wem.«

Jette schluckte. »Und nun sag mir bitte, wie lange sie hierbleiben soll. Aber bitte gaaaanz langsam, damit ich keinen Herzinfarkt bekomme.«

Günther tätschelte Jettes Unterarm mit seiner kräftigen Hand. »Jettelein, ich kenne dein großes Herz und dachte, ich bring das Mädchen besser mit. Ich hätte ja auch mit ihr auf dem Festland in Blersum bleiben können, bis der neue Besitzer einzieht, weil ich ja ohnehin alles noch weiter ausräumen muss, aber ich wollte zu dir. Außerdem ist es dort mittlerweile sehr ungemütlich. Ich habe schon fast alle Möbel verkauft und … na ja, ich dachte …«

»Günther, wie lange?«, unterbrach Jette ihn.

Er rieb sich das Kinn. »Nun, eben so lange wie nötig.«

»Was heißt das?« Jettes Stimme war jetzt gefährlich ruhig.

»Also, nicht endlos lange. Nur bis das Kind da ist.«

»Günther, ich weiß, dass du keine eigenen Kinder hast. Aber wie lange eine Schwangerschaft dauert, das ist dir bekannt, oder?«

Über Günther Meilensteins Gesicht glitt wieder ein breites Grinsen. »Und ob ich das weiß, Jette. Neun Monate. Ein Pferd trägt etwa elf und ein Elefant sogar zweiundzwanzig lange Monate. Wahnsinn, oder?«

Zum Glück war Walburga kein Elefant.

»Neun Monate sind ziemlich lang. Und danach? Wenn sie keine Familie hat?«

»Danach sehen wir weiter. Schau, Liebes, weil ich nun bald ganz bei dir wohne, habe ich durchaus Kapazitäten für meine schwangere Nichte und ihren Nachwuchs. Das ist wie Opasein um die Ecke gedacht.«

So konnte man das natürlich sehen, nur verspürte Jette gerade keine große Lust auf eine weitere Großelternschaft. Ihre Enkel hatten das Schlimmste schließlich fast hinter sich. Sie pubertierten nur noch zum Teil, Fenna war sogar schon im Endstadium dieses Zustands.

Günther aber hatte alles genau durchgeplant. »Die Kemenate ist doch frei, jetzt, wo ich bei dir im Zimmer schlafe. Ich habe sie ja zusammen mit Marie im letzten Sommer renoviert, es ist das optimale Zimmer für eine junge Frau. Mir waren immer zu viele Spiegel darin.«

Jette winkte ab. Die Kemenate, die sich unten im Anbau ihres kleinen Inselhäuschens befand, hatte sie in diesen Ferien eigentlich für Fenna und Marie vorgesehen, denn das kleine Dachzimmer, in dem sie im letzten Sommer während des Urlaubs gewohnt hatten, war für zwei junge Mädchen recht eng. Kilian aber konnte nach wie vor in seinem kleinen Raum im Dachgeschoss schlafen, dort war er ungestört. Aber nun musste es für die zwei Wochen eben wieder so gehen wie im letzten

Sommer, wenn Walburga in der Kemenate untergebracht werden sollte.

Walburga stolzierte gerade wieder Kaugummi ploppend in die Stube, glitt auf den bereitgestellten Stuhl und streichelte dabei das Köpfchen des Hundes, dem ein wohliges Seufzen entglitt. Er schien zumindest kein Kläffer zu sein – falls er überhaupt bellen konnte, so klein, wie er war.

Die junge Frau sah sich interessiert in der nostalgisch eingerichteten Stube um. »Ist sehr friesisch hier.« Sie zupfte an der weißen Spitzentischdecke. »Aber sonst ist es ja fein auf so einer Insel. Wenn man mal vom Wind absieht.« Aus der aufgehängten Tasche tönte nun doch ein leises Fiepen. Walburga beugte sich zu ihrem Hund hinunter und zog ihn heraus. »Das ist übrigens Mimi, die habe ich euch noch gar nicht vorgestellt. Ein waschechter Chihuahua! Ich habe sie aus Bayern. Aber sie kann nicht jodeln. Bayrische Hunde bellen genauso wie die aus Hamburch.«

Ja nee, is klar …

Der Hund erinnerte Jette eher an eine zu groß geratene, hell gefleckte Ratte. Doch sie biss sich auf die Zunge, wollte es sich nicht gleich zu Beginn mit Walburga verscherzen. Außerdem war es nicht ihre Art, Günther in den Rücken zu fallen. Wohl oder übel mussten sie nun eine Weile miteinander auskommen.

Vielleicht entpuppte sich Günthers entfernte Nichte ja noch als nette, umgängliche Frau, wenn sie ihre Rüschen und Pumps abgelegt hatte. Irgendwann würde sie begreifen, dass ein Spaziergang durch die sandigen Dünen mit Pfennigabsatz kein Vergnügen war. Das hatte noch jede Frau auf der Insel eingesehen, selbst ihre Enkelin Marie.

Jette lächelte Walburga deshalb gewinnend an. Darin war sie gut, immerhin bespaßte sie in ihrem Lädchen täglich die Urlauberkundschaft. »Ich habe eben von Günther gehört, warum du hier bist. Da lassen wir dich natürlich nicht im Stich. Ich habe eine Kemenate, in der kannst du unterkommen. Da hast du Platz und ausreichend Spiegel.«

Ausreichend Spiegel? Was erzählst du denn da?

Die Aussage entsprach zwar der Wahrheit, weil Marie sich dort mit ihren Einrichtungsvorstellungen ausgetobt hatte, nur klang es merkwürdig, das so anzupreisen.

Walburga schien jedoch hocherfreut. Sie setzte Mimi ab, die sich sofort schnüffelnd in der Stube umsah. »Spiegel? Große und kleine? Schminkspiegel?«

»Ja, alles da«, sagte Günther. »Sogar einer mit Vergrößerungsfunktion für den ganzen Körper, nicht nur für das Gesicht. Den habe ich für Marie besorgt, als sie mich darum gebeten hat. Die Kemenate ist also wie für dich gemacht!«

Ein Spiegelkabinett für eine Schwangere! Wie mochte sie mit dem Vergrößerungseffekt wohl am Ende der neun Monate aussehen? Jette wollte nicht darüber nachdenken.

»Kemenate, das ist eigentlich ein Frauengemach auf einer Burg«, stellte Walburga freudig fest. »Da fühle ich mich wie eine Prinzessin. Wenn man bedenkt, wie ich zuvor leben musste!«

Mit Mimi in der Hundehütte?

»Wie hast du denn gewohnt?«

Walburga stöhnte auf. »In einer Einzimmerwohnung mit Etagenklo. Stell dir das vor!« Sie schüttelte sich, und gleich darauf ploppte es wieder. »Aber ein Badezimmer hatte ich. Da war allerdings nur ein Spiegel, furchtbar!«

Günther tätschelte Walburgas Wange. »Du hast freie Hand, wenn du noch etwas verändern möchtest. Schließlich sollst du dich wohlfühlen bei uns! Platz ist genug da.«

Jette biss sich erneut auf die Zunge. Im Prinzip hatte Günther recht: Schwangere, die sich nicht wohlfühlten, mutierten aus Hormongründen zu Bestien. Es war also besser, sie beugten dem vor. Sollte sie doch Samtvorhänge und Troddeln in der Kemenate verteilen, wenn das gut für ihr Seelenheil war.

»Wir müssen vermeiden, dass du unter Druck stehst, das schadet dem Ungeborenen«, klugscheißerte Günther.

Wie viele Schwangerschaften hat der Mann wohl schon hinter sich?, dachte Jette grimmig.

Walburga hüpfte derweil aufgeregt auf und ab wie ein kleines Kind, das auf den Weihnachtsmann wartete. »Kannst du mir die Kemenate schnell zeigen? Ich müsste mal die Füße hochlegen. Die Waden schwellen immer so an, wenn man in anderen Umständen ist.« Sie strich sich mit dem Handrücken über die Stirn. »Schwanger sein ist echt anstrengend. Man hat ja auch mehr Gewicht!«

Aber wo?, fragte sich Jette und musterte den flachen Bauch, der bislang keine schwangeren Anzeichen aufwies. Auch die geschwollenen Beine waren nicht vorhanden. »Wie weit bist du denn inzwischen?«, fragte sie.

»Zwölfte Woche, sagt der Arzt. Und der muss es wissen. Er hat ja Baby-TV gemacht.«

»Baby-TV?«, hakte Jette nach.

»Ja, das mit dem ekeligen Gel auf dem Bauch und dann das Ding zum Reinleuchten.« Walburga ploppte.

»Ultraschall, meinst du?«

»Genau, so hieß das. Ich habe eine kleine Bohne im Bauch, in der ein Herz schlägt!«

»Gut, also zwölfte Woche«, wiederholte Jette. Innerlich aber frohlockte sie: Neun Monate weniger drei machte nur noch sechs. Das klang doch schon besser.

»Ich bekomme bestimmt bald einen Bauch, und man kann es nicht mehr übersehen. O Mann, dann brauche ich so viele neue Klamotten! Man passt ja nirgends mehr rein!« Walburga fasste sich theatralisch an die Stirn. »Und wie man dann aussieht! Ich plane aber, mich bis zum Ende der Schwangerschaft zu pflegen.«

»Das ist eine wunderbare Idee«, sagte Günther. »Du hast es wirklich nicht leicht, aber wir sind für dich da.«

Kann der nicht mal wieder in der Günther-Tonlage reden?

»Ja, das weiß ich zu schätzen.« Walburga seufzte. »Der Vorteil später, wenn man es sieht, wird aber sein, dass andere mehr Rücksicht auf mich nehmen. Wenn man sieht, was ich so mitschleppe, meine ich.«

Jette verkniff sich wieder einen Kommentar. »Dann komm mal mit in die Kemenate!«, forderte sie Walburga auf. Günther schleifte den Trolley und das Necessaire hinterher.

»Das ist ja ganz entzückend!«, trällerte Walburga, als sie den Raum sah. Sie ließ ihr Hündchen zu Boden und stellte sich gleich vor die beiden großen Spiegel. Walburga drehte und wendete sich und fiel in einen leisen Singsang, der eindeutig Wohlbefinden ausdrückte.

»Um sechs mache ich was zu essen«, unterbrach Jette sie. »Gibt aber nur Brot, Butter, Wurst und Käse. Morgen früh kommen übrigens meine Enkel für die Herbstferien zu Besuch.«

»Ach wie süß! Wie alt sind sie denn?«

»Achtzehn, siebzehn und zwölf.«

Walburga stutzte kurz. »Dann wohl eher nicht süß. Aber Leben in der Bude!«

Dem hatte Oma Jette nichts entgegenzusetzen. Gar nichts.

2. Kapitel

Grete Eberle reckte neugierig den Hals. Da hatte Jette Blümerant doch tatsächlich Besuch bekommen!

Wen hatte Günther Meilenstein denn bloß angeschleppt? Dem Umfang des Gepäcks nach blieb die junge Dame wohl etwas länger. Von Weitem wirkte die Besucherin äußerst attraktiv, und wie niedlich dieser Hundekopf aus der großen Tasche lugte!

Junge, offenbar ungebundene Frauen (ob das mit dem »ungebunden« zutraf, galt es natürlich noch herauszufinden, aber außer Günther Meilenstein war schließlich kein Kerl in ihrer Nähe gewesen) waren für Frau Eberle stets von großem Interesse. Schließlich war ihr Sohn Eberhard noch ledig. Und der hatte für bald sein Kommen angesagt. Welch Glückes Geschick. Frau Eberle rieb sich die Hände.

Ihr Eberhard war schon viel zu lange Junggeselle und sie als seine Mutter mittlerweile der Ansicht, er müsse endlich unter die Haube kommen. Frau Eberle wünschte sich Enkel, und das, so rasch es ging. Es gab aber noch einen zweiten Grund für ihren Wunsch, Eberhard bald verheiratet zu wissen: Sie liebte Hochzeiten! Die Planung, die Vorbereitung des Festmahls, Brautkleider, die Roben der Trauzeugen … Allein die Vorstellung: ihr Sohn im schwarzen Anzug neben seiner wunderschönen Braut, natürlich ganz in Weiß mit einer langen Schleppe ...

Das alles hatte Frau Eberle bei ihrer Hochzeit nicht gehabt. Sie hatten nur mit zwei Trauzeugen und ihren Schwiegereltern in Bad Urach in der Schwäbischen Alb geheiratet. Ein kleines Essen, und dann war alles auch schon beendet gewesen. Keine neckischen Spielchen wie »Wadenraten«, wo die Braut mit verbundenen Augen und auf allen vieren aus den Waden der verschiedenen männlichen Gäste die ihres Gatten erraten musste.

Das Spiel musste damals schon mangels Masse ausfallen, es gab ja nur vier Wadenpaare. Die von August, die ihres Schwiegervaters, der rechts zudem eine Prothese trug, die dürren Stelzchen des einen Trauzeugen und die fleischig behaarten des anderen. Da wäre nicht viel Stimmung aufgekommen. Grete hatte sogar das gebrauchte Brautkleid einer entfernten Cousine tragen müssen. August, Gott habe ihn selig, war ein Sparfuchs gewesen, aber auch vor zehn Jahren von ihr gegangen. Er konnte Eberhard also die Hochzeit nicht mehr verderben. Es hatte manchmal auch sein Gutes, rechtzeitig Witwe zu werden. Das sagte Grete Eberle natürlich nicht laut.

Aber für ihren Sohn würde sie, sollte er denn endlich eine Braut nach Hause bringen, eine Hochzeit sondergleichen arrangieren! Eine mit den besten Gerichten der schwäbischen Küche und sämtlichen Ritualen ihrer Heimat. Sie experimentierte schon seit geraumer Zeit an einer Kreation der perfekten Hochzeitstorte herum. Ihr Geheimrezept, das sie erst bei Eberhards Hochzeit zu lüften gedachte. Und dann natürlich alle anderen Köstlichkeiten!

Grete lief beim Gedanken an die schwäbische Hochzeitssuppe schon das Wasser im Mund zusammen. Das konnten die hier im Norden nicht. Diese feine Fleischbrühe mit Brätknödeln, Maultaschen und Geigenknödeln aus Grieß und Mutschelmehl!

Oder eine Flädlesuppe mit Pfannkuchenstreifen. Hier in Norddeutschland gab es ständig Fisch und im Winter Grünkohl oder »Updrögt Bohnen«. Oder Hüdel mit Speck und Birnen. Lauter komische Sachen.

Frau Eberle beschlich bei diesen Gedanken eine schier unerträgliche Sehnsucht nach schwäbischem Essen. Und nach den Bergen, den Bächen und den Fachwerkhäusern in Bad Urach.

Wenn es ihrer Lunge hier nicht besser gehen würde, wäre sie längst wieder dort, wo die Sommer noch echte Sommer und die Winter noch echte Winter waren. Na ja, meistens jedenfalls. Da sie nun aber auf dieser Insel lebte, musste sie sich die Situation schönreden, und mit dem Gedanken an eine bevorstehende Hochzeit ging dies erheblich leichter.

Und jetzt bestand die Möglichkeit, dass die zukünftige Braut ihres Sohnes gerade nebenan bei Frau Blümerant Quartier bezogen hatte!

Wieder reckte Grete den Kopf, doch die Herrschaften waren ins Innere des Hauses verschwunden. Sie musste unbedingt einen Weg finden, die junge Frau näher in Augenschein nehmen zu können. Bis zum Eintreffen ihres Sohnes sollte sie alle wichtigen Informationen zusammengetragen haben. Dann konnte sie alles so hinbiegen, dass Eberhard sich nur noch zu verlieben brauchte.

Grete schlüpfte in ihre Strickjacke. Sie würde sich unauffällig in Richtung Nachbarhaus bewegen. Die junge Frau hatte ihr schon rein optisch gut gefallen. Ansonsten war es schwierig, auf der Insel eine attraktive Frau zu finden. Die Urlauberinnen und Inselfrauen durchlebten hier nämlich binnen kürzester Zeit eine Art Mutation. Oft kamen sie durchgestylt an, und schon am nächsten Tag erkannte man sie gar nicht wieder. Es gab fast ausschließlich Frauen in Turn- oder Wanderschuhen auf Langeoog. Alle trugen wetterfeste Wind- oder Fleecejacken! Dazu hatten sie Tücher oder Stirnbänder in ihrem Haar, und das war immer, wirklich immer vom Wind zerzaust. Auf dem Rücken schleppten fast alle einen Rucksack. Aber niemand trug eine so hübsche Tasche, aus der auch noch ein Hundekopf schaute.

Grete knöpfte die Strickjacke zu. Wenn sie sich drüben etwas ausborgte, konnte sie sich unauffällig ein Bild von Frau Blümerants und Herrn Meilensteins Besuch machen.

Draußen wehte Grete der typische kräftige Nordseewind entgegen, an den sie sich nie gewöhnen würde. Jetzt im Herbst war er besonders unangenehm. Sie stemmte ihren rundlichen Körper gegen die Windböen an und huschte über den schmalen Gehweg zu Jette Blümerant. Dort drückte sie entschieden auf den Klingelknopf.

Kurz darauf öffnete ihre Nachbarin die Tür. Frau Blümerant machte einen gehetzten Eindruck, den man normalerweise nicht von ihr kannte. Schließlich hockte sie ständig über ihren Tarotkarten, flößte sich irgendwelche Wellness-Tees ein und wirkte stets tiefenentspannt. Jette Blümerant war wirklich eine Frau für sich. Allein die Klamotten, die zwar bequem aussahen, aber für Gretes Geschmack doch eine Spur zu farbenfroh und zu alternativ waren. Immer diese bunten Leinenhosen und diese weiten Kasacks! Jette Blümerant war keine Frau von Welt, aber zumindest eine, der es ziemlich egal war, was andere von ihr dachten.

»Frau Eberle, was für eine Überraschung! Was kann ich für Sie tun?«, flötete ihre Nachbarin, die heute ausnahmsweise eine Jeans trug. »Brauchen Sie mal wieder etwas Mehl oder Zucker?«

Grete nickte, obwohl es ihr für einen Augenblick unangenehm war, dass sie so oft zum »Leihen« rüberkam. Sie nutzte die Ausrede stets, wenn sie Lust auf ein Schwätzchen hatte.

»Was fehlt Ihnen denn diesmal, Frau Eberle?«, fragte Jette Blümerant mit dem immer gleichen Lächeln im Gesicht.

Grete strich sich mit dem Handrücken über die Stirn. »Es ist mir tatsächlich äußerst unangenehm. Aber mir ischt das Mehl knapp gworden.« Sie verbesserte sich. »Mir ist das Mehl knapp geworden.« Schließlich wollte sie verstanden werden. Verstohlen linste Grete ins Haus, doch von Frau Blümerants Besuch war nichts zu sehen.

»Dinkel oder Weizen? Welche Sorte brauchen Sie? Ich habe beides da.«

»Ich bin Schwäbin, das wissen Sie doch«, antwortete Grete im besten Hochdeutsch, um einen guten Eindruck zu machen, falls die junge Frau gleich um die Ecke bog. »Ich koch und back noch richtig nach alter Manier. Also Weizenmehl, bitte.« Sie folgte Frau Blümerant in die Küche, die modern war und gleichzeitig einen Hauch von friesischer Gemütlichkeit hatte. Grete war schon ein paarmal hier gewesen, war aber immer wieder aufs Neue überrascht, wie Jette Blümerant es verstand, mit wenigen Kleinigkeiten eine solche Behaglichkeit zu verbreiten. Eine Kaffeemühle hier und eine Teekanne da. Ein Blumenstrauß an der richtigen Stelle platziert und die Farben von Gardinen und Wand perfekt aufeinander abgestimmt.

»Brauchen Sie sonst noch was, Frau Eberle?« Jette Blümerant war in der Speisekammer verschwunden, die direkt an die Küche grenzte.

»Nein, nur das Mehl.« Grete dachte rasch nach. Sie musste den Besuch noch etwas hinauszögern, damit sie was über die junge Frau erfuhr. Sie entschied sich für die Gut-Wetter-Taktik.

»Hübsch haben Sie es hier, Frau Blümerant. So gemütlich.« Grete biss sich auf die Zunge – das hatte sie beim letzten Mal auch schon gesagt.

»Danke, ich brauche einfach ein solches Umfeld.« Ihre Nachbarin tauchte mit der Tüte Mehl in der Hand wieder aus der Speisekammer auf. Sie schaute Grete abwartend an. Ihrer Haltung nach plante sie allerdings kein Schwätzchen, sondern sah sich immer wieder um, als erwarte sie jemanden. Das konnte ja nur der Besuch sein, es galt also, noch ein paar Minuten hierzubleiben.

Grete stellte sich Frau Blümerant direkt in den Weg. Vor lauter Aufregung vergaß sie, im reinen Hochdeutsch zu schwätzen. »Wissen Sie, ich möchte so ein richtig schwäbisches Essen zaubere. Mein Eberhard kommt bald, und ich muss ein paar Rezepte ausprobiere. Extra aus Bad Urach kommt er gereist. Von so weit. Da ischt er ja lange unterwegs, der Bub. Also soll er was Gescheites zu essen bekomme.« Kurze Pause, dann hatte sie sich wieder gefangen. »Wissen Sie was, Frau Blümerant? Ich lade Sie für morgen Abend zu mir zum Essen ein. Um sieben Uhr?«

Ihre Nachbarin überlegte kurz. »Morgen kommen meine Enkel, und außerdem haben wir heute unverhofften Besuch erhalten. Eine entfernte Nichte von meinem Lebensgefährten ist da.«

Grete runzelte die Stirn. Sie hatte es sich gerade so schön vorgestellt, den Abend mit ihren Nachbarn und nicht allein zu verbringen. Sie wohnte erst seit zwei Monaten hier und hatte noch nicht allzu viele Bekanntschaften geschlossen. »Geht es denn wirklich gar nicht?«

Jette Blümerant sog die Luft ein. »Also gut. Wir kommen. Muss ja kein allzu langer Abend werden, und meine Enkel kennen sich hier bestens aus!«

Grete schaute zum Flur. »Sie haben also Besuch von Herrn Meilensteins Nichte?«

»Ja, sie kommt aus Hamburg.«

»Aus der Großstadt. Das ist ja interessant.« Grete nahm ihrer Nachbarin die Mehltüte aus der Hand. »Wie lange bleibt das Mädel denn?«

»Sechs Monate«, sagte Frau Blümerant.

»Das ist aber lange! Wie wunderbar für Sie: ein bisschen Leben im Haus, nicht wahr?« Grete lachte laut auf.

Frau Blümerant komplimentierte sie in Richtung Haustür. Schade, sie hätte Günther Meilensteins Nichte gern kennengelernt, wo er selbst doch auch eine so stattliche und überaus freundliche Erscheinung war. Aber wenn das junge Mädchen sechs Monate blieb … Sie würde schon einen Weg finden.

Jette ging in die Stube und goss sich ein Glas Wein ein. Dann wählte sie den Sessel, der am Fenster stand, und setzte sich. Vor dem Abendessen trank sie sonst nie, aber besondere Vorkommnisse erforderten besondere Maßnahmen. Ab morgen würden ihre drei Enkelkinder und eine schwangere Walburga, die offenbar nicht mit dem Hirn, sondern mit den Fingernägeln dachte, ihr kleines Inselhaus bevölkern. Super Aussichten für die nächste Zeit. Hätte Günther sie zuvor doch wenigstens mal gefragt, ob sie Kapazitäten für eine Schwangere hatte!

Für eine, die einfach nur schwanger war, bestimmt. Aber für ein Wesen wie Walburga mit ihrem rosa Kaugummi … Jette trank am besten noch einen Schluck!

Sie hatte für diesen Herbst ganz andere Pläne gehabt. Zum einen wollte sie neuen Schmuck entwerfen, denn die schönsten Modelle in ihrem kleinen Lädchen gingen zur Neige. Sie plante, in Kürze die Kollektion zu erweitern. Jette hatte zudem ihre Leidenschaft fürs Stricken und Häkeln wiederentdeckt, und bis zum nächsten Frühjahr wollte sie eine kleine Ecke in ihrem Laden für handgefertigte Modelle einrichten. Kleine Tücher, Mützen, Schals, Pullunder. Alles in speziellem maritimem Design. Oder auch ganz kunterbunt, so wie sie es selbst gern trug. Sollte das funktionieren, hätte sie auf der Insel ein Alleinstellungsmerkmal. Es spukten ihr unendlich viele Ideen durch den Kopf, denen sie sich jetzt, da sie zwei Tage in der Woche im

Laden eine Aushilfe hatte, die zudem überaus flexibel war, widmen konnte. Der Herbst und frühe Winter war die ideale Zeit dafür.

Doch seit zwei Wochen wurde sie von dieser Frau Eberle verfolgt! Nachdem sie sich eingelebt und eingerichtet hatte, war ihre Nachbarin offenbar auf Kontaktsuche. Nun hatte sie auch noch Walburga gesehen, und neugierig, wie sie war, würde sie die Besuche intensivieren, um alles über Günthers Nichte herausfinden.

Jette seufzte. Frau Eberle war im Grunde eine liebenswerte Person, aber sie steckte ihre Nase in alle Dinge ein wenig zu tief hinein. Und dann ihre Schwärmerei vom Ländle mit all seinen Hügeln! Es musste nach ihren Aussagen wahrlich das Paradies sein. Doch da Jette schon das Erklimmen von Deich und Dünen reichte, hatte Frau Eberle vermutlich eine andere Vorstellung vom Garten Eden als sie.

Wenn Jette Zeit hatte, hielt sie zwischendurch dennoch gern mit ihrer Nachbarin ein Schwätzchen, vor allem, weil sie deren Dialekt so mochte. Wenn Frau Eberle sprach, klang das immer so weich wie ein Teller voll Spätzle. Und die von Frau Eberle waren hervorragend. Letzte Woche hatte sie Jette eine Portion vorbeigebracht, und damit war ihre gute Nachbarschaft aus Grete Eberles Sicht vermutlich auf ewig besiegelt.

Jettes Blick schweifte zum Fenster. Auf der Straße tummelten sich etliche Feriengäste, doch es war schon erheblich ruhiger als in den Sommermonaten. Die Bollerwagen rumpelten über das Pflaster, vorbei an den Pferdekutschen, die auf Kundschaft warteten. Es war ein Erlebnis, mit der Kutsche zur Meierei zu fahren und dort einzukehren, bevor man sich zu Fuß weiter in Richtung Osterhook aufmachte. Jette liebte die kargen Dünenlandschaften Langeoogs, die sich über die gesamten vierzehn Kilometer der Insel erstreckten und nur vom Schloppsee kurz hinter dem Ort durchbrochen wurden. Sie mochte aber auch das Wattenmeer, das sowohl bei Flut als auch bei Ebbe seinen Reiz hatte.

Ein kräftiges Hämmern unterbrach Jettes Gedanken. Im Nebenhaus zur Linken wurde gearbeitet. Auch dort zog ein neuer Nachbar ein. Gestern waren die Möbelkisten mit der Fähre gekommen, nachdem sich in den letzten Wochen die Handwerker die Klinke in die Hand gegeben hatten.

»Wonach hältst du Ausschau?« Günther war hinter Jette getreten und massierte leicht ihren Nacken. Sie schloss die Augen. Das tat gut.

»Mal sehen, was der neue Nachbar für ein Mensch ist. Ist ja immer wieder spannend«, sagte Jette und deutete mit einer leichten Kopfbewegung hinüber. »Möchtest du auch ein Glas Wein?«

»Gern!«

Jette holte ein bauchiges Glas und schenkte ihrem Lebensgefährten Wein ein.

Günther setzte sich ebenfalls und prostete ihr zu. Dann sah er wieder aus dem Fenster. »Bin gespannt, ob er sich mal vorstellt.«

Jette stimmte ihm zu. »Das wäre nur schicklich. Wir leben hier auf engstem Raum, da finde ich es schon gut zu wissen, mit wem man es zu tun hat. – Schau, da ist er!«

Aus dem Nachbarhaus trat ein stämmiger Glatzkopf. Er sah sich mit einem Gehabe um, als kontrolliere er sein Königreich.

Jette schüttelte den Kopf und schob Günthers Hand von ihrem Nacken. »Das gibt es doch gar nicht!«

»Was denn?«

»Guck dir den Mann mal an!«

Der gab gerade den Bodybuilder und ließ die Muskeln spielen. Trotz der Kälte trug er nur ein sehr knappes T-Shirt, das die Oberarme freigab.

»Der könnte glatt Horstis Bruder sein«, entfuhr es Jette. »Dein Kumpel spielt doch auch ständig Tarzan.«

»Ach was! Horsti ist ein ganz anderer Typ. Er hat doch so wunderbare, silbergraue Locken. Der Kerl da hat eine Glatze«, entgegnete Günther abfällig.

»Ich rede doch von dem Affengehabe. Du siehst nur die Äußerlichkeiten, wir Frauen hingegen schauen genauer hin. Guck ihn dir doch an!«

Der Mann ballte nun die Faust und blähte den tätowierten Schiffsrumpf am Oberarm vom Segelboot zum Tanker auf.

»Sag nicht so gemeine Sachen über Horsti! Er ist mein Freund.«

Jette zog die Brauen hoch. Ja, Horsti war Günthers Freund, und er war so ziemlich der einzig echte Streitpunkt zwischen ihnen. Jette hielt ihn für einen Angeber. Horsti hatte reich geerbt, trug seinen Reichtum gern offen zur Schau und hielt sich zudem für unwiderstehlich. Er kreuzte die gesamte Sommersaison über mit seiner protzigen Motorjacht zwischen den Ostfriesischen Inseln herum. Was Günther derart an ihm faszinierte, würde sie wohl nie verstehen.

»Mein Freund Horsti aus alten Kindertagen«, begann Günther, »weiß echt viel und ist sehr gebildet.«

»Horsti hat sämtliche Zitate, die er immer von sich gibt, auswendig gelernt und tut so, als hätte er die Weisheit mit Löffeln gefressen«, konterte Jette. »Als Intelligenz würde ich das nicht bezeichnen, aber er ist mit allen Wassern gewaschen, das stimmt.« Sie legte ihre Hand beschwichtigend auf Günthers Unterarm. Obwohl dessen Freund Horsti ein Schlawiner war wie aus dem Bilderbuch, stand ihr Lebensgefährte immer hinter ihm. Egal, was Horsti tat oder sagte: In Günther hatte er den treusten Freund der Welt.

»Hast du von ihm eigentlich mal wieder was gehört? Er war in den letzten zwei Monaten gar nicht mehr auf Langeoog.«

Zum Glück!

Günther lief rot an. Seine Finger huschten über die Lehne des Sessels und fummelten einen Fussel herunter.

»Sag schon! Ich sehe doch, dass du etwas weißt.«

»Nun ja …«

»Hm?«

»Also, das ist wirklich ein Zufall.«

»Was ist ein Zufall, Günther?«

»Nun, wir reden gerade über ihn und …«, druckste er herum.

»Und?«

Günther schluckte und schien dann seinen ganzen Mut zusammenzunehmen. »Der Zufall ist: Horsti hat sich tatsächlich gestern bei mir gemeldet. Er war lange unterwegs.«

»Komm auf den Punkt!«

»Ja, Jette, was ich sagen will, ist: Er kommt mit der nächsten Flut. Die Saison ist ja bald vorbei, da möchte er noch einmal Langeoog besuchen.«

Jette pustete die Luft aus. Walburga war noch nicht das Ende der Fahnenstange, es kam noch dicker! Sie hätte es wissen müssen! Ihr blieb wirklich gar nichts erspart.

Günther schenkte sich ein zweites Glas Rotwein ein. »Horsti sagt, er habe eine Überraschung für uns. Die werde uns alle aus den Socken hauen«, erklärte er und küsste Jette auf die Wange. »Egal, was es ist, er hat seine Jacht und muss nicht bei dir wohnen wie Walburga. Mit Horsti hast du gar keine Last!«

Wer's glaubt, wird selig. Mit Horsti von Hinten hatte man immer seine Last.

»Ich mache jetzt mal was zu essen. Nicht, dass unsere Schwangere noch unterzuckert wird und womöglich vom Fleisch fällt.«

Doch Günther hielt Jette zurück. »Ich wollte dir noch etwas sagen …«

»Noch etwas? Findest du nicht, dass es für heute schon ausreichend Mitteilungen waren? Viel mehr hält mein Nervenkostüm nicht aus.«

In Günthers Augen schimmerte es verdächtig. »Ist was ganz anderes. Eher persönlich, wenn man das so nennen will.« Er nahm Jettes Hand.

»Ach Günther! Hast du einen weiteren Rasenmähroboter erstanden? Einen Regenwurmschreck gebaut, oder ist dir eine elektronische Lösung für das Raustragen der Mülleimer eingefallen?« Jette schob seine Hand sacht fort und stand auf. »Ich gehe jetzt mal in die Küche.«

»Nein, Liebes. Mein Plan sah so aus, dass ich eigentlich …«

Jette überkam Mitleid, und sie drehte sich im Türrahmen noch einmal um. Dieser Blick! Nein, sie konnte ihm nicht böse sein. Am liebsten hätte sie ihn jetzt schon wieder geknuddelt. »Nun sag schon, was du loswerden willst.«

Günther stellte das Glas ab und folgte ihr. »Nun, wir beide haben uns im Sommer wiedergefunden, nach all der langen Zeit, und nun ist mir …«

Eilige Schritte unterbrachen seine Ausführungen. »Günni, Jette! Mir ist schlecht!« Walburga stürzte in die Stube und beugte sich über die Sofalehne.

»Ich glaube, wir müssen unser Gespräch verschieben.« Jette drängte Günther beiseite und stürzte in die Abstellkammer, um einen Eimer zu holen. Nicht, dass Walburga sich auf den Teppich übergab!

»Ihr kommt sicher ohne mich klar. War ohnehin nicht so wichtig. Ich wollte dir nur auch noch sagen … Ach, ein anderes Mal.« Günther verschwand mit gesenktem Kopf aus der Stube.

Jette sah ihm gedankenverloren nach, während sie Walburga den Eimer reichte. Doch der ging es ganz plötzlich besser. »Geht schon wieder. Ich muss wohl mal an die frische Luft!« Sie verschwand durch die Terrassentür in den Garten.

»Ja, mach nur«, murmelte Jette und bekam Günthers Gesichtsausdruck nicht aus dem Kopf. Hätte er Blumen in der Hand gehabt, hätte sie gedacht … Aber ohne Blumen? Nein, Günther würde so etwas niemals ohne Blumen machen. Ach was: Günther und ein Heiratsantrag, das war so wahrscheinlich wie die Vorstellung, sie würde ein Pfeifchen rauchen, um dem Ganzen hier Herr zu werden. Außerdem war da dieser eine Satz gewesen. *Ich wollte dir nur auch noch sagen …* Jette winkte ab. Aus Günther wurde man manchmal nicht schlau.

3. Kapitel

Jette war sehr früh aufgestanden und hatte allein in aller Frühe ihren grünen Tee genossen. Die Tarotkarten sagten für diesen Tag nichts als Unruhe vorher. Nachdem sie Günther und Walburga das Frühstück in der Küche bereitgestellt hatte, machte sie einen Abstecher zur Kemenate. Die junge Frau war bereits im Bad. Jette stieß die Tür mit der Fußspitze auf, kam aber nicht weit, weil ein Schuh das weitere Öffnen verhinderte.

Jette hob ihn auf und schlüpfte in den Raum. Sie rümpfte vor Entsetzen die Nase, als sie sah, was Günthers Nichte in so kurzer Zeit aus dem renovierten Zimmer gemacht hatte. Walburga hatte es wirklich nach ihren eigenen Vorstellungen zum Schloss umgebaut.

Auf dem sonst blauen Sofa lag eine Mohairdecke in undefinierbaren Quietschfarbtönen – eine Mischung aus Pink und Rosa, aber auch andere Rottöne waren zu erkennen. Auf der Decke wiederum hockten rosa Fellhasen. Auf dem kleinen runden Tischchen und den zwei Kommoden lagen rosa Tüllstücke, gespickt mit glitzernden Kerzenständern. Kurz gesagt: Das Zimmer bestand nur noch aus rosa Tüll und Plüsch, was das Auge des Betrachters echt an die Schmerzgrenze führte.

Jette betrachtete Walburgas Koffer und fand es trotz dessen unglaublicher Größe sensationell, wie es Günthers Nichte gelungen war, derart viel unnützen Kram zusätzlich zu den Anziehsachen in den einen Koffer zu quetschen.

Jetzt blieb Jettes Blick an einem Märchenschloss hängen, das seitlich von Walburgas Bett aufgebaut war. Wo auch immer Günthers Nichte die zusammenklappbare Hundebox im Design von Neuschwanstein aufbewahrt hatte! Aus dem Schlosstor, das mit Kunstrosen umrankt war, schaute der kleine Mimikopf.

Hinzu kam das unvorstellbare Durcheinander in der Kemenate. Der Fußboden hatte über Nacht einen neuen Belag aus Kleidung, Papier und anderen undefinierbaren Dingen erhalten, der nur darauf wartete, dass sich alles festtrat. Jette, die überladene Räume nicht ertragen konnte, sollte nunmehr monatelang mit dieser Zumutung leben. Da blieb nur eins: die Tür zu schließen.

»Schön, mein Zimmer, oder?« Walburga war unbemerkt hinter Jette getreten. Es umschmeichelte sie schon wieder dieser süße Kaugummiduft. Zum Glück unterließ sie das Ploppen. »Ist jetzt ein Schloss. So liebe ich es zu wohnen. Romantisch und kuschelig!«

»Es ist etwas unordentlich, Walburga. Ich glaube, wir kommen besser miteinander aus, wenn du aufräumst. Entschuldige bitte, dass ich hier einfach so reingeplatzt bin, aber …« Jette wusste selbst, dass sich ihr Eindringen nicht gehörte.

Walburgas Unterlippe begann zu zittern. »Ich bin schwanger und muss es mir doch passend machen, Oma Jette. Bitte schimpf nicht mit mir! Ich brauche einfach heimelige Atmosphäre. Ich habe doch niemanden mehr auf der Welt. Außer dir und Günther. Und Mimi.« Ihre Augen leuchteten wieder. »Schau nur, wie hübsch ich dekoriert habe!«

»Ich rede vom Fußboden und was da alles rumliegt!«

Walburga winkte ab. »Das stört doch nicht.«

»Ich fände es dennoch gut, wenn du ein wenig Ordnung hältst, Walburga.« Jette fehlte jetzt allerdings die Zeit zum Streiten, deshalb wechselte sie das Thema und sagte: »In der Küche steht Frühstück für dich und Günther. Ich muss jetzt zur Bahn und meine Enkel abholen.«

»Bin schon gespannt auf sie!« Walburga lächelte, und Jette war es unmöglich, ihr böse zu sein.

Sie schnappte sich ihre Jacke und trat vor die Tür. Ein Junge rannte mit einem Bollerwagen, auf dem der Name einer Pension angebracht war, an Jette vorbei. Immerhin zeigte sich der Inselhimmel in einem klaren Blau. Das Leben könnte so wunderbar und einfach sein!

Nur gab es Walburga, und nachher würde auch Horsti von Hinten seinen halbadeligen Hintern in ihrer Küche platt sitzen. Er hatte zwar die pompöseste Jacht, die im Langeooger Hafen liegen würde, nur hielt er es dort allein meist nicht aus. Es sei denn, er hatte gerade mal wieder eine Frau abgeschleppt, der er mit seinem Reichtum imponieren wollte. Ansonsten fühlte Horsti sich bei Jette und Günther pudelwohl und genoss es, bei ihnen zu essen und zu lamentieren. Horsti war ein unverbesserlicher Sprücheklopfer. Er glaubte, alles zu wissen, und scheute sich nicht, auch alles zu kommentieren.

Das Rattern der Inselbahn, gepaart mit der Ansage des Bahnhofssprechers, riss Jette aus ihren Gedanken. Ihr blieb fast das Herz stehen, als sie Kilian sah, der schon draußen auf dem Podest stand, sich weit über die Brüstung neigte und Oma Jette begeistert zuwinkte. Sein blondes Haar stand wie immer ab, als sei er ein direkter Nachfahre von Albert Einstein. Dass er eine neue Brille trug, fiel ihr sofort auf. Es war ein modernes Gestell, was ihn auf einen Schlag älter wirken ließ. In den drei Monaten, die sie sich nicht gesehen hatten, war er merklich erwachsener geworden. Als der Zug hielt, sprang er sofort auf den Bahnsteig.

»Omilein, hier bin ich!« Seine Sommersprossen schienen auf den Wangen zu tanzen.

Jette lächelte. Er sagte noch immer Omilein. Wie schön, dass sich das nicht geändert hatte.

Ihm folgte Marie, die nicht mehr ganz so aufgetakelt wirkte wie bei ihrem letzten Besuch im Sommer. Ihr momentan wieder mal schwarzes Schneewittchenhaar hatte sie zu einem Knoten gebändigt, die Lippen glänzten in zartem Rosa. Kurz darauf kam Fenna aus dem roten Waggon.

Wie schnell sie sich in dem Alter verändern, dachte Jette. Marie war in der kurzen Zeit noch einmal ein Stück gewachsen, ihr rundliches Gesicht hatte Konturen bekommen. Nur Fenna wirkte unverändert. Da sie offenbar nach wie vor nichts auf ihr Äußeres gab, schlenderte sie in gewohntem Grau auf Jette zu. Lediglich ein lilafarbener Schal peppte die Tristesse ihrer Kleidung auf.

Und dann erkannte Jette, dass auch ihre Tochter Kea mitgekommen war. Wie immer in perfektem Outfit, Kostüm mit passenden Schuhen. Jette war stets froh, wenn sie kam, da es ihre beiden anderen Kinder weit fort in die Welt verschlagen hatte. Bevor Jette Kea begrüßen konnte, fiel ihr Kilian um den Hals. »Hi, Omilein!« Den Rucksack hatte er auf dem Weg zu ihr einfach auf den Bahnsteig fallen lassen und scherte sich nicht darum, dass ein anderes Kind, das nicht achtgegeben hatte, darüber fiel und sich das Knie aufschlug. »Kilian, du musst besser aufpassen«, rügte Kea ihren Sohn, nachdem die schimpfenden Eltern mit ihrem Kind weitergegangen waren. Dann endlich konnte sie ihre Mutter begrüßen. Kea und Jette hatten kein besonders inniges Verhältnis, aber es war auch nicht so, dass sie sich nicht mochten. Sie gingen stets achtsam, aber distanziert miteinander um. Kea hatte es absolut nicht verstehen können, dass sich ihre Mutter vor etwa drei Jahren nach Langeoog zurückgezogen und dort einen Laden mit Galerie eröffnet hatte. Dass sie jetzt mit Günther zusammen war, sah sie jedoch als Lichtblick.

»Bleibst du über Nacht?«, fragte Jette sofort und überlegte, wo sie auch noch Kea unterbringen konnte. Doch die schüttelte den Kopf. »Nein, ich wollte nur die Kinder bringen und dir mal wieder Hallo sagen. Du weißt, dass ich dem Inseldasein so gar nichts abgewinnen kann.«

»Mama fliegt doch morgen beruflich mit Papa nach Afrika«, erklärte Kilian und machte Fenna Platz, die Oma Jette jetzt auch endlich begrüßen wollte. Sie umarmte ihre Großmutter kurz und blieb ansonsten wie immer reserviert.

Maries Begrüßung war ein bisschen stürmischer, zumindest drückte sie ihrer Oma ein Küsschen auf die rechte Wange. »Ich habe mal wieder das meiste Gepäck dabei!« Sie lachte und wies auf ihren mächtigen Trolley und auf zwei große Handgepäckstücke, die zwar noch im Containerwagen ein Stück weiter hinten verstaut waren, aber allein durch den neongrünen Farbton auffielen und als zusammengehörig zu erkennen waren. »Drei Taschen, Oma. Aber Frau von Welt reist mit großem Besteck.«

Nicht noch so ein grellbunter Überfall, dachte Jette. Obwohl sie von Marie nichts anderes gewohnt war und es hätte erwarten müssen.

Kilian und Fenna verdrehten genervt die Augen, als Marie sich durch das Gewusel der Menschen zum Gepäckwagen vordrängelte.

»Wir sind doch nur zwei Wochen hier«, maulte Kilian. »So eine Zeitverschwendung! Wir hätten gleich zu Omileins Haus loslaufen können. Aber nein, jetzt müssen wir warten, bis Marie alles vom Wagen geholt hat.«

»Zeit ist nicht das Problem, kleiner Bruder. Denk mal über die ökologischen Konsequenzen nach, die ein solches Verhalten nach sich zieht. Wenn das jeder tut, also Klamotten und viel mehr Zeug mit sich zu schleppen, als man tatsächlich braucht, potenziert sich das alles zu einer Gewichtseinheit, die Unmengen mehr an Energie kostet.«

Kilian nickte zustimmend. »Aber eine solche Betrachtungsweise ist für Marie zu hoch. Sie bewegt sich gedanklich in anderen Sphären.«

Jette grinste in sich hinein. Nein, wirklich verändert hatten die drei sich doch nicht. Fenna war noch immer dabei, die Umwelt mit allem Einsatz zu retten, Kilian war nun mal etwas schlauer und belesener als seine Altersgenossen, und Marie … Marie war einfach ein normaler Teenager.

Aber ein durchsetzungsfähiger, denn sie stand inzwischen in der ersten Reihe vor dem Containerwagen und wuchtete das Gepäck herunter. Mühsam bugsierte sie alles zu den anderen. »Uff, das wäre geschafft!« Marie grinste breit. »Nun müssen wir es nur noch bis zu deinem Haus schleppen. Sind doch ganz schön schwer, die Dinger!« Sie schaute ihre Mutter herausfordernd an, die aber lachend abwinkte.

»Schlepp du mal fein allein«, sagte Fenna, die genau wie Kilian nur mit einem großen Rucksack gekommen war. »Wenn du deinen halben Kosmetiksalon mitnehmen musst, dann sieh zu, wie du klarkommst.«

»Es sind nicht nur meine Kosmetiksachen, sondern auch die Schuhe, Fenna. Ich kann ja nicht ausschließlich in Turnis herumlaufen.«

Fenna zuckte gelangweilt mit den Schultern, denn sie hatte damit kein Problem. Hauptsache, bequem und *second hand*.

Jette erbarmte sich schließlich doch und nahm Marie den Trolley ab.

»Du verwöhnst sie«, sagte Kea mit einem verschmitzten Seitenblick zu ihrer Tochter. »Beim nächsten Mal kommt Marie mit noch mehr Sachen, wenn sie weiß, dass du ihr alles hinterherschleppst.«

»Dafür sind Omas ja da«, sagte Jette. Wie freute sie sich, dass die drei ihre Ferien wieder bei ihr verbrachten!

»Langeoog ist immer wieder schön!« Fenna strahlte.

Jette sah ihre Enkelin erstaunt an. Als sie im letzten Sommer für sechs Wochen von ihrer Mutter hier geparkt worden waren, hatte das alles noch ganz anders geklungen. Was hatten die drei sich da gewehrt, zur Oma auf die Insel fahren zu müssen!

»Ich mag den Duft hier«, schwärmte Marie. »Er ist so klar, so sauber. Und ... himmlisch.«

»Himmlisch?« Fenna grinste, kommentierte Maries Ausbruch aber nicht weiter. Marie war eben, wie sie war.

»Himmlisch deshalb, weil es hier irgendwie ein Paradies ist. Nur eine kurze Fahrt, und man ist in einer anderen Welt«, erklärte Marie weiter.

Viel zu rasch hatten sie Jettes Häuschen erreicht. Nun galt es Flagge zu zeigen und den vieren die Wahrheit zu sagen. Es hatte sich schließlich seit gestern eine ganze Menge im Hause Blümerant verändert. Sie musste ihren Enkeln die neue Situation schmackhaft machen. Diese rechneten mit zwei ruhigen Wochen, in denen Marie sich neue Frisurentrends ausdenken konnte und Fenna bestimmt eine Möglichkeit fand, die Welt zu retten. Kilian wiederum gierte sicherlich nach einem neuen Forschungsprojekt.

All das aber war nun infrage gestellt, denn sie waren nicht mit Jette und Günther allein. Inwieweit es zwischen Walburga und den Enkeln in den nächsten zwei Wochen zu Konflikten kommen würde, war für Jette nicht einzuschätzen. Unwillkürlich verlangsamte sie ihren Schritt. Kurz vor der Haustür stoppte sie schließlich und stellte sich den Enkeln in den Weg. »Ich muss euch was sagen.«

»Du lächelst nicht, also muss es was Ernstes sein«, stellte Fenna fest.

»Der Rasenroboter, den Günther dir geschenkt hat, ist kaputt«, mutmaßte Marie.

»Sie haben noch mehr Treppen umgestaltet, sodass meine Stufenforschung vom letzten Besuch ad absurdum geführt wird«, unkte Kilian.

»Du hast gar keine Zeit für die Kinder«, ergänzte Kea. »Ich soll sie gleich wieder mitnehmen.«

Jette schüttelte bei allem den Kopf. Wie sollten sie auch auf eine Person wie Walburga kommen? Jette holte tief Luft, aber da hüpfte Marie schon freudestrahlend vor ihr auf und ab. »Ich hab es! Kein Zweifel, wenn du so ernst guckst, *muss* es was Weltbewegendes sein. Und da gibt es nur eine Lösung!« Sie schaute ihre Geschwister Beifall heischend an. »Na?«

Beide zuckten mit den Schultern.

»Mann, ist doch klar wie Kloßbrühe! Oma Jette und Günther heiraten! Ist es das?« Marie fiel ihrer Großmutter um den Hals. »Ich wusste es. Günther hat dir einen Antrag gemacht!«

Eine Wolke schob sich vor die eben noch strahlend scheinende Sonne. Jette fröstelte plötzlich. Sie schob Marie ein Stück weg und schüttelte den Kopf. Ihre Enkelin war einfach unvorstellbar romantisch und benahm sich fast immer, als trüge sie eine rosarote Brille.

»Nein, Marie, das ist es nicht. Aber es gibt eine Veränderung, die nicht geplant war. Also, andere Umstände …«

»So sagt man immer, wenn jemand schwanger ist.« Kilian krauste die sommersprossige Nase. Dabei beäugte er Oma Jette. »Aber dafür bist du zu alt!«

»Ich bin auch nicht schwanger, aber …«

»Mann Oma, nun rede doch mal in vollständigen Sätzen!«, forderte Marie sie auf. »So schlimm wird es schon nicht sein, was du uns sagen willst. Es sei denn, du bist echt schwanger, dann fress ich einen Besen. Günni und Oma werden Mama und Papa!«

»Bullshit!«, stieß Fenna aus. »Oma hat doch gesagt, dass sie kein Kind bekommt. Aber: Wer ist denn nun schwanger, und warum ist das für uns interessant?«

»Walburga«, sagte Jette. »Walburga ist schwanger.«

»Wer ist Walburga?«, fragte Kilian stirnrunzelnd. »Kenn ich nicht.«

Jette erklärte kurz den Sachverhalt.

»Günther hat eine entfernte Nichte?«, fragte Kea erstaunt.

»Nicht direkt«, verbesserte Jette. »Es ist die Tochter eines Cousins, mit dem er kaum bis gar keinen Kontakt hat.«

»Und was macht die dann bei dir?« Marie nagte an der Unterlippe, hob dann aber den Zeigefinger. »Ach ich weiß: Er wusste nicht, wohin mit ihr. So wie mit dem Scheidungshamster im Sommer.«

»So ähnlich«, bestätigte Jette. Sie war froh, dass die Enkel die Nachricht gelassen aufnahmen. Kilian strich Jette beruhigend über den Handrücken. »Wir können auch mit Schwangeren umgehen. Bleib cool, Omilein. Das kriegen wir schon hin.«

Kea verzog derweil den Mund. »Trotzdem komisch, dass Günther eine Nichte hat. Ich dachte, der hat nur Horsti von Hinten.«

Jette fühlte sich bei der Bemerkung unwohl, ihr waren selbst schon Zweifel an der Darstellung gekommen. Allein Günthers Blick! Dann diese merkwürdige Andeutung gestern Abend … Sie wechselte rasch das Thema. »Ihr habt ja nicht so viel mit Walburga zu tun. Nur verlangt sie sehr große Rücksicht. Weil sie allein ist, reagiert sie überaus empfindlich. Sie hat eben nur Günther und mich. Und Mimi!«

»Mimi?«, kam es zeitgleich aus allen Mündern. »Wer ist Mimi?«

»Ein gefleckter Chihuahua, der in Schloss Neuschwanstein lebt oder in einer Handtasche.«

Fenna spitzte den Mund. »Ich verstehe so langsam, was du uns sagen willst, Oma.«

Kea runzelte immer mehr die Stirn, schwieg aber. Jette war dankbar, dass sie sich zurückhielt, denn auf die bissigen Kommentare ihrer Tochter konnte sie gerade gut verzichten.

Sie senkte den Kopf. »Ja, Walburga ist schwierig. Auch, was das Essen angeht. Sie sagte, momentan verträgt sie nur Schokoküsse, Kaugummis und Pommes mit Rotkohl. Etwas anderes behält sie nicht drin.«

Kilian hob wissend den Finger. »Einer Frau in anderen Umständen ist zu Beginn der Schwangerschaft morgens immer schlecht. Sie ist wegen der Hormone übermäßig gereizt und am Ende leidet sie oft unter dicken Beinen. Deshalb neigt sie zu Extremen bei der Nahrungsaufnahme.«

»Warst du schon mal schwanger, oder was?«, fragte Marie spöttisch.

»Nun, ich lese viel, und so etwas weiß man eben.«

»*Man* nicht, aber du!« Marie verdrehte die Augen. »Manchmal gehst du mir mit deiner übertriebenen Bildung echt auf den Keks.«

»Kinder, wenn ihr so weitermacht, ist Oma schon völlig erledigt, bevor ihr überhaupt das Haus betreten habt.« Kea fixierte ihre Kinder mit durchdringendem Blick.

Jette hob beschwichtigend die Hand. Streit war jetzt das Allerletzte, was sie gebrauchen konnte. Sie zog die Jacke fester um sich. »Es ist alles richtig, was Kilian sagt. Ihr müsst euch bitte in den zwei Wochen mit ihr arrangieren.«

»Und du für den Rest der Schwangerschaft?«, fragte Marie mitleidig.

»So ist es, aber das ist nicht euer Problem.«

»Ach Mutter! Was du dir auch immer aufhalst! Ich dachte, du bist nach Langeoog gezogen, weil du deine Ruhe haben willst. Klingt gerade nicht danach.« Kea strich Jette über den Arm. Eine ungewohnte Geste zwischen den beiden.

»Wo wohnt Walburga denn mit ihrem Prinzenhund? Ich ahne Schlimmes!« Marie realisierte nach und nach die Tatsachen.

»In der Kemenate.«

»Dann nutzt sie die Spiegel, die Günther extra für mich angebracht hat!« Marie zog missbilligend die Nase kraus. »Und wo soll ich mich anziehen? In der Dachkammer ist es so eng, wenn man sich vernünftig stylen will!«

»Wir finden einen Weg, meine Liebe. Nun gehen wir aber erst einmal rein, es ist frisch hier draußen.« Jette stieß die Haustür auf, die wie immer nicht abgeschlossen war.

Im Inneren des Hauses empfing sie ein altbekannter Duft. Jette rümpfte die Nase: Es gab nur einen, der so aufdringlich in seinem Rasierwasser badete, und das war Horsti von Hinten. Er hatte die Flut also tatsächlich genutzt, war mit seiner Jacht von Hooksiel nach Langeoog gekommen und bereits in ihrer kleinen Küche eingefallen.

»Günni, wir sind da!«, rief Marie und stürmte in die Küche. Die anderen folgten ihr, Jette blieb ein bisschen auf Abstand. Sie musste erst verdauen, dass nun tatsächlich auch noch Horsti eingetroffen war.

Er saß, wie immer, am Küchentisch und debattierte mit Günther. Jette hörte noch die letzten Worte, bevor er vom stürmischen Geheul der Enkel unterbrochen wurde.

»... und bedenke, Günther, man darf seine letzte Freiheit für nichts und niemanden aufgeben.« Natürlich sprach er mit seinem altbekannten jovialen Unterton und der gewohnten Besserwisserei.

Horsti sah ihnen allen freundlich entgegen, aber Jette wusste, dass er Kinder, vor allem pubertierende, nicht besonders schätzte. »Na, alles roger in Kambodscha?«, fragte er.

»Ja, alles gut«, antwortete Kilian strahlend.

»Ach, wie schön, euch alle anzutreffen. Ich bin so glücklich, wieder auf der Insel zu sein. Noch dazu mit einer Überraschung!«

Jette lächelte süffisant. Seine Sprüche und die ominöse Überraschung waren das eine, aber was Horsti davor palavert hatte, das, was nicht für ihre Ohren bestimmt gewesen war, klang mal wieder danach, als müsse er Günther klarmachen, dass es wie ein freiwilliger Gang in den Knast war, wenn er endgültig bei Jette einzog und sein Haus in Blersum aufgab. Nur war er zu spät dran, denn die Verträge für den Nachfolger waren unterschrieben. Günther wollte diesem sogar seine Indischen Laufenten übergeben. Deren Anwesenheit hatte zu einiger Verwirrung auf der Insel geführt – wegen ihres aufrechten und wackelnden Ganges waren sie von den Touristen ständig für Pinguine gehalten worden. Deshalb hatte Günther sie schlussendlich doch wieder nach Blersum zurückgebracht.

»Wir erobern mal unsere Schlafräume zurück. Also alles wie im Sommer?«, fragte Marie. »Fenna und ich in der Dachkammer und Kilian in seinem alten Gemach neben eurem Schlafzimmer.« Sie hatte sich offenbar rasch mit der Situation angefreundet. So war sie: immer gut gelaunt und äußerst anpassungsfähig.

»Ja, genau«, bestätigte Jette. »Ihr kommt allein klar?«

»Ich helfe ihnen, Mutter. Ich glaube, du hast erst etwas mit den beiden Herren zu besprechen!« Kea schien zu spüren, dass zwischen ihrer Mutter und Horsti die Luft allein bei der ersten Begegnung brannte. Kea scheuchte die Kinder aus der Küche.

Jette sah ihr erstaunt hinterher. Feinfühligkeit war sonst nicht Keas Stärke. Im nächsten Moment wandte sie sich an Horsti. »Du hast also eine Überraschung für uns?«

»Ja, stell dir vor, Jette! Ich habe mich verändert!«

Danach sieht es bislang leider gar nicht aus.

»Was hast du getan? Worum handelt es sich? Raus mit der Sprache«, forderte Jette. »Ich finde, du bist wie immer.«

Blasiert, ungehobelt und eingebildet.

»Äußerlich scheint es so, aber innerlich verhält es sich anders. Ich habe mich überwunden und einen großen Schritt gemacht: Die Jacht ist verkauft«, sagte Horsti stolz. »Einfach so. Ich dachte, ich muss mich verkleinern, nicht mehr so protzig sein!«

Damit hatte Jette nicht gerechnet. Die Jacht war Horstis Baby und eignete sich sehr gut, um damit anzugeben. »Und jetzt fährst du auf einem kleinen Kahn übers Meer?«

Horsti wiegte den Kopf. »Ich möchte, bevor ich deine Frage beantworte, vorab Marie Freifrau von Ebner-Eschenbach zitieren. Deren Worte treffen wohl das, was ich durchgemacht habe.«

Jette verdrehte die Augen. »Und was hat diese Freifrau so gesagt?«

Horsti legte Zeigefinger und Daumen an die Stirn, als ob er so besser nachdenken könnte. »›Anspruchslosigkeit ist Seligkeit.‹« Er grinste breit. »Deshalb habe ich meine Ansprüche gesenkt.«

»Also doch eine Jolle?«

»Könnte man fast so sagen.« Horsti kratzte sich am Kopf. »Das neue Schiff ist dreißig Zentimeter kürzer als das andere. Dreißig Zentimeter! Was für ein Rückschritt! Aber dafür hat es eine hypermoderne Küche mit allem Tamtam. Sogar eine Eismaschine habe ich einbauen lassen!«

»Das spricht für seine Bescheidenheit, oder etwa nicht?« Günther schlug seinem Freund auf die Schulter.

Horsti schlürfte seinen Kaffee und schaute Jette über den Tassenrand hinweg an. »Ist ja immer Ermessenssache.«

Jette winkte ab. Den beiden war nicht zu helfen.

Während ihrer Unterhaltung war Walburga in die Küche gekommen. Sie wollte gerade mit ihrem betont leidenden Gesichtsausdruck ein paar ebensolche leidende Sätze loswerden (Jette hatte diese Masche schon jetzt durchschaut), als ihr Blick auf Horsti fiel. Der eben noch geöffnete Mund klappte zu, ihr Gesicht wurde kreidebleich. Sie sagte nichts, weder leidend noch in einem normalen Tonfall. Walburga schwieg tatsächlich. Dann machte sie einen Schritt rückwärts.

Als Horsti sah, wer in die Küche gekommen war, stellte er die Kaffeetasse so abrupt ab, dass sie überschwappte. Dieses Mal fehlte sogar ein Zitat.

»Kennt ihr euch?«, fragte Jette. Hier stimmte etwas nicht.

Walburga wurde feuerrot, als hätte man sie ertappt. »Irgendwie schon, aber …«

Jette wurde aus dem Gestammel nicht schlau und sah Horsti an, der noch immer keinen Ton von sich gegeben hatte.

»Hallo Horsti«, sagte Walburga schließlich. »Dass ich dich hier treffe! Dachte nur nicht, dass du im Herbst noch mit dem Schiff auf die Insel kommst, sondern auf dem Festland bleibst. Ist aber schön, dass du hier bist.«

»Du kennst Horsti tatsächlich?«, fragte Jette an Walburga gewandt.

Die warf eine Strähne ihres blonden Haars zurück. Mittlerweile hatte sie sich wieder gefangen. »Ja, wir hatten ein bisschen Fun, verstehst du?«

»Nun, deiner Reaktion nach vermute ich, dass du mit unserem Freund Horsti ganz viel Fun hattest«, mutmaßte Jette.

»Horsti und Walburga?«, fragte Günther. »Das ist doch absurd!«

»Das mit dem ›Spaß haben‹ verstehen die Leute nicht, meine liebe Wally«, mischte sich Horsti ein. »Wie sagte schon Goethe: ›Weißt du, worin der Spaß des Lebens liegt? Sei lustig! – Geht das nicht, so sei vergnügt.‹« Seine Stimme war plötzlich ungewöhnlich weich. »Aber schön, dass du den Weg in diese Familie gefunden hast.«

4. Kapitel

Günther machte sich zusammen mit Marie auf den Weg zum Strand. Sie wählten den Weg durch den Ort am Lale-Andersen-Denkmal und der Kaapdüne vorbei. Hier war immer besonders viel los. Die Urlauber drängelten sich mit ihren bunten Jacken durch die Wege und an den kleinen Geschäften mit den Auslagen vorbei. Marie verweilte kurz bei der kleinen Buchhandlung auf der rechten Seite, aber Günther hatte es eilig und zog sie mit sich. »Hier ist es mir zu voll«, sagte er.

»Guck mal, Günni, da ist noch immer das Schild fürs Dünensingen am Dienstag. Willst du da wieder mitmachen?«, fragte Marie.

»Mal sehen, es hat zumindest viel Spaß gemacht.«

Sie liefen auf dem gepflasterten Weg durch die Dünenlandschaft weiter, bis sie einen Überweg zum Strand erreicht hatten.

»Mann, das ist doch immer ganz schön anstrengend, die Steigung zu überwinden«, keuchte Günther. »Aber ich freue mich, dass du mitgekommen bist.«

»Ich musste mal raus. Mir hat diese Walburga gereicht und auch Mamas dauernde Ratschläge, wie wir uns zu benehmen haben und so. Mit dir ist es cooler.« Marie strahlte Günther an. Sie hatten die Dünen jetzt überquert und liefen über den breiten

Strand direkt auf den Spülsaum zu, wo der Sand wesentlich fester war als in der Nähe des Dünenkamms. Das erleichterte das Laufen erheblich.

»Was für eine Ruhe!« Obwohl die Insel im Dorf eben noch so voll erschienen war, verteilten sich die Menschen am Strand, und so waren sie jetzt fast allein am Wasser. Beide genossen das gleichmäßige Schlagen der Wellen. Nicht nur Marie brauchte eine Pause, auch Günther tat ein bisschen Abstand gut, denn die Sache mit Walburga lag ihm quer im Magen. Er war froh, dass Jette sie anstandslos bei sich aufgenommen hatte, aber damit war sein grundsätzliches Problem noch nicht gelöst.

Aber was hätte er denn tun sollen, als Walburga plötzlich in Blersum vor seinem kleinen Landarbeiterhaus gestanden hatte? Allein. Mittellos und zudem noch ungewollt schwanger. Er war doch kein Unmensch und konnte eine solch einsame Seele nicht einfach vor die Tür setzen. Niemand hätte das fertiggebracht. Und er schon gar nicht, selbst wenn er momentan noch nicht wusste, ob das alles seine Richtigkeit hatte. Sie war die Tochter von Walter, seinem Cousin. Und sie war das Kind von Miriam. Hier musste Günther schlucken. Miriam, das war lange her. Doch sie hatte Walburga allein gelassen. Also musste er sich doch um sie kümmern! Sie hatte sonst keinen.

Alles war so überraschend gekommen. Bis jetzt hatte er von Walburgas Existenz nicht einmal etwas gewusst. Mit Walter hatte er das letzte Mal engeren Kontakt gehabt, als sie in der Sandkiste bei einem Familienfest, es war Uropa Heinzis Achtzigster gewesen, aneinandergeraten waren. Walburgas Vater hatte ihm dabei eine Metallschaufel auf den Kopf geknallt, und die Wunde musste genäht werden. Unwillkürlich tastete Günther nach der Narbe, die sich gleich oberhalb der Stirnpartie befand. Aufgrund dieser Tatsache hatten sie in den folgenden Jahrzehnten nie Freundschaft miteinander geschlossen und waren sich bei weiteren Familienfeierlichkeiten aus dem Weg gegangen.

Wie Walburga genau auf a) die verwandtschaftlichen Verbindungen zwischen ihnen und b) an die Adresse gekommen war, konnte er nicht sagen, denn dazu schwieg sie sich aus. Aber da sie Horsti kannte und der wiederum Walter, war eigentlich klar, von wem sie die Infos hatte. Günther seufzte.

Es war wirklich viel, was er Jette gerade zumutete. Eine Schwangere für mehrere Monate einzuladen war eine andere Herausforderung als ein Scheidungshamster, der eine übersichtliche Lebenserwartung hatte.

»Du bist heute echt schweigsam«, riss Marie ihn aus seinen Gedanken.

»Ich muss nachdenken, deshalb wollte ich ans Meer. Hier zu sein tut gut und pustet den Kopf frei.«

»Es bläst aber ganz schön von vorn«, wandte Marie ein. »Mir reicht der Gegenwind. Umkehren oder die Dünen rauf?«

»Dünen rauf, ist wirklich arg frisch heute.«

Sie wandten sich in Richtung Landseite und erklommen den Dünenkamm. Oben angekommen, schauten sie gemeinsam übers Wasser.

»Ich finde den Anblick, der sich von den Dünen über den Strand und die Weite des Meeres bietet, jedes Mal atemberaubend.« Marie hielt die Hand schützend vors Gesicht, weil eine Böe den Sand aufwirbelte. Am Horizont zog eben ein roter Frachter vorbei, eine Silbermöwe ließ ihren keckernden Ruf erschallen.

»Stimmt.« Günther gab sich wortkarg.

»Was ist denn los? Hat es mit Walburga zu tun, dass du so schweigsam bist? Sie wird sich schon nicht die Beine brechen in ihren Stöckelschuhen! Sogar ich hab das gelernt, aber die ist noch härter drauf als ich in meinen schlimmsten Phasen.«

»Stimmt.«

Marie sah ihn von unten her an. »Mehr kriegst du nicht raus? Hab *ich* dir was getan? Los, sag schon!«

Günther schüttelte den Kopf.

Marie aber gab nicht auf. »Ist es dir zu viel, dass wir auch noch da sind? Möchtest du lieber mit Oma allein sein, weil du sie so lange nicht gesehen hast? So ein Hausverkauf ist sicher anstrengend.«

Günther schüttelte erneut den Kopf. Wie sollte er ihr bloß deutlich machen, was ihn bedrückte? Sie war ein Teenager und mit den Gedankengängen eines Mittsechzigers so vertraut wie ein Bäcker mit dem Steuern eines Düsenjets.

Günther wies auf eine Bank am Dünenabgang. »Komm, setzen wir uns!«

Marie wischte ein paar Sandkörner von der Sitzfläche und ließ sich fallen. »Bin wirklich gespannt, was dir die Laune derart verhagelt hat.«

Günther setzte sich neben sie. »Ich weiß einfach nicht, wie ich es anfangen soll. Ich will Oma Jette endlich heiraten!« Jetzt war es raus. »Aber so einfach geht das gerade nicht.«

Marie sprang auf und fiel Günther um den Hals. »Echt? Da habe ich ja richtig gelegen! Du willst sie heiraten? Wie cool ist das denn?« Marie begann gleich alles zu planen, so wie es ihre Art war. »Wir Enkel sind Trauzeugen. Wir machen ein großes Fest, sodass Oma die Tränen in die Augen schießen werden.«

Günther schob Marie ein Stück von sich fort und hob abwehrend die Arme. »Moment! Hast du mir nicht zugehört? Es geht nicht, weil es noch etliche Probleme zu lösen gibt. Also: Ich hab gar nichts gesagt. Und bitte hör mit deinen Planungen auf. Schluss jetzt!« Günther fasste nach Maries Hand und drückte sie sacht auf die Bank zurück. »Hör mal zu: Keiner soll von meinen Plänen wissen, denn Jette soll schon die Erste sein, die davon erfährt. Und ich muss erst noch was klären, okay? Gut Ding will Weile haben.«

Marie grinste. »Nun, dass Oma es als Erste erfährt, klappt nicht mehr. Ich weiß es doch schon!«

Günther wischte den Einwand mit einer abwehrenden Handbewegung beiseite. »Und außerdem möchte ich ihr, nach dem Reinfall von gestern …«

»Du hast es schon probiert? Was ist denn passiert?«, unterbrach Marie ihn. Sie zog die Brauen in die Höhe. »O Günther, ich ahne es. Du wolltest sie fragen, und dir ist etwas dazwischengekommen?«

»Es war vielleicht ganz gut, dass ich doch nicht gefragt habe. Außerdem hatte ich ja nicht einmal Blumen in der Hand.«

»Das geht gar nicht«, beschied Marie. »Einen Heiratsantrag ohne Blumen. Was war denn da in dich gefahren? Rote Rosen, Günther, rote, langstielige Rosen müssen es sein.«

Günther senkte den Kopf.

»Aber daran ist es letztlich nicht gescheitert, oder?« Marie neigte fragend den Kopf zur Seite.

Die Antwort war Günther peinlich. Welchem Mann wurde schon durch solche Umstände ein Heiratsantrag versaut?

»Warum ist es schiefgegangen, Günther?«

»Walburga musste sich übergeben.«

»Walburga musste sich was?« Marie prustete los. »Das passiert auch nur dir, Günni!«

Dann erkannte sie wohl die Verzweiflung in seinem Gesicht und nahm seine Hand. »Kann ja mal passieren, dass was dazwischenkommt«, versuchte sie die Lage schönzureden.

»Mir ist dadurch klar geworden, dass ich Jette nicht einfach so fragen kann. Das war wie ein Zeichen. Also vertagen wir das Thema erst einmal.«

Marie stand wieder auf. »Wir müssen sowieso zurück und Mama zum Zug bringen. Sie möchte das Schiff um 14:30 Uhr nehmen, und ich will ihr Tschüss sagen.«

»Holt sie euch wieder ab?«

»Klaro«, sagte Marie. »Mama ist eine Glucke, die lässt die Küken nicht allein an Bord.«

Fenna saß mit Kilian im Mädchenzimmer unter der Dachschräge, wälzte die neueste Zeitschrift von Greenpeace und kommentierte jede Umweltsünde mit einem lauten Stöhnen. »Da muss man doch was machen! Wird Zeit, dass ich aktiv werden kann. Noch erlaubt Mama mir das ja nicht, obwohl ich bereits volljährig bin und machen könnte, was ich will. Nur muss man den Frieden zu Hause wahren, daran führt kein Weg vorbei.« Fenna unterbrach ihren Monolog nur kurz, um weiterzublättern. Ihr Blick blieb an einem Bild hängen. »Ich möchte mich auch mal an einen Öltanker ketten und ihn davon abhalten, seinen Mist im Meer zu verklappen!«

»Und wie willst du das verhindern, wenn du da dran hängst?« Kilian schob sich die neue runde Silberbrille zurecht. »Ich meine, du bist zu dünn, um den Abfluss zu verdecken, geschweige denn, ihn zuzuhalten, denn dafür benötigt man viel Kraft. Die pumpen schließlich mit voller Power, das hält dein Körper nicht ab. Eher wirst du ins Meer gespült oder sogar zerfetzt. Kann aber auch sein, dass du so halb über dem Strahl hängst und dich darüber festklammern musst.« Er rümpfte kichernd die Nase. »Stell ich mir lustig vor. Du baumelst über dem Strahl, und das Wasser knallt volle Elle an dir vorbei. Aber tut bestimmt weh. Und es stinkt ganz sicher, wenn man brustabwärts von der Brühe durchtränkt wird. Also, ich weiß nicht recht, Fenna.«

Sie winkte ab. Es war zwecklos, ihre Geschwister für den Umweltkampf gewinnen zu wollen. Sie war der einzige Mensch in der Familie, der ein wahres ökologisches Gewissen hatte. »Es wird schon Wege geben, und Opfer sind unabdingbar«, entgegnete sie.

»Darum geht es gar nicht«, widersprach Kilian. »Um Opfer, meine ich. Es geht darum, dass der Einsatz einfach Blödsinn wäre.«

Fenna wollte Kilian eben erläutern, warum er mit seiner Einschätzung und seinem kleingeistigen Teenie-Jungenwissen völlig falschlag, als Marie hereinkam.

»Ich finde es schade, dass Mama wieder weg ist. Wäre so schön, wenn sie mal mit uns auf der Insel bleiben würde, aber da kriegt sie ja einen Koller, sagt sie. ›Ich halte es auf Langeoog keine 24 Stunden lang aus‹«, zitierte Marie ihre Mutter.

»Sie muss doch auch Papa mal sehen«, sagte Kilian. »Reicht schließlich, dass wir ihn kaum zu Gesicht bekommen.«

»Stimmt auch wieder.« Marie schaute zu ihren Geschwistern. »Worüber habt ihr eigentlich gerade gesprochen?«

Kilian klärte sie mit wenigen Sätzen auf. Marie begann zu lachen. »Es ist doch wirklich egal, ob du am Tanker hängst oder nicht. Hier gibt es gerade ein ganz anderes, wirklich relevantes Problem!«

»Und das wäre?« Fenna warf die Zeitschrift auf den Boden und baute sich vor ihrer jüngeren Schwester auf.

»Wir müssen Günni helfen, und das ganz fix.«

»Warum?«

Bevor Marie eine Erklärung abgeben konnte, wurden sie von eindeutigen Geräuschen aus dem Badezimmer im Untergeschoss, das sich gleich neben der Treppe befand, unterbrochen.

»Das ist Walburga. Sie übergibt sich mal wieder«, kommentierte Kilian. »So eine Schwangerschaft ist voll ekelig. Gut, dass ich ein Mann bin.«

»Aber noch ein ganz kleiner«, berichtigte Marie.

»Aber ich werde keine Kinder kriegen müssen.«

Fenna rollte mit den Augen. »Ist doch wurscht, ob er groß oder klein ist. Jemand muss da hin und gucken, ob sie kollabiert.« Sie schaute ihre Geschwister an. Von den beiden wollte aber keiner dieser Jemand sein, denn Marie schüttelte sogleich heftig den Kopf, und Kilian hob abwehrend die Hände. »*Never!*«

»Oma Jette und Günther sind zu Frau Eberle zum Spätzleessen gegangen. Also, wer schaut nach ihr?«, fragte Fenna herausfordernd.

Marie grinste. »Immer der, der fragt. Mir wird schlecht, wenn ich das sehe und rieche. Ach was, schon, wenn ich daran denke!«

»Für Schwangere bin ich definitiv nicht zuständig. Das ist reine Frauensache«, sagte Kilian.

In Maries Augen blitzte plötzlich der altbekannte Schalk auf. »Wenn du gehst, Kili, habe ich *den* Mega-Forschungsauftrag für dich. Damit kannst du echt glänzen und nachhaltig Erfolg haben.«

»Nachhaltig?«, fragte Fenna. »Marie, was wird das?« Nachhaltigkeit war ihr Thema, normalerweise war das für ihre Schwester ein Fremdwort.

»Das wird *der* Forschungsauftrag für Kilian, mehr nicht.«

Ihr Bruder hatte schon wieder hochrote Ohren. »Und das ist echt ein guter Auftrag?«

»*Jep, little brother.* Er wird dich einige Zeit beschäftigen, da sei sicher. Und er ist erheblich aufwendiger und vor allem anspruchsvoller, als wie beim letzten Mal Stufen zu zählen.«

Kilian huschte die Treppen hinunter, schien dem Gepolter nach aber auf der unteren gefallen zu sein. »Manno, Mist, das tut weh!« Es klang anschließend, als würde er sich nur noch auf einem Bein hüpfend vorwärtsbewegen.

Fenna packte Marie am Oberarm. »Womit willst du den Zwerg ködern? Was soll er erforschen?«

Marie fuhr herum und grinste breit.

»Gleich, Schwesterherz. Gleich. Ich habe echt spannende Neuigkeiten für uns alle.«

Sie hörten Kilian unten mit Walburga sprechen. Kurze Zeit später schleppte sie sich zusammen mit ihm die schmalen Stufen herauf. Sie war leichenblass. »Kinners nei, was ist das blöd, schwanger zu sein. Ich rate davon ab!« Sie fischte aus der knallengen Jeans eine Kaugummikugel in Knallrot und schob sie sich in den Mund.

Marie half Walburga zu dem Sessel mit Rosenmuster, der in der Schräge unter dem Dachfenster stand. »Setz dich erst mal. Brauchst du eine Tüte?« Sie kramte in der Schublade herum und zog eine hervor.

»Unökologisch. Einmal dafür benutzt, und schon verschmutzt sie die Meere«, kommentierte Fenna die Aktion.

»Geht eh nicht. Löcher im unteren Bereich«, sagte Kilian, während er das Plastik untersuchte. »Du musst dich beherrschen, Walburga. Es gibt nichts, worin du dich hier erleichtern könntest.«

Die nickte ergeben.

»So, ich habe meine Pflicht erfüllt, und nun, werte große Schwester: mein Lohn!« Kilian streckte Marie die Hand entgegen.

»Moment, wir müssen uns erst um unseren Gast kümmern. Sie ist doch noch arg blass um die Nase«, stellte Fenna fest. Sie hatte wirklich Mitleid mit Günthers Nichte. So rasch würde sie selbst kein Kind bekommen wollen, wenn das mit solch furchtbaren Begleiterscheinungen einherging.

»Ist es der Psychostress, Walburga?«, fragte Marie mitleidig. »Ich meine, wenn du doch so gar nicht sagen kannst oder magst, wer der Vater ist …«

»Ich mag es nicht sagen, weil ich nur einen Verdacht habe«, sagte Walburga mit matter Stimme und formte eine riesige Blase, die sie lautstark platzen ließ. »Boah, war die groß!«

»Nur einen Verdacht? Dann musst du ja …« Marie brach angesichts der damit einhergehenden Erkenntnis mitten im Satz ab.

Walburga wischte sich mit dem Handrücken imaginären Schweiß von der Stirn. Wenn man sie so betrachtete und außer Acht ließ, dass ihr Bauch flach war wie ein Brett, konnte ihrem Verhalten nach tatsächlich der Eindruck entstehen, die Niederkunft stünde unmittelbar bevor.

Walburga pustete weiterhin schwer aus und schlug einen düsteren Tonfall an. »Ich weiß, was du sagen willst, Marie. Also, dass ich in der Zeit mit mehreren Männern …« Sie machte eine bedeutungsschwere Pause, und Marie hielt Kilian vorsichtshalber die Ohren zu. Immerhin war er erst zwölf.

»Jetzt kannst du reden«, sagte sie und bemühte sich, die Abwehrbewegungen ihres kleinen Bruders zu ignorieren.

»Ja, es gibt drei Männer, die infrage kommen. Ich lebe in der Großstadt und nicht in der Provinz wie ihr. Da geht die Post ab und … na ja: Ich habe mich einmal übergeben müssen, weil ich zu viel Prosecco intus hatte. Mann, woher sollte ich denn wissen, dass die Pille dann nicht mehr wirkt und man so schnell zu einer Praline wird.«

»Praline?«, fragten Fenna und Marie wie aus einem Mund.

»Gefüllt eben«, gab Walburga zurück und angelte sich einen von den Schokokeksen, die Marie auf dem kleinen Tisch platziert hatte. Sie nahm den Kaugummi aus dem Mund und wickelte ihn in ein Tempo, das auf dem Tisch lag. Dann biss sie herzhaft vom Keks ab. Von der Übelkeit war plötzlich nichts mehr zu bemerken. »Schwanger hat man immer Hunger. Vor allem auf Schokolade oder andere Köstlichkeiten«, kommentierte sie den Umschwung. »Auch wenn einem zuvor schlecht war. Es ist ein Kreuz, ich sag es euch!«

Kilian hatte sich mittlerweile aus dem Griff seiner Schwester befreit und warf ihr einen bösen Blick zu. Dann setzte er sich auf die Bettkante und fixierte Walburga.

Fenna schluckte. Das konnte nicht sein. Das durfte nicht sein, aber in seinem Blick lag unverhohlene Bewunderung! Kilian, ihr kleiner süßer Bruder, hatte mit einem Mal glänzende Augen. Strahlte aus jeder Pore, und dieses selige Lächeln! Hatte sich ihr kleiner Bruder etwa in dieses aufgedonnerte, kaugummischmatzende Etwas verliebt?

Walburga bemerkte die Bewunderung des Zwölfjährigen nicht und sah sich interessiert in Fennas und Maries Zimmer um. »Schön habt ihr es hier. Mal sehen, wo ich später mit meinem kleinen Wurm landen werde, wenn er erst da ist. So als Alleinerziehende hat man es schwer.« Sie schnappte sich einen weiteren Keks und grinste dabei. »Dick werde ich schließlich sowieso.«

»Man kann Anträge stellen, damit man nicht ganz mittellos ist«, schlug Fenna vor. Sie war von Walburgas Gehabe genervt. »Hast du denn nichts gelernt? Ich meine, hast du keinen Beruf?« Dass Walburga studiert haben könnte, schloss Fenna aus. Sie war zwar wunderschön, aber wenn sie den Mund aufmachte …

Walburga hob die Nase sofort ein Stück höher. »Ich bin zurzeit arbeitssuchend. Die Stellen, die man mir angeboten hatte, waren unter meinem Niveau. Ich war eindeutig überqualifiziert.«

»Ist klar«, kommentierte Fenna. »Ich geh dann mal nach unten.« Sie musste hier weg, sonst platzte sie. Wie konnte so eine Günthers Nichts sein?

Kilian hatte sich für den Moment an Walburga sattgesehen. »Moment, Fenna. Du kannst jetzt nicht abhauen. Marie muss mir doch noch meinen Forschungsauftrag vorstellen!«

Fenna seufzte, und Walburga sah fragend von einem zum anderen.

»Mein Bruder ist zwar noch klein, aber er ist hochbegabt und braucht ständig neue Herausforderungen. Wir sind dazu übergegangen, ihm diverse Forschungsaufträge zu erteilen, die ihn dann davon abhalten, zu viel Blödsinn anzustellen«, erklärte Marie.

Kilian wurde hochrot. »Das klingt ja fast so, als wäre ich ein Fall für den Psychoklempner«, empörte er sich. »Oder für ein Heim. Dabei beschäftige ich mich ernsthaft mit wichtigen Themen. Im Sommer habe ich beispielsweise die Stufen auf der Insel erfasst. Ich muss das aber noch korrigieren, denn zum Vogelwarthaus gibt es keine mehr, seit sie das renoviert haben. Das hat Günther mir erzählt. Er denkt zumindest mit. Morgen radle ich in aller Frühe dorthin und mache mir selbst ein Bild von der neuen Situation, aber ich ändere es schon mal ab.« Kilian kramte sein blaues Forscherbuch hervor und kritzelte darin herum, bis er die Stufenlage auf Langeoog berichtigt hatte. Anschließend schaute er zu Walburga und wurde bis zum Haaransatz feuerrot, als sie ihn anlächelte.

Kilian ist tatsächlich verknallt, dachte Fenna. Um Himmels willen!

»Ich finde sehr spannend, was du tust«, sagte Walburga zu ihm. Er wurde noch roter.

»Wie alt bist *du* eigentlich?«, fragte Fenna. Es war besser, den kleinen Bruder mal wieder auf den Boden der Tatsachen zurückzuholen. Wenn ihm der Altersunterschied bewusst war, würde er das Anschmachten schon bleiben lassen.

Walburga übte sich in einem gekonnten Augenaufschlag, der Kilian vergessen ließ, den Mund zu schließen. »Ich bin neulich fünfundzwanzig geworden.« Sie griff sich an den Bauch. »Und schon schwanger. Von einem erheblich älteren Mann. Na ja, ich mag graue Schläfen.«

Marie verdrehte die Augen. Kilian hatte den letzten Satz ignoriert und hing noch immer gebannt an Walburgas Lippen.

»Aber du wolltest dem Jungen doch einen Auftrag geben«, erinnerte Walburga Marie an ihr Versprechen.

»Das ist eher familienintern«, flötete Marie. »Ich sag es ihm später.«

Walburga zog einen Schmollmund. »Ich gehöre schließlich auch zur Familie.«

»Her mit meiner Belohnung, egal, welche Verwandtschaftsgrade hier eine Rolle spielen! Du hast es mir versprochen, Marie!« Kilian war aufgesprungen. »Ich hab Walburga dafür beim Ko… geholfen.«

Marie knickte ein. »Also gut, aber ihr dürft es keinesfalls überall herumposaunen.«

»Ehrenwort!«, versprachen Fenna und Kilian hoch und heilig.

»Indianerehrenwort!«, versicherte auch Walburga.

Die ist schon fünfundzwanzig?, dachte Marie. Hoffentlich bin ich dann reifer, und zwar ohne eine Praline zu sein. Sie räusperte sich. »Also gut, dann lüfte ich das große Geheimnis, und wir gründen jetzt den Günnibund.«

»Schwafel nicht rum. Was ist mit Günther?«

Sich ihrer Wichtigkeit bewusst, plusterte Marie sich auf und wartete, bis sie wirklich die volle Aufmerksamkeit aller hatte. »Hört zu. Günther will Oma Jette einen Antrag machen!«

»Wow, das ist ja cool«, freute Kilian sich. »Aber was soll ich da forschen?«, schob er enttäuscht hinterher.

Marie strahlte ihn an. »Jetzt kommt es doch erst! Es gibt offenbar zwei Hindernisse: Das erste: Ich weiß schon jetzt, dass er es nicht allein schaffen wird. Das zweite: Er sagt, da ist noch was. Günni hat tatsächlich ein Problem, das ihn grundsätzlich dran hindert, es durchzuziehen. Wir sollten ihm helfen, es zu klären, damit seinem Glück nichts im Weg steht.«

»Blöde Idee, das ist doch kein Forschungsauftrag!« Kilian winkte ab.

»Außerdem ist sein Problem ja wohl seine Sache«, warf Fenna ein.

»Hast du eine bessere Idee, wie man die Zeit hier herumbringen soll?«, fauchte Marie. »Und ihr kennt Günther. Er braucht uns. Ohne unsere Hilfe im Sommer wären er und Oma ganz sicher nicht zusammen.«

»Stimmt auch wieder«, seufzte Fenna.

Kilian schob das Forscherbuch enttäuscht zurück in seine Hosentasche.

Frau Eberle trug heute Dirndl. »Weil das im Schwäbischen grad wieder so angesagt ischt. Zu besonderen Gelegenheiten trägt Frau das wieder. Mir gefällt's, wenn die alten Traditionen nicht sterben«, sagte sie gleich zur Begrüßung und rieb sich die Hände an der Schürze ab. Dann bat sie Jette und Günther in die gute Stube. Schon auf dem Weg dorthin wurden sie von Hirschgeweihen, Fischköpfen und Kuckucksuhren erschlagen. Das Telefon auf der Eichenkommode befand sich in einem Kondom aus Goldbrokat.

Leider setzte sich die Geschmacklosigkeit auch im Wohnzimmer fort. Ein riesiges Gemälde mit einem Hirsch im Tannenwald dominierte den Raum. Über dem Esstisch prangte das Pendant mit einer reitenden Jägermeute, allerdings war das Bild nicht gemalt.

»Das habe ich selbst gestickt!«, erklärte Frau Eberle, als Jette und Günther sich an den mit Goldrandtellern gedeckten Tisch setzten. »Mag es gern gemütlich.«

»Ja, schön haben Sie es hier!« Jette rammte Günther den Ellbogen in die Seite. Nicht, dass er eine falsche Bemerkung losließ, dann wäre der Nachbarschaftsfrieden dahin.

Das folgende fantastische schwäbische Essen ließ im Übrigen sämtliche Jagd- und Hirschbilder vergessen. Egal, wie bedrückend die Atmosphäre in Frau Eberles Haus auch war: Sie konnte kochen.

Nachdem Jette zwei Portionen gegessen hatte, legte sie das Besteck auf die Serviette. Sie brauchte eine Spätzle-Pause, sonst würde sie platzen. »Es war köstlich Frau Eberle. Ganz köstlich!«

»Nicht wahr? Es geht doch nichts über hausgemachte Spätzle. Es kommt dabei auf die richtigen Eier und das gute Mehl an, Frau Blümerant!«

Jette wandte den Kopf zu ihrer Nachbarin. »Ja, da haben Sie gewiss recht. Gute Zutaten sind das A und O. Und es hat wirklich wunderbar geschmeckt. Aber wie sind wir eigentlich zu der Ehre der Einladung gekommen? Geburtstag haben Sie doch nicht, oder?«

Frau Eberle wischte freundlich lächelnd ein paar imaginäre Krümel vom Tisch. »Nein, das habe ich nicht. Aber ich wollte die Nachbarschaftsbeziehungen intensivieren, liebe Frau Blümerant. Wir wohnen jetzt schon zwei Monate nebeneinander und haben noch gar nicht richtig geplaudert. Immer nur kurz, wenn ich mir etwas ausgeliehen habe. Und dann nur über das rechte Mehl oder die besten Eier.«

Jette sog unmerklich die Luft ein. Wie schaffte ihre Nachbarin es bloß immer, das Gespräch sofort auf Nahrungsmittel zu lenken?

Frau Eberle plauderte ohne Luft zu holen weiter. »Ist mir ja peinlich, wenn ich mir bei Ihnen ständig etwas ausborge. Ich bin manchmal ein bisschen vergesslich und muss mich erst daran gewöhnen, dass man auf der Insel ein wenig vorausplanen sollte. Also, dass man nicht einfach mit dem Wagen losfahren und etwas besorgen kann.«

»Aber Frau Eberle: Es gibt doch mehrere Supermärkte auf der Insel. Mit einem umfassenden Angebot. Hier ist noch keiner verhungert, das können Sie mir glauben!« Jette war zwar satt, aber sie nahm sich dennoch ein paar Spätzle nach. Sie waren tatsächlich unvergleichlich gut, vor allem mit der Pfifferling-Rahmsoße dazu. »Die schmecken einfach himmlisch!«

Frau Eberle nahm den Faden sofort begeistert auf. »Nicht wahr? Warten Sie gleich noch den Nachtisch ab. Es gibt einen Schwäbischen Ofenschlupfer!«

Günther verschluckte sich am Wein. »Einen was?« Er stellte das Glas angewidert ab. »Das gibt es doch nicht – Sie legen Schlüpfer in den Ofen? Wozu, Frau Eberle?«

»Aber Herr Meilenstein! Keine Schlüpfer. Ofenschlupfer.«

Jette legte ihre Hand beschwichtigend auf Günthers Unterarm. »Sie serviert keine Unterhosen«, raunte sie ihm zu. »Das ist ein schwäbisches Gericht!«

Günther schob Jettes Hand fort und wandte sich an die Nachbarin. »Klären Sie uns doch bitte auf, Frau Eberle. Was ist das genau?«

»Eine perfekte Nachspeise. Es handelt sich um entrindete Weißbrotscheiben, die abwechselnd mit Apfelscheiben, Rosinen und Mandeln in eine Auflaufform geschichtet werden. Das Ganze übergieße ich mit gezuckerter Milch und geschlagenen Eiern und überbacke es unter einer Paniermehlschicht mit Zucker und Zimt. Es ist ein Traum. Ich wart ab, bis Sie aufgegessen haben, dann hole ich es geschwind.«

Jette stopfte die Spätzle in sich hinein. Frau Eberle musterte sie dabei und schien jeden Bissen zu zählen. Es fehlte nur noch, dass sie mit den Fingerspitzen auf der Tischplatte herumhämmerte, um endlich diese Ofenschlupfer servieren zu können.

Jette hatte den letzten Bissen noch nicht hinuntergeschluckt, als Frau Eberle ihr bereits den Teller wegriss.

»So, nun kann ich die Schlupfer herschaffen. Sie müssten längst fertig sein!« Frau Eberle rauschte hinaus.

»Ich dachte echt, die serviert uns ihre geweißten Schlüppis.« Auf Günthers Stirn zeigten sich Schweißperlen.

»Was du immer denkst!« Jette winkte ab. »Frau Eberle ist grundanständig, Günther.«

Die Nachbarin kam mit der Nachspeise zurück. Sie roch in der Tat lecker und sah appetitlich aus, was der Name wirklich nicht ahnen ließ. »An guada, wünsche ich!«

Obwohl Jette wirklich satt war, konnte sie der süßen Versuchung nicht widerstehen. Der Geschmack erinnerte sie zunächst an warmen Apfelstrudel, aber als das Gericht in ihrem Mund zerging, merkte sie, dass die Ofenschlupfer noch besser waren. Würde Jette diese Art zu kochen täglich genießen, war zu befürchten, dass ihr nach zwei Wochen die Hosen platzten.

Als sie fertig waren, räumte Frau Eberle die kleinen Teller ab und wischte sich erneut die Hand an der Schürze ab. »Gleich kommt übrigens auch noch der neue Nachbar, der direkt neben Ihnen eingezogen ist. Aber nur auf ein Viertele. Er war noch im Haus beschäftigt und hat es vorher nicht geschafft. Deshalb habe ich keine Spätzle und keinen Ofenschlupfer für ihn hergerichtet, wäre ja alles kalt geworden. Er isst sowieso lieber fettarm und trinkt Eiweißshakes, hat er gesagt.« Frau Eberle rückte die Tischdeko wieder zurecht. Ihr fiel es offenbar unendlich schwer, ruhig sitzen zu bleiben. Jette machte das ein wenig nervös. Noch nervöser machte es sie allerdings, dass dieser eiweißgesättigte Muskelprotz von nebenan gleich hier einfallen würde. Kaum war die Weinkaraffe mit dem Rotwein aufgefüllt, ein echter Trollinger vom Neckar, klingelte es auch schon.

»Das wird er sein, der neue Nachbar. Er heißt Herr Zwieble«, freute Frau Eberle sich. »Dann können wir gleich das Viertele schlotzen!«

»Wir wollen was?«, fragte Günther erneut. »Schlotzen?«

»Das sagen sie, wenn sie Wein trinken«, erklärte Jette, die schon einmal in Schwaben gewesen war und sich gut an die merkwürdigen Vierteleglaser mit Henkel, aber ohne Stiele erinnern konnte. »Die schlotzen ständig Viertele. Sei ruhig und nimm es einfach so hin.«

»Schlotzen und Schlupfer ... eine merkwürdige Sprache«, murmelte Günther. Jette stieß ihm den Ellbogen sacht in die Seite.

Frau Eberle hatte Günthers Bemerkung ohnehin nicht mitbekommen, weil sie beim Klingeln sofort zur Haustür gestürzt war. Stolz schob sie nun den neuen Nachbarn in die gute Stube.

»Das ischt der Herr Zwieble«, stellte sie den hochgewachsenen Glatzkopf vor, dem ein breites Grinsen ins Gesicht gemalt war.

Er nickte Jette und Günther kurz zu. »Herr Zwiebell ist mein Name. Mit zwei l! Julius Zwiebell aus Hannover. Angenehm.« Er fixierte Jette sofort mit seinem Blick.

»Herzlich willkommen und auf eine gute und angenehme Nachbarschaft!« Jette lächelte ihn an. »Ich bin Jette Blümerant, das ist Günther Meilenstein. Wir wohnen rechts von Ihnen.«

»Schön, wenn man in der neuen Heimat gleich so freundlich empfangen wird.« Herr Zwiebell erwiderte Jettes Lächeln. »Das begeistert mich, wo man doch immer sagt, die Friesen seien so unglaublich stur. All das hier« – er machte eine ausschweifende Handbewegung, sein Blick verweilte auch kurz auf dem Stickbild – »führt diese Aussage ad absurdum.«

»Frau Eberle ist Schwäbin«, klärte Günther ihn auf. »Wir selbst leben eher schlicht. Auch was die Art der Dekoration angeht.«

Jette stieß ihm erneut den Ellbogen in die Seite. »Frau Eberle ist keine Friesin«, beharrte Günther.

Warum war er so auf Krawall gebürstet?

»Aber Sie sind von hier?«, fragte Herr Zwiebell.

Jette nickte. »Ich lebe schon ein paar Jahre auf Langeoog, und Herr Meilenstein kommt aus Blersum, also auch aus Ostfriesland. Wie Sie sehen: Wir sind gar nicht so schlimm, wie man es uns nachsagt.«

Julius Zwiebell wandte sich ausschließlich Jette zu. »Ach, Ihnen gehört dann auch der kleine Laden? Mit den Bernsteinen, Klamotten und dem Touristengedöns?«

»Es ist eine Galerie mit einer Bernsteinschleiferei. Ich entwerfe den Schmuck selbst«, korrigierte sie ihn.

»Ich habe das auch nicht abwertend gemeint, Jette. Ich darf doch Jette sagen?« Herr Zwiebell zwinkerte ihr zu. Jette nickte unmerklich. Sie hatte es auch lieber, wenn es nicht so förmlich zuging.

Günther, dem der Charme-Angriff nicht entgangen war, räusperte sich und sah den Nachbarn scharf an. »Ich bin übrigens der Lebensgefährte von Frau Blümerant.«

Herr Zwiebell klopfte Günther jovial auf die Schulter. »Das freut mich, dass es nebenan auch einen Mann gibt. Mit wem sollte ich sonst Bier trinken? Es geht doch nichts über ein gutes Jever Pils, friesisch herb, oder? Bitte ein Bier für mich und meinen Nachbarn!«

Er hätte dem Blick und der Mimik nach auch genauso gut sagen können: Schön, dass Sie glauben, der Mann an Jettes Seite zu sein, aber alles ist verhandelbar. Jette schluckte. Günthers Blick glich jetzt dem eines Kampfhahns.

»Ach«, mischte sich nun Frau Eberle wieder ein. Die Streithähne senkten den Blick. »Jetzt, wo der Herr Zwieble sich Ihnen vorgestellt hat, kann er sich doch setzen. Das macht es gemütlicher.« Sie wies auf eine Sofalandschaft, die die Ecke des Wohnzimmers komplett ausfüllte. Sie bestand aus hellgrünem Polster, auf dem Frau Eberle bestickte Kissen (auch wieder Jägermotive, dieses Mal mit erschossenem Reh, Wildschwein oder Fasan) drapiert hatte, natürlich in der Mitte mit Kniff. Sie schubste eines davon beiseite. »Ich meine, wir alle sollten uns für das Viertele und das Bier rübersetzen.«

Jette fragte sich, warum eine alleinstehende Frau so eine pompöse Sofalandschaft besaß. Sie war derart überdimensioniert, dass sie sich theoretisch den ganzen Abend alle paar Minuten auf eine andere Stelle setzen musste, damit sie das Polster gleichmäßig absaß.

Günther nahm Jette fest an die Hand und platzierte sich so, dass Herr Zwiebell sich unmöglich neben seine Lebensgefährtin setzen konnte. Er war tatsächlich eifersüchtig.

Frau Eberle gab weiterhin die perfekte Gastgeberin. »Hier ist das Viertele für Frau Blümerant, und hier die zwei Biere für die Herren. Ich selbst mag gern einen Schlehenlikör. Ist es recht so, Frau Blümerant? Herr Meilenstein? Herr Zwieble?«

»Zwiebell, Frau Eberle. Zwiebell.«

Frau Eberle lächelte. »Sag ich doch, Herr Zwieble.«

Er gab es auf.

»Nun, was verschlägt Sie nach Langeoog, wenn Sie doch in einer Metropole wie Hannover leben können?«, fragte Frau Eberle betont liebenswürdig. Egal, was sie sagte oder fragte, es klang allein der Sprache wegen *immer* liebenswürdig. Ohne die Antwort abzuwarten, hatte Frau Eberle die Flasche mit dem Schlehenlikör schon wieder in der Hand und füllte sich ein Gläschen nach. Sie trank das Zeug wie Wasser.

Haben Schwaben eine Hornhaut auf der Leber? Viertele, Schlehenlikör ...

Jette wurde schon vom Zusehen betrunken.

Julius Zwiebell lehnte sich mit der Bierflasche in der Hand auf dem Sofa zurück. Er benutzte, im Gegensatz zu Günther, kein Glas. In jovialem Tonfall griff er Frau Eberles Frage auf. »Warum ich von Hannover nach Langeoog gezogen bin?« Er schürzte wichtig die Lippen. »Ach wissen Sie, meine Work-Life-Balance war ein wenig aus den Fugen geraten. Da musste ich reagieren, und es schadet ja nichts, die Seele auf der Insel im Wind treiben zu lassen. Diese Metropolen nehmen einem auf Dauer doch den Blick auf das Wesentliche.«

Jette sah ihren Nachbarn begeistert an. Das klang tatsächlich feinfühlig und ließ ihn in einem völlig anderen Licht dastehen. Sie hatte den Mann so ganz anders eingeschätzt! Eher Typ Bodybuilder mit Spatzenhirn, den Intellekt von der Muskelmasse samt Eiweißshakes verdrängt. »Wie lange möchten Sie denn auf der Insel bleiben, Herr Zwiebell?«

»Für dich Julius, meine liebe Jette. Für dich Julius. Wir waren schließlich bereits beim Du.« Er sah sie lange an, und Jette musste tatsächlich den Blick senken, um nicht zu erröten. Er hatte aber auch Augen! Grau und mit einem unwiderstehlichen Glitzern darin.

»Wie lange dürfen wir denn mit deiner Anwesenheit als Nachbar rechnen? Soweit ich weiß, hast du das Haus gekauft, oder?« Jette musste etwas sagen, sie konnte Julius doch nicht unentwegt anstarren!

»Ich werde die meiste Zeit hier auf Langeoog weilen, werte Jette. Vor allem, wo ich jetzt weiß, was für eine nette Nachbarschaft um mich herum ist.« Er griff nach ihrer Hand.

Jette durchfuhr zwar ein Stromschlag, aber sie entzog sie ihm rasch wieder. Sie gehörte zu Günther! War seine Frau! Nein, war sie nicht. Er hatte nicht um ihre Hand angehalten und noch nie, wirklich nie eine Bemerkung in diese Richtung gemacht.

Aber du lebst mit ihm! Benimm dich.

»Nun, wir müssen jetzt auch gehen, nicht wahr, Jette?« Günther war das Techtelmechtel nicht entgangen, und sein Zittern verriet, dass er ziemlich ungehalten, ja verletzt war. Das wollte Jette nicht, und sie gab ihm vor Julius einen Kuss auf die Wange.

»Du hast recht, Günther. Morgen beginnt unser Tag recht früh, wir haben das Haus schließlich voller Besuch.«

Günthers Gesicht rötete sich plötzlich, er musste innerlich geradezu kochen.

»Aber Sie müssen noch bleiben! Sie haben schließlich nur ein Viertele getrunken«, empörte Frau Eberle sich. »Ein weiteres können Sie bestimmt noch vertragen.«

»Besser nicht, Frau Eberle. Herr Zwiebell ist ja später gekommen, er wird sich bestimmt gern noch eine Weile mit Ihnen unterhalten.« Jette trank ihr Weinglas in einem Zug aus. Günthers Hände zitterten, er atmete schwer. So kannte sie ihn gar nicht. Sie mussten hier fort, bevor er vor Eifersucht platzte.

Julius erhob sich, als Jette und Günther gleichzeitig aufstanden. Er verneigte sich und küsste Jette die Hand. »Wir sehen uns hoffentlich bald wieder. Ich kann es kaum erwarten.« Erneut dieser Blick.

»Nun, ich sagte ja schon: Wir haben Besuch. Die Enkel und Günthers Nichte sind da. Dann habe ich mein Lädchen und ich muss eine neue Kollektion entwerfen, damit die nächste Saison gut läuft, wissen Sie? So als Geschäftsfrau ist man wirklich rund um die Uhr beschäftigt.« Mein Gott, was für eine Selbstbeweihräucherung! Das konnte nur am Viertele liegen. Jette kannte sich kaum wieder.

Aber Julius ging begeistert darauf ein. »Das klingt wirklich nach einer viel beschäftigten Dame! Ich liebe Frauen, die wissen, was sie wollen, glauben Sie mir.«

»Wir geben Ihnen Bescheid, falls meine Frau Zeit für Sie hat«, fuhr Günther dazwischen.

Er hat tatsächlich »meine Frau« gesagt!

»Ich will jetzt mit Ihnen noch etwas trinken«, mischte sich Frau Eberle ein, der das Geplänkel zwischen Julius und Jette merklich missfiel. Eilig verabschiedete sie Günther und Jette und zog Herrn Zwiebell zurück zum Sofa.

5. Kapitel

Horsti war am nächsten Morgen der Erste, der in Jettes Küche auf den Kaffee wartete. Er war schon früh vom Anleger hergeradelt. Jette hatte wie immer nicht abgeschlossen, sodass er den Schlüssel nicht einmal aus dem ihm bekannten Geheimversteck kramen musste.

Horsti fühlte sich bei Jette und Günther wie zu Hause. Sie waren die Familie, die er nie gehabt hatte und ehrlicherweise auch nie haben wollte. Nur ab und zu, so wie jetzt, wenn er sich einsam fühlte.

Im Haus war es ruhig, alle schliefen noch. Wer stand schon zu so gottverlassener Zeit auf? Auch wieder nur er, weil er nicht schlafen konnte. Die leichten Wellen hatten gegen den Schiffsrumpf geschlagen, und er war davon wach geworden. Er hatte sich hin und her gewälzt und das Alleinsein immer schwerer ertragen. Nach einiger Zeit hatte er es nicht mehr ausgehalten, sich fertig gemacht und war losgeradelt.

Horsti langweilte sich jetzt allein in der Küche und schlurfte zur Haustür. Er fischte die Zeitung aus dem Briefkasten, glücklicherweise hatte der Bote seinen Weg schon gemacht. Damit konnte er die Zeit ein wenig überbrücken. Horsti blätterte lustlos in den Seiten. Insgeheim ertappte er sich bei dem Wunsch, dass Walburga zufällig hereinkommen würde, damit er ihr ein bisschen auf den Zahn fühlen konnte. Sie hatte ihm so einiges zu erklären!

»Was, wenn ich der Erzeuger ihres Kindes bin und auf meine alten Tage Papa werde?«, murmelte er vor sich hin. »Günther hat vom dritten Monat gesprochen, da kann der Schuss bei dem zweiwöchigen Kurztrip nach Hamburg durchaus gesessen haben! Mann, ich war echt ein bisschen verliebt in die Kleine, und ich glaube, ich habe bei unseren paar Treffen zu viel geredet. Sonst säße sie wohl kaum hier.«

Horsti hatte ein furchtbar schlechtes Gewissen, was aber von seiner Berechnung, die er in der letzten Nacht mehrfach angestellt hatte, überlagert wurde. Vater zu werden war nie sein Ziel gewesen. Wie sollte das gehen mit der Jacht? Gab es denn überhaupt so kleine Schwimmwesten? Schließlich wollte er sein gerade erst erstandenes Schiff nicht schon wieder verkaufen, selbst wenn ab dem nächsten Jahr ein kleines Kind darauf sein Unwesen trieb. Horsti schluckte. Er dachte an sein zukünftiges Kind, als wäre es ein Gespenst.

Es wäre wirklich gut, wenn Walburga als Erste hier auftauchte. Sie mussten dringend miteinander reden.

Aber es war Günther, der plötzlich völlig übernächtigt und mit zerzausten Haaren in die Küche stolperte.

»Du hier? Na ja, wer sonst?« Besonders erstaunt war er über Horstis Anwesenheit zu solch früher Stunde nicht.

»Konnte nicht schlafen. Dieses ständige Geschrei der Möwen, dann die Wellen. Und so warm ist es im Oktober ja auch nicht mehr, wie du weißt. Hatte aber keine Lust, die Heizung anzustellen.«

Günther nickte verständig. Er hatte Horsti mal gebeichtet, wie einsam er sich oft mit seinen Laufenten in Blersum gefühlt hatte und wie froh er war, dass er nun Jette an seiner Seite wusste, was für Horsti, trotz seiner Einsamkeit, unverständlich war. Er liebte bislang die Unverbindlichkeit. Günther musterte Horsti vorsichtig. »Du wirkst bedrückt. Sag bloß, du hast Kummer? Hältst du es auf deinem schmucken Kahn allein nicht aus?«

Horsti nickte. »So kann man es wohl nennen.«

Günther hantierte am Kaffeeautomaten herum, den er Jette nach dem Studium verschiedener Testberichte gekauft hatte, als ihre normale Kaffeemaschine den Geist aufgegeben hatte. Er befüllte den Tank mit Wasser und suchte im Schrank nach den Kaffeebohnen, weil das Reservoir leer war. Horsti sah ihm dabei zu und wusste nicht, wie er Günther beibringen sollte, was ihn bedrückte. Es war ja selbst für ihn fast unvorstellbar.

Sein Freund hatte die Dose mit dem Kaffee inzwischen gefunden und füllte Bohnen nach. »Was plagt dich denn außer der Einsamkeit und den Möwen, mein guter Freund? Ich meine, es ist kurz nach sechs, und du lungerst bei Jette in der Küche herum.«

Er stellte den Kaffeebecher mit der Aufschrift »Günthers Morgendröhnung« (ein Geschenk von Marie) unter die Maschine und drückte den Startknopf. Das Dröhnen des Mahlwerkes ließ ihn lauter sprechen. »Willst du auch einen? Siehst aus, als könntest du etwas Koffein brauchen.«

Horsti nickte. »Gern. Möglichst stark, bitte. Einen doppelten Espresso und am besten mit Schuss.«

Günther drückte den Startknopf. »Mit Alkohol kann ich dir leider nicht dienen. Um diese Zeit hat die Jette-Bar noch geschlossen.«

Horsti grinste breit und fuhr sich durchs wellige graue Haar. »Dachte ich mir. Obwohl ich jetzt einen Kurzen ganz gut vertragen könnte. Ich kenne Walburga nämlich nicht nur ein bisschen.« Sein schiefes Grinsen musste Bände sprechen.

»Was soll das heißen, Horsti?«

Der Espresso war durchgelaufen und verbreitete seinen aromatischen Duft.

»Ich habe wegen ihr die ganze Nacht kein Auge zugetan.« Bei dieser Beichte ließ er es für den Moment bewenden, weil er befürchtete, dass sein Freund ihm nach seinem umfassenden Geständnis den Kopf abreißen würde. Deshalb fuhr er, das Thema wechselnd, fort: »Aber weißt du, was ich mich die ganze Zeit frage?«

»Hm?«

»Was tust *du* so früh in der Küche? Ich kenne dich seit mehr als einem halben Jahrhundert, und wenn du nicht musstest, bist du nie vor acht Uhr irgendwo aufgetaucht. Nicht mal in der Schule! Deshalb bist du doch auch Beamter geworden. Da hattest du Gleitzeit. Mit dir stimmt also auch etwas nicht.«

»Blödsinn. Mit mir ist nichts. Und lenk nicht ab, ich warte auf eine Erklärung für dein frühes Erscheinen!«

»Ich glaube zwar nicht, dass mit dir nichts ist, aber gut, ich fange an.« Horsti schlürfte den Espresso und erzählte seinem Freund dabei von den zwei Wochen in Hamburg vor drei Monaten. »Das war Party pur, Günni. Jeden Abend Reeperbahn, jeden Abend Frauen. Schöne Frauen. Und in der letzten Woche dann nur noch eine.«

»Du hast dir welche gekauft?« Günther rückte ein Stück ab. Er war ja nicht prüde, aber das ging ihm sichtlich zu weit.

»Nein, da liefen genug Freiwillige herum. Unter anderem auch deine Nichte …«

Nach wenigen Sekunden schien ein Begreifen über Günthers Gesicht zu kriechen. »Das ist jetzt nicht dein Ernst! Du hast nicht meine kleine Walburga …« Er konnte den Satz nicht zu Ende aussprechen. »Mein Freund, fast 40 Jahre älter als die Kleine, der …« Wieder unterbrach Günther sich mitten im Satz.

Horsti senkte den Kopf. Es war echt unangenehm, jetzt dem Onkel seiner Liebschaft gegenüberzusitzen und ihm gestehen zu müssen, dass seine Nichte ein echt heißer Feger war.

»Walburga lässt nichts anbrennen«, stieß er schließlich hervor. »Sie mag ältere Männer. Ich konnte mich kaum wehren. Und ganz ehrlich: Es waren dann sogar ein paar schöne Tage mit ihr!«

Günther sprang auf. »Das gibt dir noch lange nicht das Recht, meine Nichte zu bespringen! Ich weiß auch schon, was du mir noch sagen willst, mein Freund«, quetschte er zwischen den Zähnen hervor. »Du glaubst, dass du der Vater von Walburgas Kind sein könntest. Stimmts? Und dass sie hier ist, habe ich auch dir zu verdanken.«

Horsti nickte betreten. »Kommst du nicht doch an Jettes Bar ran?«

»Besondere Vorkommnisse erfordern besonderes Verhalten«, murmelte Günther. Der Spruch ging zwar anders, aber Horsti verbesserte seinen Freund lieber nicht. Hauptsache, Günther organisierte ihnen jetzt einen Entspannungsschnaps, sonst würde er den Tag nicht überstehen.

Günther verschwand in der Stube und kam kurz darauf mit einer Flasche Küstennebel zurück. Er suchte im Küchenschrank nach zwei Schnapsgläsern. Vergeblich. Folglich mussten normale Wassergläser herhalten. Er füllte sie etwa zwei Zentimeter hoch.

»Nich lang schnacken, Kopp in Nacken«, sagte er und kippte sich das Zeug in den Hals. »Anders wird man den Tag nicht überleben.«

Beide schüttelten sich, als der nach Anis schmeckende Schnaps durch ihre Hälse rann.

»Auf einem Bein kann man nicht stehen.« Günther schenkte ein weiteres Glas ein.

Wieder tranken sie in einem Zug. »Sonst schmeckt er ja gut, aber am frühen Morgen ist es ein wenig gewöhnungsbedürftig«, sagte Günther.

»Das stimmt, aber nun erzähl mal, wo dich der Schuh drückt. So formulierten es übrigens schon die alten Römer, wenn sie Sorgen hatten. Von ihnen stammt diese Redewendung. Aber das weißt du sicher längst.«

Horsti war zwar nicht allzu lange an der Uni gewesen, genau genommen hatte er drei Tage deutsche Literatur studiert, aber dennoch fühlte er sich als ganz Schlauer.

Günther griff lieber ein weiteres Mal zu der Küstennebelflasche. »Ich muss mir erst Mut antrinken.« Wieder füllte er die Gläser, dieses Mal gab er ein bisschen mehr hinein. Die milchige Brühe ging sichtlich konform mit Horstis trüben Gedanken. Günther hatte genau das richtige Zeug angeschleppt.

Dem dritten Glas folgte ein viertes, das schon vier Fingerbreit eingeschenkt war.

»Meine Pläne haben sich seit gestern in Luft aufgelöst«, nuschelte Günther schließlich. »Der eine Grund ist der neue Nachbar. Der andere … ach, das sag ich nicht. Das ist mehr als heikel. Kann nicht drüber reden, Horsti!«

»Neue Nachbarn können ein Problem sein, wenn sie gut aussehend sind«, bestätigte Horsti. »Und Gründe, über die man nicht sprechen will, darüber spricht man eben nicht.«

Günther nickte. »Der neue Nachbar ist tatsächlich sehr gut aussehend. Er heißt Julius Zwiebell mit zwei l. Und der hat 'ne Glatze.«

Horsti goss den letzten Rest aus der Küstennebelflasche ein.

»Der macht ihr den Hof! Und meine Jette, die findet das gut. Der Kerl ist attraktiv. Nicht so wie ich.« Günther sackte angesichts seiner Minderwertigkeit und seines dicken Bauches in sich zusammen.

»Das ist hart.« Der neuerliche Griff zur Flasche war unumgänglich, allerdings traf Horsti die Gläser nicht mehr ganz, und da sie im Übrigen schon leer war, tropfte es nur noch kläglich aus dem Flaschenhals.

»Alle!«, kommentierte Günther. »Nix mehr drin.«

»Jou, alle. Alles weggesoffen.« Horsti knallte die Flasche auf den Tisch.

Günther begann zu singen. »Wenn ich einmal traurig bin, trink ich einen Korn …«

Horsti fiel mit ein, und im Nu war das kleine Inselhaus von Männergesang erfüllt.

Jette schreckte vom Klingeln des Weckers auf. Es war sieben Uhr, und Günthers Bett neben ihrem war leer, kalt und akkurat gemacht. So, wie es seine Art war. War er schon unterwegs, weil der Frühaufsteher Kilian ihn auf einen seiner Forschungstrips mitgenommen hatte? Wenn Kilian eine geniale Idee eingefallen war, die er sofort umsetzen wollte, kannte er weder Schlaf noch Pardon. Und gestern hatte er etwas von der Erforschung der Wildgänse gefaselt und dass er noch einmal zum Vogelwarthaus wollte. »Es gibt hier Ringelgänse und Nonnengänse«, hatte er gesagt. Vielleicht waren sie losgefahren, um das in seinem Forscherbuch akribisch zu dokumentieren. Jette musste ganz schön fest geschlafen haben, sodass sie nicht mitbekommen hatte, wie Günther von ihrem Enkel entführt worden war.

»… und wenn ich dann noch traurig bin, dann fang ich an von vorn!«

Jette sprang aus dem Bett. Das war doch Günthers Stimme! Übte er wieder für De Flinthörners, dem Shanty-Chor der Insel, wo er mal für eine Weile, trotz seines furchtbaren Brummbasses, hatte mitsingen dürfen? Nein, das da unten klang nicht nach gutem Gesang, das klang nach Gelage. In ihrem Haus!

Jette schlich zur Tür und öffnete sie leise. Nun vermochte sie auch die zweite Stimme zu identifizieren, und die gehörte zu Horsti. Die beiden konnten doch unmöglich um diese Zeit betrunken sein! Vor dem Frühstück galt das ja nicht einmal als Frühschoppen. Sie hatte junge Menschen im Haus. Dazu eine sensible Schwangere, die sich nicht aufregen durfte. Das ging gar nicht.

Jette schnappte sich ihren Morgenmantel und stürzte die Treppen hinunter. Der Gesang verebbte abrupt, als sie die Tür zur Küche aufstieß. Horsti und Günther stierten mit glasigem Blick auf den Küchenfußboden. Vor ihnen lagen zwei umgestoßene Wassergläser, aus denen je ein milchiger Faden kroch. Die dazugehörige Küstennebelflasche tropfte ihren Restinhalt fast provozierend auf den Küchenfußboden.

»Was treibt ihr am frühen Morgen in *meiner* Küche? Das ist hier keine Spelunke!« Jettes Augen blitzten vor Wut.

Horsti grinste nur dämlich, und Günther sah Jette mit schräg gestelltem Kopf von unten an. Seine Augen schafften es allerdings nicht, sie wirklich zu fixieren. Er brauchte eine Weile, ehe er seine Gedanken sortiert und die Zunge entknotet hatte. »Ach Jette. Wir mussten unseren Kummer ertränken.«

»Wenn ich einmal traurig bin ...«, stimmte Horsti wieder an. Dann bemerkte er Günthers warnenden Blick und verstummte.

»Raus«, flüsterte Jette. Wenn sie jetzt die Stimme erhob, konnte sie für nichts mehr garantieren.

Horsti begriff die brenzlige Situation sofort, raffte seine Jacke, schaffte es, mit ungelenken Bewegungen die Terrassentür zu öffnen, und torkelte hinaus.

»Ich schließ übrigens zukünftig immer ab und werde den Schlüssel so verstecken, dass dein Busenfreund ihn ganz bestimmt nicht finden kann. Das sag ich dir, mein Guter!«, keifte

Jette, nun entschieden lauter in Richtung Günther, der ebenfalls aufgestanden war und bedenklich schwankte. Er kam keinen Schritt weit, sondern fiel zurück auf den Stuhl. Günther griff mit der rechten Hand an die Tischkante, um sich wieder hochzuziehen, rutschte aber ab und riss beinahe das Tischtuch mit. Jette konnte es im allerletzten Moment festhalten, allerdings polterte die Küstennebelflasche zu Boden und kullerte unter den Tisch.

»Geht nicht«, nuschelte er mit einem verrutschten Grinsen im Gesicht. »Geht irgendwie nicht.«

Jette hatte sich vor ihm aufgebaut, die Hände in die Seiten gestemmt. »Das wundert mich nicht! Was hast du dir denn dabei gedacht, mit Horsti am frühen Morgen zu saufen? Am ganz frühen Morgen, es ist gerade mal sieben Uhr, Günther. Und das alles in *meiner* Küche?« Jette schnappte zwischendurch kurz nach Luft. Wenn sie ihre Fragen jetzt nicht wie ein Wasserfall herausspie, würde sie daran ersticken. Oder platzen. Oder wie dieses HB-Männchen aus der Werbung damals in die Luft fliegen. »Wann habt ihr überhaupt angefangen? Gestern sind wir doch gemeinsam zu Bett gegangen. Bist du wieder runter, und ihr habt die ganze Nacht durchgemacht? Habt ihr? Nun sag schon, Günther Meilenstein!«

»Viele Fragen auf einmal …« Günther grinste dämlich. »Du lässt mich ja gar nicht zu Wort kommen.« Er lehnte sich zurück und legte den Kopf in den Nacken. »Es ist auf alle Fälle ganz anders, als du denkst. Echt ganz anders.«

Jette stöhnte auf. »Günther! Du sitzt hier völlig betrunken vor mir und willst mir weismachen, dass es nicht so ist, wie es ist?«

»Ich hab ein paar Schlückchen getrunken.« Er hickste. »Aber es gab ja auch einen gewichtigen Grund! Bei mir und bei Horsti! Männer haben eben manchmal Probleme, die es zu lösen gilt.«

Jette bückte sich und angelte nach der Küstennebelflasche. Nicht, dass nachher der ganze Fußboden klebte.

»Bitte nicht böse sein, liebe Jette! Bitte nicht böse sein … Ich kann das nicht gut ertragen, wenn du so wütend bist.« Günthers Worte kamen immer langgezogener aus seinem Mund, und Jette hatte zunehmend Mühe, ihn zu verstehen. Es war wohl besser, sie verfrachtete ihren Lebenspartner umgehend ins Bett. Es hatte keinen Zweck, jetzt mit ihm zu diskutieren. Er musste zuerst seinen Rausch ausschlafen.

»Ab ins Schlafzimmer mit dir! Ich stell dir einen Eimer neben das Bett und dann will ich dich heute nicht mehr sehen. Im Übrigen ist es auch besser, wenn die Kinder dich so nicht erleben.«

Günther bemühte sich wieder aufzustehen. Jette half ihm dieses Mal, nicht dass doch noch etwas zu Bruch ging.

Endlich stand er schwankend im Raum, lief allerdings bei jedem Schritt Gefahr, wieder hinzufallen.

»Ich muss doch heute mit Kilian forschen! Wir wollen die Gänse am Schloppsee beobachten«, lallte er, während er in sich zusammensackte und dann auf allen vieren auf die Küchentür zukroch. »Wo steckt der denn, der Lütte?«, fragte er, als er die Türschwelle erreicht hatte und kurz verschnaufen musste. »Mein Bauch ist arg im Weg. Aber nun muss ich mit dem Jungen sprechen. Kilian!«, schrie er nach oben. »Kilian, wir müssen forschen!«

Jette stieß Günther den Zeigefinger in den Rücken. »Du musst nur eines, Günther Meilenstein, und das ist deinen Rausch ausschlafen. Komm, bewege dich voran!«

Günther kroch weiter. Rechte Hand, linkes Bein. Linke Hand, rechtes Bein. Kontinuierlich näherte er sich der Treppe. Dort wartete das nächste große Problem.

Wie soll ich den Kerl bloß die Treppen hochbekommen?, dachte Jette. Er ist viel zu schwer.

Andererseits konnte er schließlich schlecht im Flur herumliegen, bis er seiner Sinne und der Koordination seiner Gliedmaßen wieder mächtig war.

Sie versetzte ihm einen Schubs. »Probiere mal, da hochzuklettern!«

Günther bemühte sich redlich, die Stufen zu erklimmen. Das Besteigen vom Mount Everest hätte keine größere Herausforderung sein können. Er schaffte gerade die erste Stufe. Nur schwankte er bereits wieder so, dass er Gefahr lief, rückwärts hinunterzustürzen.

»Geht nicht, Jette!« Er grinste blöd. »Geht wirklich nicht. Obwohl ich das ganz doll will. Ehrlich!«

Günther stützte sich schnaufend an der Wand ab und sank auf seinen Allerwertesten. »Ja, und jetzt?«

Jette zuckte mit den Schultern. Die Kemenate wäre als einziger Raum im unteren Stockwerk als Schlafzimmer geeignet, aber leider von Walburga besetzt. Es war auch ausgeschlossen, ihn kurzerhand im Wohnzimmer auf das kleine Sofa zu verfrachten, denn er würde in den nächsten Stunden den schlimmsten Kater seines Lebens haben. Ihr armer Parkettfußboden. Ihr armer Teppich vor dem Sofa. Ihr schöner Rosenbezug. Ratlos betrachtete sie Günther.

In dem Augenblick kam Fenna die Treppe herunter. Sie sah verschlafen aus und rieb sich die Augen. »Was hat Günther denn? Ist er krank? Das sieht voll schlimm aus, Oma!« Besorgt kniete sie neben ihm, nahm aber sofort die Fahne wahr, die aus seinem halb geöffneten Mund drang. Er antwortete auch nicht, sondern schlief bereits tief und fest.

»Küstennebel«, antwortete Jette knapp. »Er hat eine Buddel Küstennebel mit Horsti auf Ex geleert. In den frühen Morgenstunden.«

Fenna spitzte die Lippen und stieß einen Pfiff aus. »Lustig.«

»Lustig finde ich etwas anderes. Dafür muss er einen triftigen Grund haben!« Jette schaute ihre Enkelin an. »Hilfst du mir? Ich bekomme ihn nicht die Treppen rauf. Der fällt mir glatt hintenüber und bricht sich das Genick. Und nun liegt er hier im Weg.«

Fenna kicherte. »Stimmt, er blockiert alles. Wie er da so hockt, hat er was von einem Teddybär. Also von einem, der angezogen ist.«

Jette sah Günther ratlos an. Er hatte ein seliges Lächeln auf seinem Gesicht.

»Zwecklos, Oma. Der macht heute nicht mehr viel. Außer in ein paar Stunden Eimer zu füllen. Das Zeug muss schließlich wieder raus.« Fenna stupste ihn vorsichtig in die Seite.

»Schlag was vor! Ich habe absolut keine Idee.«

Fenna legte den Daumen auf ihre Lippen und dachte nach. Sie lief zum Fenster, sah in den Garten und nahm Maß.

»Was mache ich nur mit ihm?«, murmelte Jette immer wieder. »Ich glaube, ich hole zumindest schon mal einen alten Eimer aus dem Schuppen. Muss nur achtgeben, dass er kein Loch hat.«

»Ich hab's!«, entfuhr es Fenna mit einem Mal. »Warte kurz!« Sie hechtete in einer für sie ungewohnten Geschwindigkeit nach oben. Jette hörte eine Tür. Dem Klacken nach war es die zur Abstellkammer. Dann rumorte es. Jette lehnte sich ans Treppengeländer und stützte mit der rechten Hand Günthers Bauch ab. Er schnarchte laut und hauchte dabei seinen Küstennebelatem in die Luft. Nach einer gefühlten Ewigkeit, Günther hatte schon mehrfach bedrohlich aufgestoßen, schleppte Fenna ein dickes Paket an den oberen Treppenrand.

»Was ist denn das?«

»Ein Zelt! Mir ist eingefallen, dass Günni es im Sommer aus Blersum mitgebracht hat. Weil es so stank, hat er es in der Abstellkammer verstaut. Du weißt ja, Günther wirft nichts weg.«

»Dieses alte Zelt?« Jette rümpfte die Nase angesichts des scharfen Geruchs, der dem Paket entströmte, und sogar unten bei ihr ankam.

Fenna zuckte mit den Schultern. »Damit war er immer unterwegs, als er noch Pfadfinder war. Er hat doch noch im Sommer höllisch damit angegeben.«

Jette erinnerte sich.

Fenna betrachtete das Paket. »Wenn das Ding erst steht, vergeht der Gestank. Ein bisschen jedenfalls.«

Jette verdrehte die Augen und rechnete insgeheim aus, wann Günther zuletzt als Pfadfinder unterwegs gewesen sein mochte, und kam auf einen Zeitraum vor etwa 50 bis 55 Jahren. »Das Teil ist uralt und hat bestimmt Löcher. Und Ungeziefer.« Sie schüttelte sich.

»Es ist seins, und da kommt er rein. Es passt perfekt in den Garten vors Küchenfenster.«

»Wir können Günther doch nicht in diesem Stinkding zwischenlagern. Das Zelt gehört auf den Müll!«

»Ach, Günther stinkt gerade auch«, merkte Fenna gleichmütig an. »Und er merkt im Augenblick nicht viel. Außerdem kann er dann in deinem Haus nicht … na, du weißt schon.«

Jette schluckte. Einen betrunkenen Günther in einem 50 Jahre alten Pfadfinderzelt, das sie erst noch in ihrem kleinen Garten aufbauen mussten: Sie hatte in ihrem Leben schon bessere Pläne gehabt.

Aber es half nichts. Günthers Leidensphase würde bald beginnen, aber bitte nicht in ihrem Haus.

»Komm schon! Wir legen ihn so lange unten im Flur ab. Er muss von den Stufen runter«, schlug Fenna vor. »Dann kann in der Zwischenzeit nichts passieren.«

Gemeinsam zerrten sie ihn hinunter, legten ihm ein kleines Kissen unter den Kopf und eine Decke über den Körper. Es war auf dem Fußboden sicher alles andere als warm. Jette holte aus dem Schuppen noch rasch den Eimer für alle Fälle und hoffte, Günther wäre in der Lage, die Öffnung zu treffen, wenn das Schlimmste eintrat.

»So, jetzt ist die Bahn frei für unser Zelt.« Fenna lief hoch und gab dem Paket einen Stoß, sodass Jette nur noch beiseitespringen konnte und sich schützend vor Günther stellte. Nicht, dass er auf seine alten Tage von seinem eigenen Pfadfinderzelt erschlagen wurde. Doch das Paket blieb auf der untersten Stufe am Treppengeländer hängen.

»Könnt ihr nicht leise sein da unten?«, rief Marie wütend. »Ich habe Ferien!«

»Und ich bin schwanger«, drang Walburgas Stimme aus der Kemenate, begleitet von einem schüchternen Kläffen.

»Ist jetzt vorbei!«, trällerte Fenna.

Plötzlich stampfte Kilian ins Haus. Er sah arg übermüdet aus, warf einen Blick auf Günther und sagte nur: »Zu viel Alkohol.«

»Seit wann bist denn du schon auf?«, fragte Jette. »Du weißt, dass ich es nicht mag, wenn du allein über die Insel ziehst.«

Kilian gähnte. »Seit dem Sonnenaufgang, wie sich das für einen Vogelkundler gehört. War ja eigentlich mit Günni verabredet. Aber kein Wunder, dass er mich versetzt hat. Hab wie abgesprochen am Vogelwarthaus auf ihn gewartet, vergeblich, aber immerhin habe ich den Ranger getroffen. Jetzt muss ich noch kurz schlafen.« Er strich Günther übers Haar und ging die Treppen hinauf.

»Ach Kili«, sagte Jette nur und wandte sich wieder Fenna zu.

Mit vereinten Kräften schleppten sie das Zelt in den Garten, wo es im Schutz des sich im Wind wiegenden Schilfes stehen sollte.

Jette hatte seit Ewigkeiten kein Zelt mehr aufgebaut und brauchte eine Weile, ehe sie verstanden hatte, wie die Stangen zusammengesteckt werden mussten. Günthers Zelt war wirklich überaus antiquiert. Es hatte sicher schon zu seiner Zeit Seltenheitswert gehabt.

Fenna stellte sich beim Umgang mit den Stangen erheblich geschickter an, obwohl sie bestimmt noch nie ein solches Modell aufgebaut hatte. Am Ende stand tatsächlich ein messingfarbenes Gerippe vor ihnen, das zumindest den Anschein einer Zeltform hatte.

»Da hat Günther damals nicht gespart. Das war bestimmt ein besonders teures Modell«, sagte sie und deutete auf die ausgebreitete orangefarbene Plane. »Guck mal, es hat sogar ein kleines Fenster!«

Der Ausguck interessierte Jette nicht. Ihr war kalt, und es wurde Zeit, Günther endlich aus dem Flur fortzuschaffen. Gemeinsam warfen sie die orange Plane über die Stangen.

Während Fenna die Spannseile in den Schlaufen befestigte, lief Jette immer wieder zurück ins Haus und kontrollierte Günthers Befinden. Doch der schnarchte weiter vor sich hin.

Fenna trieb zuletzt die Heringe in die Inselerde und spannte die Seile. »Im Boden neben dem Reißverschluss ist ein Loch«, kicherte sie. »Da wird er wohl hin und wieder Besuch von einer Ameisenkolonne erhalten. Eine kleine Strafe als Ausgleich für unsere Arbeit.«

Jette fand das ebenfalls nicht tragisch. Strafe musste sein. Aber zu hart sollte sie auch nicht ausfallen. Immerhin liebte sie diesen Mann. »Haben wir denn eine Luftmatratze? Er kann ja nicht auf dem kalten Boden liegen.«

Das Problem hatte Fenna offenbar bisher nicht bedacht, aber ihr fiel augenblicklich eine Lösung ein. »Ich habe eine Isomatte dabei! Für meine Fitnessübungen. Ist ein bisschen hart, aber er kühlt nicht von unten aus. So fair müssen wir sein. Außerdem hast du den Stress, wenn er es später mit den Nieren oder im Kreuz hat.«

Nun galt es nur noch, den betrunkenen Günther ins Zelt zu schleppen. Auch zu zweit gestaltete sich das als kein leichtes Unterfangen. Günther war ziemlich ungnädig, weil sie ihn aus seinem Schlummer rissen. Zudem war er kaum in der Lage, mitzuhelfen.

Sie zerrten und schoben ihn durch die Haustür ins Freie, wo er sich kurzfristig weigerte, weiterzugehen. »Ist kalt.«

»Wird gleich richtig warm und kuschelig, glaub es uns«, lockte Jette ihn.

Als nächstes Problem erwies sich der niedrige und enge Eingang des altertümlichen Zeltes. Jette wendete sämtliche Überredungskunst auf, um Günther hineinzubekommen, denn er musste wieder ein Stück auf allen vieren kriechen. Aber schließlich war es geschafft: Günther war in seinem einstigen Pfadfinderzelt verstaut. Einzig die Füße lugten noch hervor, aber damit mussten sie leben. Es würde ihnen nicht gelingen, ihn noch höher zu zerren.

Jette deckte Günther gut zu und stellte den Eimer und eine Flasche Mineralwasser neben ihn. »Dann sind wir so weit, oder?«, fragte sie schließlich. Ihr war nach einem ausgiebigen Frühstück und einer Tasse grünen Tee.

Als Jette zum Gartentor blickte, sah sie Horsti von Hinten dort hocken. Sein langes, grau gelocktes Haar hing ihm wirr in die Stirn, der Kopf war vornüber auf die Brust gesackt.

Jette blickte Fenna an, die ihn ebenfalls entdeckt hatte. Sie seufzte laut auf. »Den können wir unmöglich da sitzen lassen! All deine Kunden kommen auf dem Weg zum Laden dort vorbei. Außerdem holt er sich bei der Kälte den Tod.«

»Auf den Skandal kann ich verzichten«, murmelte Jette. »Stell dir vor, was sie dann in der Zeitung schreiben! Betrunkener erfriert auf Langeoog, nachdem er sich mit seinem Kumpel bis zur Besinnungslosigkeit betrunken hat. Zweiter Trunkenbold überlebt knapp in ausrangiertem Pfadfinderzelt.«

»Hast recht, Oma. Wir müssen was tun.«

»Also auch ab ins Zelt?«

»Jep, auch ins Zelt! Allerdings muss der auf dem harten Boden liegen, noch eine Matte hab ich nicht. Aber besser als nichts.«

»Ich hole die Auflage von der Gartenliege. Darauf kann er schlafen.« Jette lief zum Schuppen, wo sie die Auflage in einer wasserdichten Kiste verstaut hatte.

Sie mussten sich beeilen. Die Straße war schon jetzt belebter als zu Beginn ihres Zeltaufbaus. Bald würde die erste Fähre wieder Ferien- und Tagesgäste auf die Insel bringen. Betrunkene vor dem Laden waren in der Tat kontraproduktiv fürs Geschäft. Und hoffentlich hatten die Nachbarn nichts mitbekommen.

6. Kapitel

Grete Eberle schaute aus dem Fenster und kaute auf dem Ende des Kugelschreibers. Sie hatte eben dem Hochzeitstortenrezept noch eine winzige Änderung hinzugefügt. Was taten Jette Blümerant und ihre seltsam gekleidete Enkelin da? Warum bauten sie im Herbst ein Zelt auf? Das war doch viel zu kalt um diese Jahreszeit! Darin konnte man jetzt unmöglich schlafen. Und dann noch in so einem altersschwachen Modell! Vermutlich war es gar nicht mehr wasserdicht. Leider konnte sie nichts Genaues sehen, und schon verschwand Frau Blümerant auch mit der ältesten Enkelin wieder im Haus. Merkwürdig.

Grete sah auf die Uhr. Es wurde Zeit für ihre Nachbarin, in einer Stunde musste sie schließlich den Laden öffnen, wenn sie nicht wieder ihre Aushilfe bemüht hatte.

Kurz darauf schlüpfte Grete in ihre Jacke. Es war bestimmt nicht verwerflich, die Situation drüben mal aus der Nähe zu betrachten. Sie trat vor die Tür und sog tief die klare Nordseeluft ein. Am Himmel zeigten sich nur ein paar Schönwetterwolken, es würde folglich ein angenehmer Tag werden. Auch wenn sie Bad Urach so manches Mal vermisste: Diese morgendliche Inselluft mit all ihren Geräuschen, sei es das Rufen der zahlreichen Seevögel oder das Rattern der Elektrofahrzeuge, das Hupen der Fahrgastschiffe, wenn sie den Hafen verließen, war mit nichts anderem auf der Welt vergleichbar. Langeoog war definitiv ein Paradies.

Unauffällig näherte Grete sich dem Nachbargrundstück und lugte so über die Hecke, dass sie das merkwürdige Zelt im Blick hatte. Eben war es noch offen gewesen, aber jetzt?

Der Reißverschluss war unten leicht geöffnet, und es lugten vier bestrumpfte Männerfüße in merkwürdiger Haltung heraus. Der eine Fuß war nach innen gekippt, ein zweiter irgendwie verrenkt. Die anderen beiden zeigten akkurat und senkrecht zum Himmel.

Was war in der Zeit geschehen, als sie sich angezogen hatte? Wen hatte ihre Nachbarin dort einquartiert? Jette Blümerant war sehr speziell, und Grete traute ihr eine Menge zu. Wer ständig grünen Tee trank und sich täglich diese Karten legte … Hatte sie nicht sogar mal einen Liebhaber gehabt, der aus dem Drogenmilieu kam? Man sprach im Dorf noch immer davon. Zumindest war der Mann so etwas wie ein Künstler gewesen, und die konnte man allesamt nicht besonders ernst nehmen. Seltsam, dass ein so bodenständiger Mann wie Günther Meilenstein es bei Jette Blümerant aushielt. Er war wirklich nett. Kümmerte sich um den Garten und schleppte ständig Geschenke an. Frau Blümerant wusste das vermutlich gar nicht zu schätzen. Wenn sie, Grete Eberle, einen solchen Mann an ihrer Seite hätte, würde sie ihn mit ihren Spätzle verwöhnen, mit anständigen, hausgemachten Maultaschen und einem echten Kirschenplotzer. Den liebte auch ihr Eberhard sehr. Wenn er demnächst zu Besuch kam, wollte sie ihm den zubereiten.

Jetzt aber musste Grete wissen, was es mit dem kleinen Campingarrangement drüben auf sich hatte. Und weil sie nicht einfach in Frau Blümerants Garten stolzieren konnte, um der Sache auf den Grund zu gehen, musste sie einen anderen Weg finden. Zu offensichtliche Neugierde gehörte sich schließlich nicht. Jedenfalls nicht in ihrem Ländle.

»Ich könnte ja nach einem Ei fragen, weil ich gestern beim Spätzlemachen alle verbraucht habe und nun gern eines zum Frühstück essen würde«, murmelte sie, und ein breites Lächeln glitt über ihr Gesicht. »Das ist eine gute Lösung!«

Sie huschte über den Gartenweg zur Haustür und drückte den Klingelknopf. Auch wenn Jette Blümerant tagsüber nie abschloss, weil sie glaubte, das würde die Einbrecher ohnehin nicht abhalten und so bliebe zumindest die Tür heil. Doch Grete Eberle fand es unschicklich, einfach so hineinzuplatzen, als gehöre sie zur Familie. Schließlich gab es so etwas wie Privatsphäre.

Die Tür wurde von einem blonden, sommersprossigen Jungen mit abstehendem Haar geöffnet, der sie neugierig musterte. Dann streckte er ihr die Hand entgegen. »Moin, ich bin Kilian. Wollen Sie zu Oma Jette? Sie ist in der Küche.«

Er trat einen Schritt beiseite und winkte sie wie ein Mann von Welt herein. Grete Eberle schlug das Stimmengewirr schon im Flur entgegen. Frau Blümerants Küche war voller Menschen. Sie hatten die Terrassentür weit geöffnet, was zwar die frische Nordseeluft, aber auch die Herbstkühle ins Haus ließ. Grete stellte entzückt fest, dass sie so einen freien Blick auf das orangefarbene Zelt im Garten hatte.

Sie bemühte sich, einen Überblick über die Menschenansammlung zu bekommen, was angesichts der vielen Besucher gar nicht so einfach war. Während sie sich umsah, drängelte Kilian sich an ihr vorbei und setzte sich auf seinen Platz.

Die merkwürdige Enkelin mit den Rastalocken (die Frisur hatte Grete gestern gegoogelt), mit der Frau Blümerant eben noch das Zelt aufgestellt hatte, saß in lässiger Haltung an der hinteren Tischkante. Sie war ganz in Grau gekleidet, nur ein grünes Tuch schmückte ihren Hals. Die junge Frau hatte den Kopf auf den Handrücken gestützt und rührte in ihrem Kaffeebecher. Neben ihr hockte mit angestrengtem Blick dieser Kilian. Er wirkte bei genauer Betrachtung wie ein zu junger Professor. An den Längsseiten thronten zwei junge Damen, die aussahen, als hätten sie alle Farben des Tuschkastens einmal an sich ausprobiert. Die eine der beiden war Jettes Besuch und platinblond. Bei der jüngeren, vermutlich die zweite Enkelin, schien das Glätteisen einen Defekt gehabt zu haben. Ihre Haare glänzten zudem in einem unnatürlichen Schwarz.

Dazwischen wuselte Jette Blümerant herum. Es fehlte aber ihr Mann, nein, ihr Lebensgefährte Günther.

»Guten Morgen!«, rief Grete laut und deutlich. Es war nicht einfach, sich hier stimmlich durchzusetzen.

Das Geschnatter in der Küche verstummte augenblicklich. »Ach, Frau Eberle!«, begrüßte Jette sie freundlich. »Was führt Sie zu uns? Wollen Sie mit uns frühstücken? Oder haben wir gestern etwas bei Ihnen vergessen?«

Den Herrn Zwieble, dachte Frau Eberle. Der Kerl war ihr doch tatsächlich noch zu nahe gekommen, als er das fünfte Bier intus gehabt hatte. Es war schwierig gewesen, ihn aus dem Haus zu bugsieren. Er war aber nicht ihr Typ, wenn überhaupt, dann wollte sie eher einen stattlichen Kerl wie Frau Blümerants Günther, der sie allerdings gestern keines Blickes gewürdigt hatte. Trotz des neuen Dirndls und trotz der Tatsache, dass darin ihre üppige Oberweite und ihre weiblichen Hüften vorteilhaft zur Geltung kamen.

»Was denn nun, Frau Eberle?«, hakte ihre Nachbarin nach. »Das hier ist meine große Familie. Wir sitzen gerade gemütlich beisammen. Also, was kann ich für Sie tun? Muss ja wichtig sein, wenn Sie so früh am Morgen hier auftauchen.«

Frau Blümerants Stimme war für Gretes Geschmack ein wenig zu freundlich, fast, als ahne sie, was ihre Nachbarin hergetrieben hatte.

»Ich brauche eigentlich nur ein Ei«, sagte Grete Eberle. »Mehr nicht. Ich hab alle verbraucht, gestern beim Spätzlemachen. Und ich hätt so gern eins zum Frühstück.«

»Ach so. Das erklärt natürlich alles, Frau Eberle, natürlich können sie eins haben!« Frau Blümerant blieb übertrieben freundlich. Sie hatte ganz bestimmt etwas zu verbergen. Warum zum Teufel tänzelte sie ständig vor der Terrassentür hin und her und verhinderte auf diese Weise, dass Grete einen Blick auf das Zelt erhaschen konnte?

»Ist Herr Zwiebell noch lange geblieben?«

»Geht so«, antwortete Grete wortkarg. Seine Annäherungsversuche wollte sie hier bestimmt nicht thematisieren. Sie versuchte erneut, verstohlen aus der Terrassentür zu blicken, aber Frau Blümerant hatte sich wirklich ungünstig positioniert. Jetzt machte sie sogar eine Handbewegung. Das Rastalockenmädchen hatte verstanden, verschloss die Tür und zog überflüssigerweise auch noch den Vorhang zu. Grete Eberle gelang deshalb nur noch ein kurzer Blick. Es hatte sich zwischenzeitlich nichts Außergewöhnliches verändert. Vielleicht ragte der eine Fuß wieder ein paar Zentimeter gerader aus dem Zelt.

Frau Blümerant machte endlich einen Schritt zur Seite und öffnete die Kühlschranktür.

Wie schade, dachte Grete, sie kam in Bezug auf das Zelt nicht weiter, aber sie hatte schließlich noch eine weitere Mission. Immerhin war sie Frau Blümerants Besuch gerade sehr nah und konnte zumindest ausloten, ob sie als Schwiegertochter infrage kam. Sie machte einen Schritt auf die eine bunt bemalte Frau zu.

»Sie sind also der Besuch, der außer den Enkeln nach Langeoog gekommen ist?«

Die Angesprochene hob den Kopf. »Ja, ich bin Walburga, Günthers Nichte.« Nach diesen spärlichen Worten verstummte sie wieder. Nun, Grete würde der Dame bei einer anderen Gelegenheit auf den Zahn fühlen, und dieses Gemälde im Gesicht konnte schließlich jederzeit beseitigt werden.

Frau Blümerant drückte Grete ein Ei aus dem Kühlschrank in die Hand. Ein letzter Versuch ihrerseits, in den Garten zu schauen, scheiterte. Der Vorhang erfüllte leider seinen Zweck.

Frau Blümerant war Gretes Blick gefolgt und tippte sie an. »Sie fragen sich bestimmt, warum wir im Herbst im Garten ein Zelt aufbauen und sogar jemanden darin schlafen lassen.«

Grete zuckte zusammen. Ihr war es unangenehm, dass ihre Neugierde so offensichtlich war. Jette Blümerant aber gab bereitwillig Auskunft.

»Es ist durchaus etwas ungewöhnlich, das gebe ich zu. Zumal es sich bei unserer Campingunterkunft um ein etwas älteres Modell handelt, also durchaus außergewöhnlichen Charakter hat.«

Warum sprach Frau Blümerant so geschwollen, ganz entgegen ihrer sonstigen Art? Grete war sich immer sicherer, dass hier etwas nicht mit rechten Dingen zuging.

»Ist wirklich eigenartig. So als Feriendomizil. Aber Sie tun ja immer nur Dinge, die gut überlegt sind, oder?«

Jette Blümerant blieb nach wie vor gelassen. »Nun, es gibt Situationen, die muss man so nehmen, wie sie kommen. Um es kurz zu machen: In dem Zelt schlafen Günther und Horsti.«

»Ihr Mann schläft im Oktober mitten am Tag in einem Zelt? Und noch dazu mit einem anderen Mann?« Grete Eberle schluckte.

»Sie wollten das mal ausprobieren. In Erinnerungen schwelgen«, erklärte Frau Blümerant weiter.

»Die sind sozusagen auf dem Retrotrip«, krähte Kilian. »Also, altes Zelt, alter Schlafsack. Omilein unterstützt sie darin, sich ihre Jugend zurückzuholen. Sie ist total tolerant.«

Grete schüttelte den Kopf und ließ die Hand mit dem rohen Ei darin sinken. Beinahe hätte sie es fallen lassen. »Warum tun sie das? Geht es den beiden denn gut dabei?«

»Ob es ihnen gut geht? Wie man's nimmt.« Die älteste Enkelin biss von ihrem Knäckebrot ab und kicherte. »Ich bin übrigens Fenna. Kilian hat sich draußen sicher schon vorgestellt. Und das ist Marie. Walburga kennen Sie ja schon.« Die sprang in dem Moment auf und hechtete aus der Küche. »Sie ist schwanger, und da ist ihr ständig übel, müssen Sie wissen. Das belebt unser Zusammensein ganz schön.«

Grete zuckte zurück. Schwanger? Um Gottes willen! Damit war Walburga als mögliche Schwiegertochter aus dem Rennen! Ein Enkelkind, das nicht Eberhards Lenden entsprungen war, wollte sie keinesfalls haben. Grete war es wichtig, eine *echte* Großmutter zu sein. Was für ein Dilemma! Ab einem bestimmten Alter waren die Frauen entweder schon vergeben oder durch frühere Beziehungen untauglich geworden. Oder eben schwanger von wer weiß wem.

Grete machte vorübergehend ein Häkchen an das Thema »Schwiegertochter auf Langeoog gesucht« und kam auf die Sache mit dem Zelt zurück.

»Liebe Frau Blümerant: Was heißt, wie man's nimmt? Geht es den Männern da draußen bei Wind und Kälte nun gut oder nicht?«

Was war das für ein verrückter Haushalt, in dem man zwei Männer in einem altersschwachen Zelt ablegte und sich darüber totlachte!

»Ach, Frau Eberle, es ist völlig harmlos, und natürlich geht es ihnen gut. Die beiden wollten sich einfach mal in ihre Jugend zurückversetzen. Sich erinnern, wie es damals als Pfadfinder war. Da hat Kilian schon recht. Also, alles in Ordnung im Hause Blümerant.«

Nun, da konnte man durchaus geteilter Ansicht sein, aber es war ja nicht ihre Brühe, die da überkochte.

Frau Blümerant schien froh zu sein, dass Grete das Thema nicht vertiefte. Versöhnlich lenkte sie ein. »Sie können gern mit uns frühstücken. Es sind schließlich zwei Plätze vakant, weil die Herren im Zelt liegen.« Sie zeigte auf zwei freie Stühle auf der rechten Tischseite, direkt am Fenster. »Ich habe ohnehin zu viel eingekauft. Fenna lebt gerade vegan, und Marie macht die Detox Kur. Wir haben also genug übrig.«

Grete war zwar für einen Moment allein wegen der verlockenden Sitzplatzposition am Fenster versucht, das Angebot anzunehmen, doch dann lehnte sie dankend ab. Selbst wenn es ihr vergönnt wäre, einen weiteren Blick auf die Männerfüße im Zelteingang zu werfen, war die Gefahr, in dieser Umgebung binnen kürzester Zeit ein Magengeschwür zu bekommen, ziemlich groß. Dieses Durcheinander, dieser Lärm! Außerdem: Wer kannte schon die wahren Hintergründe für die Ausquartierung ins Zelt? Sie ging besser zurück in ihre kleine Wohnung und speiste gepflegt mit sich allein.

Sie hatte noch eine schöne Brezel, die sie gleich in den Backofen schieben und anschließend dick mit Butter bestrichen verzehren würde. Und dabei konnte sie in Ruhe beobachten, ob und wann die Männer das neue Domizil verließen. Denn irgendwann würden sie es tun. Im Zelt gab es schließlich kein Klo.

Günther schlug die Augen auf. Und schloss sie gleich wieder. Um ihn herum war es definitiv zu orange. Die Farbe blendete ihn und reizte seine Sinne unerträglich. Wo zum Teufel befand er sich? Günther betastete seine Stirn. So eigentümlich hatte er noch nie empfunden. Diese Mischung aus Schwerelosigkeit, gepaart mit einem heftigen Kopfstechen und der fehlenden Erinnerung. Ihm war, als ob er flöge. Es gab dafür nur eine Erklärung: Er war auf dem Weg in den Himmel und der Sonne schon verdammt nah. Das erklärte auch den Farbton um ihn herum.

Günther schluckte. Wenn das so war, was hatte ihn dorthin katapultiert? Er versuchte, sich zu erinnern, es konnte doch nicht sein, dass er alles vergessen hatte! Hatte er einen Unfall gehabt? Nein, seine letzte Erinnerung war, dass er sich auf Langeoog bei Jette aufhielt, und da war kein Zusammenstoß mit einer Kutsche oder einem anderen Gefährt gewesen. Er war auch nicht zum Baden gegangen und konnte demzufolge nicht ertrunken sein. Günther spürte einem anisähnlichen Geschmack auf der Zunge nach. Dazu der Druck im Bauch und Kopfstechen zehnten Grades nebst heftigem Schwindel ... Er könnte vergiftet worden sein. Das war es! Er, Günther Meilenstein, war das Opfer eines Anschlags. Wer nur wollte ihn aus dem Weg räumen?

Das Bild eines gut gebauten, glatzköpfigen Mannes, der seine Jette unverschämt angrinste, tauchte vor seinem inneren Auge auf. Der Nebenbuhler. Der, der es auf seine geliebte Jette abgesehen hatte!

Zu den ganzen seltsamen Empfindungen gesellte sich nun noch ein Geräusch, das dem Brummen eines wütenden Bären glich. Bären gab es aber im Himmel nicht. Oder doch? Irgendwo mussten ja auch die Raubtiere landen, wenn ihr Leben auf Erden vorbei war.

Verdammt, warum konnte sich Günther an nichts erinnern? Was war nur mit ihm passiert, dass er diesem grellen Licht und den unheimlichen Geräuschen nebst unerträglichen Schmerzen ausgesetzt war?

Eine grausame Erkenntnis machte sich in ihm breit. Er war gar nicht im Himmel, das hier war die Hölle. Das Orange kam vom Fegefeuer. Dort wartete auf die Ankömmlinge Schmerz und Pein, so wie er es jetzt fühlte. Was hatte er Schlimmes angestellt, dass es ihn ausgerechnet hierher verschlagen hatte?

Günther wagte ein zweites Mal, die Augen zu öffnen. Über ihn war eine Decke gebreitet, darunter war es recht kuschelig, aber alles andere war – kalt.

»Also doch nicht die Hölle«, murmelte er erleichtert. »Dort brennt das Feuer, es müsste heiß sein.«

Wieder ließ ihn das schaurige Brummen zusammenfahren. Es half nichts, er musste sich der Realität stellen und herausfinden, wer diese Laute ausstieß. Günther neigte den Kopf der starken Kopfschmerzen wegen ganz langsam nach links ... und fuhr zusammen. Neben ihm lag kein Bär, neben ihm schnarchte sein Freund Horsti von Hinten und pustete ihm nunmehr seinen nach Alkohol stinkenden Atem ins Gesicht, sodass Günther den Kopf rasch wieder in Richtung Decke wandte. Jetzt nahm er auch andere Gerüche war. Es roch nach Schimmel und altem Zelt. Und es stank nach Anis! Günther begriff langsam. Der pelzige Geschmack in seinem Mund. Der Kopfschmerz. Die Übelkeit. Nebel. Dichter Nebel ... Küstennebel.

Günthers Hand fuhr zum Kopf. Aber selbst diese leichte Berührung schmerzte. Er war nicht vergiftet worden. Das hatte er selbst verschuldet. Küstennebel morgens um sieben. Nur Küstennebel. Keine Brötchen. An die milchigen Gläser konnte er sich gerade noch erinnern. Dann folgte der Filmriss.

Das Denken fiel Günther immens schwer. Mittlerweile hämmerte der Kopf, als schlage darin die größte Glocke des Kölner Doms. Und dem Schwindel nach zu urteilen verübte er gerade einen Bungee-Sprung.

Wie waren sie nur in das alte, geliebte Zelt gekommen? Sie hatten eine gute Zeit damit gehabt. Günther hatte so getan, als sei er Pfadfinder. Er war allerdings nicht wirklich beigetreten, weil er befürchtet hatte, den sportlichen Übungen nicht gewachsen zu sein. Außerdem war Walter in Horstis Sippe gewesen. Und den konnte Günther nun wirklich nicht leiden. Horsti hatte sein Wissen hingegen als echter Sippenleiter mit eingebracht. Und so hatten sie an den Wochenenden in diesem Zelt gelebt und sich unglaublich *wild and free* gefühlt. Ihr eigenes kleines Paradies.

Günther fröstelte. Jetzt war es weniger paradiesisch. Die Kälte kam von den Füßen her. Durch die dünnen Socken strich ein feiner Windzug, der eine Sekunde später auch sein Gesicht streifte. Es half nichts: Um herauszufinden, woher das alles rührte, musste er sich aufrichten.

Günther schob sich vorsichtig mit dem Oberkörper ein paar Zentimeter hoch. Eine schier unerträgliche Haltung, die er rasch wieder aufgab, als er sah, warum die Situation war, wie sie war. Seine und Horstis Füße ragten als Quartett aus dem Zelt in die frische Luft hinaus. Dann wurde ihm übel, und er übergab sich in den Eimer, den ein Engel sicherheitshalber neben ihm platziert hatte.

Er spülte den ekeligen Geschmack mit dem Wasser aus, das ebenfalls neben seinem Kopf stand. Zwar hämmerte sein Schädel noch immer, aber wenigstens hatte die grässliche Übelkeit ein wenig nachgelassen, was ihn klarer denken ließ. Am liebsten hätte er es allerdings wie die drei kleinen Äffchen gehalten: nichts sehen, nichts hören, nichts sagen.

Jette verteilte derweil im Haus die Aufgaben. »Ich erwarte, dass Küche, Bad und sämtliche Fußböden sauber sind, wenn ich aus dem Laden zurückkomme!« Ihr Ton war ungewöhnlich scharf.

Sie war spät dran, ihr Geschäft hätte schon um zehn Uhr geöffnet werden müssen. Ständig war ihr etwas dazwischengekommen, und jetzt war es schon elf. Ausgerechnet heute war ihre Aushilfe nicht abkömmlich.

»Ich bin aber schwanger!«, wehrte sich Walburga, der Jette einen Besen in die Hand drückte. »Ich muss mich schonen.« Der Kaugummi, dieses Mal ein gelber, ploppte gleich zweimal.

Jette zog mit gesenktem Kopf die Mundwinkel nach unten. »Stimmt, du bist schwanger, aber nicht krank. Schwanger waren schon viele, und davon ist unser System noch nie zusammengebrochen. Also: keine Widerworte. Wer bei mir lebt, muss sich an Regeln halten, oder er fliegt.«

»Ja, das zieht Omilein durch«, bekräftigte Kilian düster. »Das mit dem Putzen. Das kennen wir noch vom letzten Mal.«

»Ich muss mich auf das Kind konzentrieren«, schmollte Walburga. »Und ich bin Günthers Nichte, da kannst du mich nicht einfach so rauswerfen!«

Jette grinste Walburga freundlich an. »Ich kann eine ganze Menge, ich wohne hier nämlich.«

Walburga knickte ein. »Das ist Erpressung, aber ich tu's. Obwohl Fegen voll die prollige Sache ist. Heutzutage gibt es doch automatische Staubis. So wie euer Mähkäfer da draußen.« Sie zeigte auf den Rasenroboter, der gerade gemächlich seine Kreise zog. »Die fahren gemütlich und geräuscharm in der Wohnung herum und sammeln den Staub auf.«

Hoffentlich erzählt sie das nicht Günther!, dachte Jette. Der schafft so ein Ding sofort an, und ich werde in meinem eigenen Haus von einem Roboter verfolgt. Schönen Dank, der da draußen reicht wirklich!

»Ich möchte jetzt nicht weiter diskutieren. Du fegst die Küche und nimmst für die Stube den normalen Staubsauger. Das ist das Gerät, bei dem man das Kabel in die Steckdose stecken muss. Alles klar? Kilian kann die Küche aufräumen und alles abwischen, Fenna das Bad putzen, und Marie wischt. Punkt.«

»Ich bin zwar wegen wichtiger Forschungen hier«, bemerkte Kilian mit gewichtiger Miene, »dennoch drücke ich mich nicht und gehe mit gutem Beispiel voran. Obwohl ich bei meiner Forschungsarbeit schließlich auch noch was für die Menschheit tue, was ich damit aber für Omileins Auftrag hintenanstelle.«

»Und was soll eine Schwangerschaft sein?«, empörte sich Walburga. »Das ist doch erst recht für die Menschheit.« Sie legte die Hand auf den Bauch. »Da brauche ich glatt einen zweiten Kaugummi!« Sie fischte einen blauen aus der rechten Gesäßtasche.

»Es ist mir egal, welche Aufträge ihr habt, wie viele Babys im Bauch und ob Putzen unökologisch ist.« Jettes Blick fiel auf Fenna, die sich bestimmt schon Argumente in diese Richtung zurechtgelegt hatte. »Ich gehe jetzt arbeiten, und ich möchte es sauber und ordentlich haben, wenn ich zurückkomme. Ich schließe heute um 16 Uhr. Alles klar?« Jette ging zur Tür und ignorierte das leise gemurmelte »Sklaventreiberin« von Walburga. Auf der Schwelle wandte sie sich aber noch einmal um. »Und bitte schaut nachher mal nach unseren … Patienten da draußen. Ich komme bis dahin aus dem Laden nicht weg.«

Vorsichtshalber machte Jette dennoch einen Schlenker am Zelt vorbei. Die Alkoholfahnen der Herren übertrumpften tatsächlich noch den beißenden Gestank des Zelttuchs. Günther hatte seine Füße schon ins Innere gezogen und sah Jette mit leidendem Blick an.

»Der Eimer ist fast voll«, jaulte er.

Jette seufzte und kümmerte sich rasch um die Entsorgung. »Leiden musst du allein, mein Guter.« Ihr Mitleid hielt sich in Grenzen, schließlich hatte ihn keiner in diese Situation gezwungen. »Ist dir warm genug mit der Steppdecke?«

»Ja, mir ist nur schlecht, und mein Kopf dröhnt.«

Jette zuckte mit den Schultern, ging ins Lädchen und stellte dort sofort den CD-Player mit der Wellness-Musik an; das beruhigte sie ungemein. Als das erste Stück verklungen war, atmete sie tief durch. Der Geruch hier war gut. Ein bisschen süßlich, ein wenig nach Zitrone. Es war wichtig, für eine Wohlfühlatmosphäre zu sorgen. Nur dann kauften die Leute gern. Zur Optimierung hatte Jette zusammen mit Günther Lichtarrangements erstellt, die ihre Waren vorteilhaft in Szene setzten. Ja, hier war ihre Welt, hier war sie ganz sie selbst. Nun noch ein grüner Tee, und dann konnte der Tag, auch wenn er mit Stolpersteinen begonnen hatte, seinen Lauf nehmen.

Sie trat vor den Laden und platzierte dort ihre Auslagen.

»Haben Sie doch geöffnet? Das ist ja wunderbar! Ich habe vorhin schon die wunderbaren Auslagen im Schaufenster gesehen und gedacht, da muss ich mir doch etwas Wunderbares kaufen, nicht, Heinzi?«

Heinzi, ein dicklicher Mann mit zwei Walkingstöcken in der Hand, nahm seiner Gattin dieselben ab und nickte. »Ja, Liebes, dann geh'n wir doch nei!«

Die Dame kam aus dem Entzücken gar nicht mehr raus. Sie liebte die wunderbaren Bernsteinkreationen genauso wie die wunderbaren Hosenmodelle und Jettes wunderbare kleine Gemälde von Dünen und Strand.

Schließlich erstand sie drei dicke Bernsteinketten, eine Hose im Ethnostyle, zwei Paar Bernsteinohrringe und ein Armband für die Nichte.

Nur das Bild stellte sie zurück, was Jette aber gut verschmerzen konnte, denn ihr Kontostand war dank dieser wunderbaren Käufe in eine komfortable Höhe geschnellt. Die Tüte klapperte an den Walkingstöcken, als ihre Kunden davongingen.

Da danach gerade keine Kunden im Laden waren, nahm Jette sich ein Stück Papier und entwarf ein paar Schals mit Motiven, die sie stricken wollte. Sie hatte kürzlich schon mit Günther über die Erweiterung ihres Angebots gesprochen. Neben dem Malatelier und der Schmuckwerkstatt war noch ein winzig kleiner Raum frei, der momentan mit Kisten vollgestellt war. Dort konnte sie sich einen gemütlichen Sessel platzieren, in dem sie, wenn kein Kunde im Laden war, in Ruhe stricken und häkeln würde. Sie wollte ein Regal hineinstellen, worin sie die Wollknäuel aufbewahren konnte. So hatte sie alle Farben und Materialien sofort im Blick. Und natürlich konnte sie dort sofort alles stehen und liegen lassen, wenn sie vorn im Laden gefragt war.

Mit wenigen gezielten Strichen kreierte sie noch eine Mütze, auf die sie eine Muschel applizieren wollte. Es entstanden in kurzer Zeit drei Varianten aus ihren Grundentwürfen, die sich sehen lassen konnten. Genug Wolle hatte sie schon bestellt. Sobald Günther wieder auf den Beinen war, konnte er loslegen und sich nützlich machen. Er schuldete ihr nach dem heutigen Tag wirklich etwas!

Fenna versuchte die ganze Zeit, das Fett auf der Arbeitsplatte mit klarem Wasser wegzubekommen, nachdem sie mit dem Bad fertig war. Ein unmögliches Unterfangen. Sie war zuvor Kilian zur Hand gegangen, denn seine Art von Ordnung unterschied sich in einem nicht unerheblichen Maß von der Vorstellung seiner Großmutter. Nur kam sie selbst auch nicht so richtig weiter.

Walburga stellte ihr eine Flasche Spülmittel hin. Ihre Kaugummiblase, die sie mit der Zunge nach vorn arbeitete, war inzwischen grün. »Versuchs damit, bevor du dir Blasen putzt.«

»Fett ist nämlich nicht wasserlöslich«, kommentierte Kilian, der seine Schwester beobachtet hatte. »Hast du in Chemie nicht aufgepasst, Fenna?«

»Wollte es eben auf die umweltverträgliche Art tun«, schmollte die, stellte dann aber doch eine Spülmittellösung her und reinigte die Flächen. »Ich hab jetzt ohnehin keine Lust mehr. Wer kommt mit zum Flinthörn?«

Walburga winkte gleich ab. »Ich bin schwanger, ich kann nicht so weit laufen. Dann fällt mir das Kind noch raus!«

»Wir fahren mit dem Rad. Oma hat extra im Sommer welche für uns angeschafft«, sagte Kilian. »Für dich leihen wir uns einfach eins bei Frau Eberle.«

»Das geht erst recht nicht. Fahrrad fahren!« Walburga stiefelte in die Kemenate, aber böse war keiner der anderen drei darüber.

Sie holten die Räder und radelten los.

»Nach der blöden Putzaktion wird uns der frische Wind um die Nase richtig gut tun«, meinte Fenna und sog die Luft tief ein.

Kilian stimmte ihr zu. »Und am Flinthörn sind immer viele Vögel, die ich beobachten kann. Am liebsten habe ich die Nonnengänse, mal sehen, ob wir welche entdecken.«

»Besser Nonnengänse als Putzmittel. Putzen ist nicht nur unökologisch, es schadet auch nachweislich der Gesundheit. Wegen der Chemie in den Putzmitteln.«

»Jetzt haben wir ja frei. Ich schlage vor, dass wir im Häuschen am Flinthörn unser Quartier aufschlagen. Um diese Jahreszeit stört uns dort kein Mensch!«, meinte Marie.

Kilian trat kräftiger in die Pedale. Unterwegs entdeckten sie tatsächlich auf einer Wiese eine große Anzahl von Gänsen, die schnatternd ihr Futter suchten.

»Das sind Nonnengänse«, erklärte Kilian wichtig. Er stoppte und holte sein Vogelbestimmungsbuch aus der Tasche. »Sie kommen aus Sibirien und rasten hier. Man kann sie von den anderen Gänsen an ihrem weißen Kopf unterscheiden. Muss ich kurz dokumentieren. Hab schon etliche Einträge gemacht.«

Logbuch Kilian
Langeoog, Tag 2
Geschehnis: Nonnengänse auf der Wiese am Hafen gefunden.
Geschätzte Menge: 120

Er steckte den Stift zurück. »Ich schreibe aber nicht mehr ganz so ausführlich wie im Sommer. Was sagt ihr zu den Nonnengänsen?«

»Die sehen wirklich aus wie Nonnen. So, als hätten sie ein schwarzes Tuch um«, bestätigte Marie. »Aber nun lass uns weiterfahren. Der Wind bläst hier so.«

»Ostwind«, kommentierte Kilian und fügte das dem Eintrag hinzu, bevor er wieder sein Rad bestieg.

Sie wählten den Weg am Hafen entlang. Dort dümpelten noch immer etliche Segelboote. Horstis Motorjacht stach aus allen Schiffen hervor. Am Fährhafen wurde eben das Versorgungsschiff Onkel Otto entladen.

Sie überquerten die Brücke, die über die Gleise führte, und radelten erst auf dem Betonweg weiter. Dann bogen sie links auf den Deich ab, bis sie zur Abzweigung nach Flinthörn kamen. Dort stellten sie die Räder an den vorgesehenen Platz, den restlichen Weg mussten sie zu Fuß gehen.

»Guckt mal, Rehe!«, rief Kilian plötzlich aus, als drei Ricken aus den Hagebuttenbüschen auftauchten. Sie fixierten die drei kurz und verschwanden anschließend sofort wieder. Fenna, Kilian und Marie liefen den Sandweg schweigend entlang, bis sie das Häuschen erreichten, das auf einer Düne am Flinthörn stand. Sie waren, wie erhofft, allein dort.

Sobald sie sich auf der Bank niedergelassen hatten, sagte Kilian: »Ich bin stinksauer, weil Günther in diesem Zelt liegt, obwohl er mit mir die Gänse erforschen wollte. Ich habe gehört, dass es gleichgeschlechtliche Beziehungen zwischen den Graugänsen gibt! Hat mir der Ranger am Vogelwarthaus erzählt. Da tun sich zwei Ganter zusammen und klauen anderen Weibchen die Eier, um sie selbst auszubrüten. Das haben sie am Schloppsee beobachtet. Hab ich natürlich dokumentiert. Das will ich mir aber noch selbst ansehen.«

»Und wie willst du die voneinander unterscheiden? Herrn und Frau Gans?«, hakte Marie nach.

»Keine Ahnung. Günther wollte mir helfen, und nun liegt er besoffen im Zelt. Dabei hätte ich ihm auch bestimmt sein komisches Geheimnis, warum er Oma nicht heiraten kann, entlockt. Wie soll ich so weiterkommen? Wir sind nur die paar Tage auf der Insel. Da ist keine Zeit für Sperenzchen.«

»Nun halt mal die Luft an!«, sagte Marie. »Ist echter Bockmist, was Günther gemacht hat, aber jetzt nicht mehr zu ändern. Sein Geheimnis lüften wir schon noch. Und dann, meine Lieben, dann wird Günni Oma Jette den bombastischsten Heiratsantrag machen, den die Welt je gehört hat!«

Die drei klatschten sich ab.

»Das muss dann auch so sein«, sagte Kilian. »Mit weniger wird sich Günther nicht zufriedengeben.«

»Gut, dass er uns hat«, sagte Marie.

Nur Fenna schaute skeptisch drein.

7. Kapitel

Marie zupfte an einer Haarsträhne. Heute saß ihre Frisur zum ersten Mal perfekt. Wenigstens etwas Gutes an dieser Schlechtwetterfront, die durch Oma Jettes Inselhaus zog. Es waren vier Tage vergangen, seit Günther und Horsti viele Stunden im Zelt verbracht hatten, und die Stimmung war denkbar schlecht. Deshalb hatten die drei die Zeit mit kleinen Ausflügen verbracht, gelesen oder das Hallenschwimmbad aufgesucht. Kilian war einmal allein zum Schloppsee gefahren, hatte ein paar Trauerenten entdeckt und vom Ranger, der sich dort ebenfalls aufhielt, erfahren, dass Möwen kotzen, wenn man sie beim Beringen umdreht.

»Nun ist schon Sonntag, und Günther ist heute Morgen wegen dem ganzen Stress einfach nach Blersum abgehauen!« Kilian war schier verzweifelt. »Das mit den Gänsen hat er auch völlig vergessen. Das musste ich allein machen. Leider ergebnislos.«

»Ganz abgesehen davon, dass wir nicht wissen, was ihn so sehr bedrückt, dass er Oma den Antrag nicht machen kann«, sagte Marie düster.

»Und Horsti weiß nicht, ob er der Papa von Wallys Baby ist. Was für eine Katastrophe, wenn das so wäre. Deshalb hat er so viel getrunken, hat er gesagt«, sagte Kilian düster.

Fenna winkte ab. »Also, die miese Stimmung zwischen Günther und Oma und dass er abgehauen ist, ist ja wohl viel schlimmer. Man glaubte ja förmlich in einer Gefriertruhe zu hocken, wenn man neben ihnen stand. Wally und Horsti, pah!«

Marie ging zur Tür, weil es geklingelt hatte. Vor ihr stand der neue Nachbar. Er stellte sich kurz vor, und Marie musste bei dem seltsamen Namen Zwiebell schmunzeln. In der Hand hielt er einen riesigen Rosenstrauß. »Ist eure Oma da? Der Laden ist zwar geöffnet, aber ich dachte, am Sonntag ist sie vielleicht trotzdem im Haus und hat im Geschäft eine Hilfe.«

»Sie ist im Laden«, erklärte Marie mit argwöhnischem Tonfall.

»Tatsächlich am Sonntag? Okay, dann geh ich mal rüber.«
»Was wollen Sie denn von ihr?«
»Ich glaube, das geht so einen kleinen Naseweis wie dich nichts an.«

Marie plusterte sich auf. »Ich bin kein Naseweis mehr und möchte auch nicht so behandelt werden, Herr Zwiebell!«

Er musterte Marie abschätzig. »Dennoch haben dich die Privatangelegenheiten deiner Großmutter nicht zu interessieren.« Er räusperte sich. »Ich muss etwas mit ihr besprechen, mehr brauchst du nicht zu wissen.«

Marie schnappte wütend nach Luft, wusste aber nichts Gescheites zu entgegnen. Denn im Prinzip hatte der Nachbar recht. Nur ging es gar nicht, dass er sich jetzt an Oma Jette ranmachte und Günther womöglich auf der Strecke blieb.

»Sie hat aber im Laden wirklich viel zu tun.« Marie deutete mit dem Kopf hinüber und ärgerte sich, dass gerade eben Kunden herauskamen. Vermutlich war Oma Jette jetzt allein, was diesem Herrn Zwiebell sicher gut gefiel.

»Na dann ...« Herr Zwiebell klackte wie ein Offizier die Hacken zusammen. »Ein paar Minuten wird sie für mich schon erübrigen können.« Er drückte die Rosen an die Brust und stolzierte davon.

»Eitler Kerl«, murmelte Marie. »Lass bloß meine Oma in Ruhe. Die hat schon einen. Und zwar den tollsten Mann der Welt.« Na gut, das war relativ. Günthers dicker Bauch, sein Terminator-Gebiss und die einzigartigen Einfälle waren nicht jedermanns Sache. Aber Günther tat Oma Jette gut. Er war der liebevollste und verlässlichste Typ der Welt. Herr Zwiebell hingegen glich einem Gockel. So ähnlich wie Pablo, der Vorgänger von Günther. Aber den hatten sie, die Enkel, bereits erfolgreich in die Wüste geschickt. Konnte schließlich keiner ahnen, dass kurz darauf ein Herr Zwiebell wie ein Geschwür auftauchte und sich zwischen Jette und Günther ausbreitete. Und das, wo der ihr doch einen Antrag machen wollte. Und zwar gerade wenn so richtig dicke Luft zwischen ihnen herrschte.

Marie zuckte zusammen, als Kilian seinen Kopf unter ihrem Arm durchschob und wie seine Schwester dem Nachbarn hinterhersah.

»Der will was von ihr, stimmt's?«, kommentierte er. »Der muss von Bord, und zwar so schnell es geht!«

»Mist, dass Günther weg ist.«

Kilian nickte. »Stimmt. Es ist dumm, dass er in Blersum schmollt. Er kann nicht intervenieren!«

»Red deutsch!«, fuhr Marie ihn an. »In deinem Alter sagt man nicht intervenieren. In deinem Alter sagt man dazwischenhauen oder so was.«

»Ich bin hochbegabt, ich darf so reden«, verteidigte Kilian sich. »Und lass deinen blöden Frust bitte nicht an mir aus! Ich kann nichts dafür, dass der Glatzkopf was von Oma will. Und ich habe Günther nicht gezwungen, mit Horsti am frühen Morgen den Schnaps zu trinken!« Kilian wurde nun richtig laut. »Ich … bin … nicht … dein … Sündenbock! Kapiert?«

Marie zuckte erneut zusammen. So hatte ihr kleiner Bruder noch nie mit ihr geredet. Wurde der Knirps tatsächlich langsam erwachsen? Sie haderte mit sich, ob sie Kilian zustimmen oder den Ausbruch übergehen sollte. Dann entschied sie sich für Letzteres.

»Nichtsdestotrotz hast du recht. Der Typ von nebenan könnte zu einem großen Problem werden. Die Rosen waren für Oma, auch wenn er das nicht gesagt hat. Er baggert sie an.«

Kilian rückte die Brille zurecht. »Das können wir nicht gutheißen.«

Gutheißen! Marie verdrehte die Augen, schwieg aber lieber.

»Auf gar keinen Fall«, bestätigte Fenna, die ebenfalls hinzugetreten war und das Gespräch mit angehört hatte.

So standen sie eine Weile in der geöffneten Haustür und starrten in Richtung des Lädchens. Hoffend, dass Herr Zwiebell gleich wieder das Weite suchte, weil Oma Jette ihn schnellstens hinauskatapultiert hatte. Aber nichts dergleichen geschah. Die Tür blieb hinter ihm verschlossen, sie hörten keine lauten Stimmen. Nichts. Oma Jette ließ sich offenbar von ihrem Nachbarn einwickeln.

»Nicht, dass sie das gut findet? Allein aus Rache an Günther«, unkte Marie.

»Und sein Antrag gleitet in noch weitere Ferne«, führte Kilian den Gedankengang zu Ende. »Dann gibt es nicht nur das ominöse Geheimnis, dann gibt es auch noch einen Zwiebelmann.«

Marie fröstelte. »Lasst uns in die Küche gehen. Ich brauche einen warmen Tee, und drinnen quatscht es sich besser.« Sie rieb sich die Oberarme.

»Meine Füße gleichen auch schon Eisklumpen«, sagte Fenna, die wie immer barfuß in ihren Latschen herumlief.

Marie setzte Wasser auf. »Noch jemand Tee?«

Fenna nickte, Kilian winkte ab. Dann suchte Marie in Oma Jettes Schublade nach einer passenden Sorte. Am Ende entschied sie sich für die »Gute Laune«-Mischung. Vielleicht half es ja, denn trübsinniger als jetzt konnte es nicht sein. Das Wasser kochte, sie goss es in zwei Tassen und warf ihrer großen Schwester den Teebeutel rüber.

»Aber was kann man tun? Oma verbieten, sich zu verlieben?« Fenna versenkte den Teebeutel in ihrer Tasse.

Marie runzelte die Stirn. »Sie ist doch schon verliebt. In Günther!«

»Glücklicherweise trinkt er wirklich nur selten zu viel.«

Der »Gute Laune«-Tee war lange genug gezogen. Fenna holte den Beutel aus dem Wasser, drückte ihn mit dem Löffel aus und schleuderte ihn in Richtung Ausguss. Marie tat es ihr gleich.

»Wir brauchen Hilfe«, sagte Marie. »Was ist mit Horsti? Der kennt Günther doch am besten. Der kann doch bestimmt was tun.«

»Horsti?«, fragte Fenna gedehnt und krauste die Nase. »Zumindest kennt er sich damit aus, wie man Nebenbuhler vergrault. Er ist ja quasi ein Alphatier.«

»Es gibt keine andere Wahl, als dass wir Julius Zwiebell aus dem Weg räumen müssen. Günthers großes Geheimnis ist nichts gegen diese neue Gefahr! Der Mann hatte Rosen bei sich. Rosen!« Maries Stimme klang dunkelschwer.

»Willst du ihn umbringen oder was?«, mischte sich Kilian ein.

»Quatsch. Aber uns muss was einfallen, dass Oma ihn so richtig doof findet.«

»Dann meinst du vergraulen, nicht aus dem Weg räumen. Du musst dich schon klar ausdrücken!«

Fenna winkte ab. »Jetzt keine Spitzfindigkeiten. Marie, wie möchtest du Herrn Zwiebell beseitigen?«

»Jetzt sprichst du auch schon von Mord«, sagte Kilian, aber die Schwestern beachteten ihn nicht.

Marie hatte den Tee fast zur Hälfte geleert. Von guter Laune war dennoch nichts zu spüren. »Ich habe keine Ahnung, wie wir das anstellen wollen. Aber ich mache mir Sorgen: Verletzte Frauen brauchen Trost, und der Typ rennt bei Oma vermutlich gerade offene Türen ein.« Ihr Blick fiel auf Kilian, der nachdenklich in der Nase bohrte. »Mir ist eben etwas eingefallen. Es hilft nur eins, Kilian: Du musst einspringen.«

»Ich? Wieso immer ich?«

»Weil es bei dir glaubhaft ist, bei uns Mädchen nicht. Da riecht Oma den Braten sofort! Du läufst jetzt zu ihr und störst das Date.«

»Ich soll Omilein dazwischenfunken?« Kilians Augen waren schreckensweit.

»Jep. Das ist schließlich das Ziel der Aktion.«

»Das kann ich nicht!«

»Du musst, Kili. Du musst! Tu es für Günther!« Marie schlug Kilian auf die Schulter. Dann nahm sie einen neuerlichen Schluck Tee. Ihre Laune stieg sofort erheblich.

Im nächsten Moment hörten sie lautes Gepolter, und eine völlig aufgelöste Frau Eberle stand in der Küche.

»Mein Tortenrezept ist weg!«, stieß sie aus. »Das, was ich mir eigens für Eberhard ausgedacht habe! Für seine Hochzeit! Es ist einfach weg!«

»Sie haben es bestimmt nur verlegt«, versuchte Marie sie zu beruhigen.

»Nein, es liegt immer an ein und derselben Stelle! Und jetzt ist es fort.« Frau Eberle ließ sich auf einen der Stühle sinken und bedeckte ihr Gesicht mit den Händen. »Jahrelang habe ich an dem Rezept gefeilt! Jahrelang. Nur für meinen Sohn.« Jetzt blickte sie mit tränenverschleiertem Blick auf. »Und wisst ihr, was das Schlimmste ist?«

Marie und Fenna sahen sie fragend an.

»Es ist der Vertrauensbruch. Der Herr Meilenstein war doch gestern noch bei mir. Angeblich hatte er bei meinem Essen was vergessen, was ihm jetzt erst aufgefallen war, aber in Wirklichkeit wollte er sich bei mir ausheulen. Weil Frau Blümerant ihn so … na ja, tut nichts zur Sache. Um ihn aufzumuntern, habe ich ihm dann das Rezeptbuch gezeigt. Er hat gesagt, damit könnte ich Geld machen, wenn ich es an eine Bäckerei verkaufe. Allein die Deko wäre famos.«

»Und wo ist da der Vertrauensbruch?«, unterbrach Fenna sie.

Frau Eberle schnaubte. »Ich habe ihn heute Morgen zur Inselbahn gehen sehen. Und mein Hochzeitstortenrezept ist seitdem verschwunden!«

Jette hatte für sich und Julius Tee gekocht. Das gebot die Höflichkeit, schließlich war er mit einem Strauß roter Rosen bei ihr aufgekreuzt, der jetzt auf dem Tresen für eine wunderbare Atmosphäre sorgte.

»Ich möchte mich als neuer Nachbar gut mit dir stellen«, hatte er zur Begrüßung gesagt und ihr formvollendet die Hand geküsst. Nur ganz sacht, nicht aufdringlich. Der Mann wusste sich zu benehmen, was Jette angesichts der Erlebnisse der letzten Tage sehr hoch einschätzte. Julius Zwiebell erwies sich schon binnen kürzester Zeit als angenehmer und belesener Gesprächspartner. Er war ein höflicher und zuvorkommender Mensch. Seine weltgewandte Art imponierte Jette. Er war ein Mann von Format und würde sicher nicht bereits morgens dem Charme einer Flasche Küstennebels erliegen.

»Ich komme schließlich aus Hannover, einer kulturellen Stadt«, brüstete er sich, als sie anmerkte, wie sehr sie sein Wissen schätzte.

Das war allerdings ein Punkt, bei dem Jette versucht war, ihm zu widersprechen. Immerhin kam auch Walburga aus der Kultur- und Musicalstadt Hamburg, und Jette befürchtete, Günthers Nichte konnte das Wort Kultur nicht einmal buchstabieren. Manchmal kam ihr ein Geistesblitz, der sie kurzfristig in einem besseren Licht erscheinen ließ, aber grundsätzlich war Walburga nicht die hellste Kerze auf der Torte.

Julius jedoch war ein wunderbarer Erzähler. Er hatte etliche Anekdoten auf Lager, und Jette wünschte sich von Minute zu Minute mehr, dass er noch ein Weilchen blieb. Deshalb schenkte sie ihm immer wieder Tee nach. Schließlich waren sie bei ihrem Lieblingsthema, den Musicals, angelangt. Er kannte fast alle, die auch Jette mochte.

»Mein liebstes ist ›Tanz der Vampire‹, leider spielen sie es nicht mehr in Hamburg. Aber es gibt auch andere wunderbare Städte, wo man sich Musicals ansehen kann.« Julius fixierte Jette mit seinem durchdringenden und faszinierenden Blick. »Man könnte ja mal überlegen ...«

Jette nickte erst, zuckte dann aber zurück. »Später vielleicht, Herr Zwiebell, äh Julius. Zusammen mit meinem Lebensgefährten.«

Der neue Nachbar hatte definitiv eine andere Antwort erhofft, aber nach einem kurzen Zurückzucken hatte er sich wieder vollends in der Gewalt und war erneut ganz der Galan.

»Uns treibt ja keiner, Jette. Ich lebe nebenan, und wir können uns in aller Ruhe aufeinander zubewegen. Aber zu einem gemeinsamen Kaffee darf ich dich doch einladen, oder?«

Dagegen hatte Jette nichts einzuwenden. Kaffeetrinken war unverbindlich, und das durfte man durchaus mit seinem Nachbarn tun. Auch wenn der unverhofftes Herzklopfen verursachte.

Das würde sicher wieder aufhören, wenn sie sich mit Günther versöhnte. Der musste allerdings erst einmal schmollen.

»Kaffee klingt ganz wunderbar.«

»Wann schließt du? Ich könnte mit dir ins Café Leiß gehen.«

Jette wurde rot. Julius Zwiebell legte ein ordentliches Tempo vor. Aber warum sollte sie das Angebot nicht annehmen? Günther hatte sich schließlich für seinen Fauxpas nicht einmal entschuldigt und nur etwas von einem Geheimnis gemurmelt. »Ich schließe heute eher, es ist ohnehin nichts los. Um drei?«

Julius Zwiebell lächelte breit. »Ach, Jette, es freut mich, dass du meine Einladung annimmst. Und es macht mir Spaß, mit dir zu plaudern. Du bist viel zu sehr kulturell interessiert, um nur auf Langeoog zu versauern.«

Jette zuckte für einen Augenblick zurück, und in ihr regte sich Widerspruch. Kultur gab es auch auf Langeoog. So viele Künstler wurden auf die Insel eingeladen! Die Kurverwaltung legte sich wirklich ins Zeug. Und das Haus Bethanien bot ein mannigfaltiges Programm mit Lesungen von verschiedenen Autoren an. Dann gab es den jährlichen Bunten Inselabend, wo alles, was auf Langeoog Rang und Namen hatte, auf der Bühne zu sehen war. Das war bestimmt nicht schlechter als zum Beispiel eine Travestie-Show auf dem Kiez. Eben wollte Jette dagegen argumentieren, als Kilian ins Lädchen gestürzt kam. Seine Ohren waren hochrot, wie immer, wenn er aufgeregt war.

Julius verengte die Augen. Man sah ihm seinen Ärger über die Störung förmlich an. Da glaubte er, wie ein Fußballer Anlauf zum Elfmeter genommen zu haben, aber dann durfte er doch nicht schießen.

Julius schluckte, die eben noch angespannte Miene wirkte wieder höflicher. Seine wechselnden Stimmungen, die er zu verbergen versuchte, irritierten Jette etwas.

»Omilein!«, rief Kilian.

»Was gibt es denn?« Jette wandte sich lächelnd ihrem Enkel zu. Dabei brach ihr der Schweiß aus. Das hatte sie lange nicht gehabt, die Wechseljahre waren doch erfolgreich überwunden.

»Nichts weiter, wir wollten nur sehen, ob es dir gut geht. Wegen Günther und so.«

Der führt doch was im Schilde!

Kilian drehte sich zu Julius um und reckte ihm die Hand entgegen. »Guten Tag, Herr Zwiebell. Ich hätte Sie zuerst begrüßen sollen, bevor ich rede.«

Jette grinste über Kilians geschwollene Art zu sprechen.

»Einsicht ist der erste Weg zur Besserung.« Julius klang zwar gnädig, aber seine rechte Augenbraue zuckte verdächtig.

»Machst du gerade Ferien bei deiner Oma, Kilian?« Den Namen spuckte Julius förmlich aus.

»Ja, Herr Zwiebell«, begann Kilian. »Ich mache allerdings nicht nur Ferien, denn das wäre mir eindeutig zu langweilig.«

Julius sah ihn fragend an.

»Also, ich muss mich auch mit anderen Dingen beschäftigen. Deshalb habe ich mir das Forschen zur Aufgabe gemacht. Auf der Insel betreibe ich das meist sehr intensiv.«

»Forschen?« Julius wandte sich an Jette, als sei Kilian gar nicht im Raum. »Macht der Kleine einen auf besonders helle oder ist er anders als andere in seinem Alter?«

»Das hättest du ihn selbst fragen können«, sagte Jette. »Er kann sich sehr gut artikulieren und versteht bestimmt, was du zu ihm sagst.«

Kilian grinste. »Um auf Ihre Frage nach meiner Forschung zurückzukommen: Ich bearbeite selbstverständlich verschiedene Themen, und das sehr gründlich.«

»Aha.«

»Er ist wirklich sehr genau mit dem, was er so tut«, versuchte Jette eine Brücke zu bauen. »Was willst du denn eigentlich in diesen Ferien erforschen, Kilian?«

Er setzte ein wichtiges Gesicht auf. »Nun, Omilein, es handelt sich um zwei Dinge: Das eine darf ich leider nicht verraten, zumal es keine ganz richtige Forschung ist. Und beim anderen arbeite ich gerade mit dem Ranger zusammen. Es geht um das faszinierende Verhalten von Graugänsen, die hier tatsächlich auch brüten, und um das von anderen Gänsen bei der Rast auf der Insel. Also, es ist ja so, dass die Nonnengänse zum Brüten wieder in die Arktis fliegen und ...«

Julius brach in schallendes Gelächter aus. »Du kleiner Wicht willst also ein Forscher sein? Ein bisschen jung dafür, oder?«

»Kilian weiß, was er tut«, stoppte Jette den beginnenden Streit. Sie dachte an ihren 60. Geburtstag im Sommer, den sie eigentlich gar nicht hatte feiern wollen und der dann, ganz wie sie befürchtet hatte, zu *dem* Inselevent geworden war. Dank Kilians und Maries Bemühungen.

»Kinder müssen frühzeitig ihre Grenzen kennenlernen«, dozierte Julius.

»Hast du welche?«, fragte Jette. »Kinder, meine ich.« Kinderlose Menschen, die stets genau wussten, wie man Nachwuchs erzog, und glaubten, den Finger in die Wunden legen zu müssen, hatten sie schon oft auf die Palme gebracht. Wenn ihr Nachbar so einer war, brauchte er gar keinen Fuß mehr über ihre Schwelle zu setzen, egal wie kulturell interessiert er war.

»Nein, ich habe keine Kinder. Aber so was weiß man.«

»Tatsächlich, weiß man das?«, fragte Jette spitz. Es war wohl besser, wenn ihr Nachbar jetzt ging. »Es war nett, mit dir zu plaudern, Julius. Aber nun wartet noch ein wenig Arbeit. Wir sehen uns heute Nachmittag zum Kaffee!«

Kilian sah Oma Jette mit großen Augen an. Jetzt wusste sie, was sein Plan gewesen war, aber seine Mission war durch ihre Verabredung mit Julius grandios gescheitert.

8. Kapitel

Julius Zwiebell war auf dem Weg zu Jette Blümerant. Zum Glück waren ihre Enkel nicht zu sehen. Da hatte er es heute Vormittag gerade mal zwanzig Minuten geschafft, mit Jette allein zu sein. Zwanzig Minuten! Und das passierte ihm, der normalerweise nur mit dem Finger zu schnippen brauchte, wenn er eine Frau rumkriegen wollte.

Diesen Kilian hätte er am liebsten auf den Mond geschossen. Kinder, Jugendliche ... alles nervige Monster, die die Welt nicht brauchte. Am schlimmsten waren diese hormongesteuerten Pickelbomben, die zu keiner normalen geistigen Handlung fähig waren. Wenn er Gott wäre, hätte er die Menschen gleich als ausgereifte Erwachsene auf die Welt geschickt.

Julius näherte sich der Haustür. Der Gartenweg war fein säuberlich vom Unkraut befreit, die Beete geharkt. Das kleine weiße Inselhaus mit den grünen Sprossenfenstern machte einen wirklich gemütlichen Eindruck. Vor Jettes Lädchen, das sich wie eine Nase vorne rechts am Häuschen befand, hatte sich am Morgen ein kleiner Ständer mit Gemälden befunden, daneben einer mit Strickmodellen und einer mit einer Bernsteinkollektion. Alles hatte Jette Blümerant mit großer Liebe zum Detail aufgebaut. Auch wenn das nun verschwunden war, weil das Galerielädchen geschlossen hatte, setzten sich die liebevollen Arrangements in ihrem privaten Bereich fort. Bei ihr wirkte nicht einmal der Leuchtturm in Vorgarten kitschig.

Julius klingelte, und Jette machte ihm sofort die Tür auf. Sie trug wieder sehr farbenfrohe Sachen. Eine weite rote Leinenhose umspielte ihre schmalen Hüften, ein dunkelblauer, eckig geschnittener Kasack, dessen Blau sie mit einer überdimensional großen Kette betonte, unterstrich ihre leuchtenden Augen. »Können wir los?« Sie warf sich einen gestrickten Poncho über und schlüpfte in ihre Schuhe.

»Von mir aus gern!« Julius reichte ihr galant den Arm, und bald darauf flanierten sie über die Hauptstraße in Richtung Barkhausenstraße, wo sich das Café Leiß befand.

Julius war auf einem guten Weg. Heute Nachmittag würde ihm keiner in die Quere kommen.

Die großen weißen Sprossenfenster luden die Besucher zur Einkehr ein. Jette liebte das nostalgische Flair mit den Fliesen an der Wand und der urigen Einrichtung, die jedem Gast sofort zeigte, dass er sich in einem ostfriesischen Café befand. Sie genoss zwar Julius' Höflichkeiten, fragte sich aber die ganze Zeit, ob sie nicht doch viel lieber mit Günther hier sitzen würde. Hier hatten sie auch Jettes Geburtstagsmahl zum Sechzigsten eingenommen. Ja, es fühlte sich fremd an, was sie hier tat.

»Möchtest du nur Kaffee oder auch ein Stück Torte?«, riss Julius sie aus den Gedanken.

»Ich nehme einen feinen Ostfriesentee auf dem Stövchen und die Rumflockentorte«, beschloss Jette.

Julius wählte auch die Torte, entschied sich allerdings für einen Pott Kaffee.

»Ich hatte den Eindruck, du magst Kilian nicht sonderlich«, sagte Jette, nachdem die Bedienung alles gebracht hatte, und schien Julius mit ihrer direkten Art förmlich zu überrumpeln.

Er verschluckte sich an seinem Kaffee, bevor er ihr antwortete. »Du fällst wohl immer gleich mit der Tür ins Haus.« Julius lachte jovial.

»Ich rede nicht um den heißen Brei herum, wenn du das meinst.«

»Ich bin Kinder nicht gewohnt«, entschuldigte Julius sich, aber etwas an der Art, wie er es sagte, ließ Jette aufhorchen. Es klang eher wie: Kinder sind das Überflüssigste auf der Welt.

Mal abwarten, was er noch so rauslässt!

Jette beschloss, Julius ein wenig zu reizen, indem sie mehr über ihre Familie erzählte. Sie war sehr neugierig, wie er darauf reagieren würde.

»Ich selbst habe drei Kinder. Bis auf Kea, die mit ihrer Familie in Oldenburg lebt, sind sie in alle Winde dieser Welt verstreut. Meine drei Enkel liebe ich sehr.« Jette nahm einen Schluck Tee. »Und ich habe Günther«, fügte sie hinzu.

»Du lebst mit ihm zusammen«, stellte Julius fest. Er stach mit der Kuchengabel ein Stück von der Rumflockentorte ab und aß es, bevor er fragte: »Liebst du ihn?«

»Natürlich!«, entfuhr es Jette.

Julius beugte sich vor, sah Jette mit seinem tiefen und unergründlichen Blick an und berührte ihre Hand kurz mit den Fingerspitzen. Das machte sie ganz verlegen.

Benimm dich nicht wie ein Teenager!, schalt sie sich stumm.

»Und warum ist dein Lebensgefährte nicht da?«, fragte Julius, ohne den Blick von ihr zu lassen.

Bevor Jette etwas erwidern konnte, wurde die Tür des Cafés aufgerissen, und Grete Eberle stürzte hinein. Ihre sonst akkurat sitzende Frisur war aufgelöst, auf ihren Wangen zeigten sich hektische Flecken.

»Da sind Sie ja, Frau Blümerant! Ich war schon bei der Polizei! Ihre Enkel hat mein Problem schließlich nicht interessiert!«

Jette wusste nicht, wovon Grete Eberle sprach. Weder Fenna noch Marie oder Kilian hatten erzählt, dass es ein Problem mit ihr gab.

Die anderen Gäste ließen interessiert ihre Kuchengabeln sinken und schenkten dem sich anbahnenden Streit ihre größte Aufmerksamkeit.

Jette winkte Grete Eberle zu ihnen an den Tisch. »Was gibt es denn so Schlimmes, dass Sie gleich zur Polizei laufen müssen?«

Jetzt nur die Ruhe bewahren, dann würden im Lokal gleich alle weiteressen und sich nicht mehr für sie interessieren.

»Die hatte zu, die Polizei. Aber morgen, morgen melde ich das, und dann geht es dem Herrn Meilenstein an den Kragen.«

Jette zog die Brauen hoch. »Wovon reden Sie?«

Jetzt sprudelte es aus Frau Eberle heraus. Sie endete, indem sie die letzten Sätze nur noch japsend hervorstieß. »Herr Meilenstein hat mein Rezept gestohlen und heimlich aufs Festland geschafft! Er liebt Torte, hat er gesagt«, schniefte Frau Eberle.

»Das stimmt, er liebt Torte«, bestätigte Jette. »Aber er liebt es nur, sie zu essen. Günther kann gar nicht backen und mehrstöckige Hochzeitstorten mit Kutschen und Kirchenglocken schon gar nicht. Was soll er also mit dem Rezept?«

»Es verkaufen? Das ist Urheberrechtsverletzung, habe ich gegoogelt«, trumpfte Frau Eberle auf.

Jette bestellte ihr kurzerhand einen Ostfriesentee und ebenfalls ein Stück von der köstlichen Rumflockentorte. Sie hoffte, dass würde Frau Eberles Gemüt beruhigen.

Das tat es aber keineswegs. Je mehr Torte Frau Eberle in sich hineinschaufelte, desto schlimmer wurden ihre Anschuldigungen. Am Ende verstieg sie sich sogar darin, dass sie sowohl Julius als auch Jette als Mittäter sah. Oder wenigstens Horsti, der ja ohnehin bestimmt nur wegen Betrügereien so reich geworden war.

»Jahrelang habe ich an der Zusammensetzung und der Enddekoration gearbeitet«, sagte sie, nachdem auch das zweite Stück Torte verputzt war. »Und nun ... Alles weg! Vielleicht war es auch Walburga. Schwangere lieben Süßes!«

»Walburga kann ganz bestimmt nicht backen, und für weitere kriminelle Aktivitäten fehlt ihr der Intellekt«, sagte Jette.

»Ich bezahl dann mal und gehe. Wir sehen uns später?« Julius Zwiebell schien das alles zu viel zu werden. »Ich glaube, mit Kuchenrezepten bin ich gerade überfordert.«

Na, der geht auch ein bisschen zu fix. Sollte er etwa ... Jette behielt ihre Befürchtung zurück und wandte sich wieder Frau Eberle zu, die sichtlich am Boden zerstört war. »Wir finden das Rezept wieder!«, versprach sie und wünschte sich gleichzeitig meilenweit weg. Irgendwie wuchs ihr die ganze Geschichte langsam über den Kopf.

Horsti starrte trübsinnig auf die Riffeln des Wattenmeeres, die in der Herbstsonne glänzten. Gestern hatte er kurz überlegt, Günther nach Blersum zu begleiten, aber er hatte sich die neue Jacht schließlich nicht gekauft, um sich dann doch nur auf dem Festland herumzutreiben. Er wollte gesehen werden, wenn der weiße Lack des Schiffes im Sonnenlicht des Langeooger Hafens glänzte. Oder wenn er übers Wasser des Wattenmeeres rauschte und diese wunderbare Gischt mit Wellengang hinterließ. Die Saison war kurz genug, er musste sehen, dass er sie ausreichend nutzte.

Günther hatte ziemlich bedrückt gewirkt, als er zur Fähre gegangen war. Jette musste ihm wegen des Ausflugs in die Welt des Küstennebels ordentlich die Hölle heiß gemacht haben. So ein

Brimborium wegen eines kleinen Katers! Okay, nicht klein, eher von der Größe einer Maine Coon. Kräftig, schwer und ordentlich buschiges Fell. Trotzdem hätte Jette nicht solch einen Aufstand zu machen brauchen.

Wie sagte der Engländer so schön: *This is a storm in a teacup.* Mehr war es wirklich nicht.

Trübsinnig starrte Horsti ins Hafenbecken. Es war stinklangweilig allein auf dem Schiff. Keine Frau, die er beglücken konnte. Kein Bewunderer wie Günther in der Nähe. Es wäre zudem gut, jetzt seinen Rat einholen zu können. Wegen Walburga. Sie war ein weiterer Grund, weshalb er unbedingt auf Langeoog bleiben wollte. War er noch verliebt in sie? Er musste unbedingt herausbekommen, ob er der Vater des Kindes war! So nett Walburga auch sein konnte, ihr Denken war sehr fokussiert, wenn man es vorsichtig ausdrückte.

Das Kind würde, wenn man nicht gegensteuerte, nicht mit Bauklötzen, sondern Make-up-Sorten spielen und wusste vermutlich eher sämtliche Parfümmarken zu benennen, bevor es Mama oder Papa sagen konnte.

Es klopfte an der Kajütentür.

»Herein!«, rief Horsti.

Die Tür öffnete sich, und Walburga steckte den Kopf ins Innere der Jacht.

»Hi«, flötete sie. Plopp machte die Kaugummiblase. Der Duft von künstlichem Kirscharoma machte sich breit. Horsti erinnerte sich an den Geschmack, den er erstmals kennengelernt hatte, als er Walburga geküsst hatte.

»Komm rein!« Horsti wies auf die mit weißem Leder bezogene Bank. Am Hintern würde sie schon kein Make-up haben, was ihm das Polster ruinieren könnte.

Walburga schlenderte mit wiegendem Gesäß an Horsti vorbei, steuerte auf die Bank zu und wischte sie tatsächlich mit der

Hand ab. Als ob darauf auch nur ein Staubkorn läge! Sie befand sich auf einer Jacht, die ein Vermögen gekostet hatte!

»Schön hast du es hier, Horsti«, flötete sie weiter, die letzten Silben im Mezzosopran. »Wusste gar nicht, dass du so reich bist. Mit Boot und so.«

»Es ist eine Jacht. Kein Boot«, stellte Horsti richtig. »Da müssen wir schon korrekt bleiben.« Herrje, warum laberte er einen solchen Blödsinn? Es galt wichtigere Dinge zu klären!

»Egal«, schmatzte Walburga. Plopp, machte die rosa Kaugummiblase. »Wollte auch nur mal sehen, was du so treibst. Ehrlich gesagt hatte ich gehofft, dich auf der Insel anzutreffen.« Sie grinste ihn an, und tatsächlich ließ das sein Herz wieder höherschlagen. Eitler Narr, schimpfte er sich stumm.

»Ich bin schwanger, wie du weißt.« Klang da eine gewisse Verletztheit aus ihrer Stimme?

»Ich würde aber als Vater zu ihm stehen, wenn es meins ist. Das sollst du wissen.«

Plopp. Wenn sie doch wenigstens Pfefferminzkaugummi kauen würde, dachte Horsti. Aber nein, die mit dem Kindergeschmack! Egal, darum ging es jetzt nicht.

Walburga sah Horsti abwartend an.

Er räusperte sich. »Also, ich wiederhole das gern noch einmal, Walburga. Sollte das Kind in deinem Bauch von mir sein, würde ich ihm ein Vater sein wollen. Das gehört sich schließlich so.«

Walburga schwieg sich aus, stand auf und sah sich auf der Jacht um. Sie fuhr mit dem Zeigefinger über die Lackflächen, als verstünde sie etwas von Qualität. Als sie die Runde beendet hatte, wandte sie sich wieder Horsti zu.

»Wenn du tatsächlich der Vater wärst, würde mein Baby zumindest in gewissem Luxus leben, wie ich das so sehe. Das gefällt mir. Das allein aber reicht mir nicht.«

Schaut die sich nur um, um das Bestmögliche an Kohle für ihren Spross herauszuholen? Horsti biss sich auf die Lippen. Eine brennende Frage schraubte sich in seinem Innern nach oben. Er überlegte eine Weile, ob er sie stellen sollte, während Walburga die Flächen in der Kajüte jetzt mit ihren lackierten Nägeln streifte und dabei ein leichtes Kratzgeräusch hinterließ. Eigentlich kannte er die Antwort, aber er wollte sie von Walburga persönlich hören. Schließlich hielt er es nicht mehr aus.
»Kannst du mir bitte noch eine Frage beantworten?«

»Muss erst aufs Klo. Schwangere haben eine schwache Blase.«

Horsti zeigte Walburga die Toilette. Darin befanden sich Schränke aus feinstem Mahagoni. Ja, sie hatte recht: Seinem Kind konnte er eine gehörige Portion Luxus bieten.

Es dauerte, ehe Walburga zurück in die Kajüte kam. »Es gefällt mir, was du vorzuweisen hast, Horsti von Hinten. Es gefällt mir sogar außergewöhnlich gut. Zumindest hast du nicht gelogen.«

»Nein, hab ich nicht. Aber ich hätte da wirklich noch eine Frage …«

Walburga winkte ab. »Ich sag dir sowieso nicht, ob du Vater wirst. Es ist ganz allein meine Entscheidung, wie ich damit umgehe.«

»Nicht ganz. Ein Kind hat das Recht auf seinen Vater, und genau da kommt meine Frage …«

»War schön, dich wiedergetroffen zu haben. Du hörst von mir.« Plopp, platzte die rosa Blase vor Walburgas Mund, ehe sie lässig von Bord ging.

9. Kapitel

Günther Meilenstein saß in der Stube seines Landarbeiterhauses in Blersum und starrte auf die Uhr. Einen Tag war er nun schon weg, und alles fühlte sich verdammt leer an. In drei Stunden ging eine Fähre nach Langeoog. Sollte er zurückfahren und endlich mit Jette reden? Es war doch unmöglich, dass sie sich weiter anschwiegen und keinen Weg zueinander fanden! Er liebte Jette so sehr und wollte sie als Frau an seiner Seite wissen, nicht nur als sogenannte LAG. Lebensabschnittsgefährtin, wie das schon klang! So unverbindlich. Es war ein Wort, das es in Günthers Wortschatz gar nicht mehr geben sollte, denn damit war er wirklich schlecht gefahren und hatte deshalb viel Glück verpasst.

Die Unruhe in ihm wuchs von Minute zu Minute und war mittlerweile zu einem bösen Feuerball angewachsen. Er war schon zu lange von der Insel fort und hatte auf diese Weise diesem Julius Zwiebell geradezu den Weg bereitet, dass er Jette den Hof machen konnte. Er war ein solcher Feigling! Statt sich der Sache, die ihn bedrückte, zu stellen, war er einfach abgehauen und in sein altes Fluchtverhalten zurückgefallen. Nein, er würde seine Siebensachen packen und sofort zurückfahren. Hier in Blersum war es ohnehin ungemütlich, und es sah aus wie in einem Aktionshaus kurz vor der Versteigerung. Alles, was der Käufer nicht übernahm, war in Kisten verpackt, die Räume kahl und leer. Günther sehnte sich zurück in sein Heim auf Langeoog, er wollte am Morgen neben Jette aufwachen und nicht auf der provisorischen Liege, mit der er hier vorliebnehmen musste. Er wollte ihren Atem neben sich spüren, ihre Wärme und ihr unverkennbares Lachen, das er genauso vermisste wie ihre oftmals spitze Zunge.

Das Handy plingte. Kurz vor seiner Abreise hatte Marie ihm noch die WhatsApp-App daraufgespielt und ihm einen Stift gegeben, damit er die Tasten immer richtig traf. Warum war er bloß nicht eher auf diesen Trick gekommen? Eben ging eine Nachricht von ihr ein.

Hallo Günni. Was ist los? Du musst kommen, wir sind nur noch ein paar Tage auf der Insel. Du kannst uns doch nicht allein lassen! Außerdem läuft hier eine Menge schief. Ich sag nur: Herr Zwiebell! Gruß Marie

Günther straffte die Schultern. Er wollte unbedingt eine Antwort schreiben – und es wäre doch gelacht, wenn er mit der Technik nicht zurechtkäme! Beherzt tippte er mit dem Stift los.

Hallo Marie. Ich bin in Berlin

Günther stutzte. Wieso Berlin? Das hatte er gar nicht geschrieben. Das sollte doch Blersum heißen, nicht Berlin. Was machte die Tastatur da einfach, ohne dass er es vorgab?

Günther versuchte es ein weiteres Mal, aber Blersum kam im Wortschatz seines Handys nicht vor. Günther drückte auf den Tasten herum. Aber das Einzige, was versehentlich passierte, war, dass er die Nachricht an Marie verschickte.

Was heißt das?, kam es prompt zurück. *Wieso bist du in Berlin? Was tust du da?*

Nix, tippte Günther. Das Wort wurde von seinem Handy mit der Autoverselbstständigung nicht verbessert.

Bin auf dem Festland im Ostfriesischen (Ostfriesland wäre durch die letzte Silbe eine Wortwiederholung gewesen, die Günthers Sprachgefühl beleidigt hätte). *Nächstes Schiff* (das Schiff kam tatsächlich als Bildchen, wenn auch als Frachter, aber es gefiel Günther) *ist meins. Gekapert.*

Er drückte auf Senden. Das dürfte Marie ja wohl verstanden haben.

Kommst wohl nicht klar mit der App. (Bild eines Affen mit zugehaltenen Augen.)

Nein.

Nennt man Autovervollständigung. Kann man auch ausstellen.

Günther hatte den Knopf mit diesen kleinen Bildern gefunden und drückte den Smiley mit dem Schweißtropfen. Das Handy plingte erneut, und eine weitere Nachricht ging ein.

SOS, Günther. Es eilt wirklich! Komm sofort! Gute Idee mit dem (Bild von einem Schiff).

So langsam machte es Günther Spaß. Aber er durfte damit jetzt keine Zeit verschwenden und sollte sich schleunigst auf den Weg zum Anleger machen.

Auf dem Schiff würde Günther einen Plan entwerfen. Ohne den kam er nun mal nicht zurecht. Rasch durchwühlte er einen Karton, denn er glaubte sich zu erinnern, darin Papier und Kulis verstaut zu haben. Tatsächlich wurde Günther fündig, und der dritte Kugelschreiber funktionierte sogar. Er packte beides ein. Damit konnte er eine Grafik erstellen, wie er a) sein Problem zeitnah und unkompliziert (wenn das überhaupt möglich war) lösen konnte und b) wann und wie er Jette später den Antrag machen sollte.

Als Erstes musste er sich bei Jette für seinen Ausrutscher entschuldigen, auch wenn es kaum eine Entschuldigung dafür gab. Küstennebel vor dem Frühstück war eben keine Option, die eine Frau verstand.

Günther griff noch einmal nach dem Handy und tippte *Bin dann um halb drei auf Langeoog*. Es gelang ihm, ohne dass er sich verschrieb und ohne dass die Autokorrektur sich einmischte.

»Günther kommt heute schon wieder zurück«, kommentierte Marie die letzte Nachricht von Günther, die eben mit etwas Verspätung angekommen war. Sie waren mit den Rädern zur Melkhörndüne gefahren, sogar Walburga hatte sich ihnen nach vielem Hin und Her angeschlossen, obwohl sie eine Fehlgeburt befürchtete. Ihretwegen hatte die Fahrt aber dreimal so lange gedauert, denn sie hatten extrem langsam fahren müssen. Wally hatte einfach keine Kondition und war dem Gegenwind kaum gewachsen. Aber die Sonne schien, und im Windschatten war es sogar richtig warm.

Alle litten unter der schlechten Stimmung, die in Omas Haus seit Günthers Verschwinden herrschte, und waren froh, wenn sie sich anderweitig beschäftigen konnten.

»Da dachten wir, hier regnet es rote Rosen, und dann ist nur Stress!« Kilian schloss das Rad ab und riet Walburga, dies auch zu tun. Leider kamen auf der Insel ständig Fahrräder abhanden.

»Lass uns auf die Düne hochgehen, von dort hat man einen fantastischen Blick über die Insel. Wally, das musst auch du mal gesehen haben! Es wird uns auf andere Gedanken bringen.« Marie lief voraus und erklomm die eingelassenen Stufen.

»Die habe ich letztes Jahr als Stufenforscher alle gezählt!«, sagte Kilian stolz, erntete dafür aber von Walburga nicht die erhoffte Anerkennung. Nicht einmal, als er sein Notizbuch zückte und ihr den Eintrag unter die Nase hielt.

Oben wehte ein kräftiger Wind, aber die Aussicht war wirklich atemberaubend. In einer Richtung sah man über die Dünen und das Wattenmeer zum Festland, in einer anderen war der

Schloppsee zu erkennen, und nach Norden hin glänzte die Nordsee in dunklem Blau mit weißen Schaumkronen. Walburga vergaß dabei sogar das Ploppen ihres Kaugummis.

»Wenn hier mein Kind aufwächst«, begann sie, aber Kilian fiel ihr ins Wort. »Jetzt geht es erst einmal um Günni und unsere Oma. Da liegt einiges brach.« Über Walburgas Baby sprach er einfach nicht gern.

»Du hast also mit Günther geredet?«, fragte Fenna.

»Geschrieben, und das war etwas schwirig, weil Günther das mit der Autovervollständigung noch nicht begriffen hat. Aber man muss ihm zugutehalten: Er gibt nicht auf und versucht es immer wieder. Vor allem jetzt, wo ich ihm den Stift zum Tippen besorgt habe.« Marie ließ sich auf eine der Bänke fallen und holte eine Packung Schokokekse hervor, die sie als Picknick eingesteckt hatte.

»Guckt mal, was da drauf steht«, sagte sie und drehte sich zur Lehne um. »Ein Spruch von Schopenhauer: ›Das Alter hat die Heiterkeit dessen, der seine Fesseln los ist und sich frei bewegt.‹«

»Passt zu Oma«, kommentierte Fenna. »Kennen wir aber schon.«

Marie ignorierte den Einwand und bot den anderen vom Gebäck an, doch die lehnten dankend ab. Schulterzuckend nahm sie sich den nächsten Keks. »Wenn ich nachdenke, muss ich was Süßes essen. Das kurbelt meine Gehirnzellen an.«

»Und, was senden sie dir, wenn sie unter der Zuckerdroge stehen?«, fragte Fenna.

»Noch nichts. Muss noch mehr essen.« Marie griff wieder in die Packung. Dann wandte sie sich an ihren kleinen Bruder. »Das sind echt miese Ferien. Mama hat heute Morgen geschrieben. Unsere Zeit ist hier schon am Freitag zu Ende. Sie kommt eher zurück.«

»Wissen wir doch. Hat sie allen ja in unserer Gruppe mitgeteilt«, sagte Fenna. »Das Schlimmste ist, dass wir hier einen Scherbenhaufen hinterlassen, anstelle einer glücklichen Oma, die mit Hochzeitsvorbereitungen beschäftigt ist.«

»Hat denn einer von euch eine Idee, warum Günther so mauert, von einem Geheimnis faselt, sich betrinkt und schließlich feige die Biege macht?« Kilian nahm sich jetzt doch einen Keks.

Walburga sah plötzlich blass aus. »Ich bin, glaub ich, nicht ganz unschuldig an dem Chaos, weil ich hier so eingefallen bin. Ich wollte gern in Günthers Familie leben und ich wollte auch Horsti wiedertreffen. Aber das mit ihm läuft nicht so, wie ich es erhofft hatte.«

Marie sah sie entgeistert an. Dass Thema Horsti und Wally interessierte sie nicht sonderlich, aber was sie zu Günther gesagt hatte, klang spannend. »Dass du die Tochter seines Cousins bist, den er nicht leiden kann, ist ja keine komplette Katastrophe. Worum geht es denn wirklich?«

»Es geht um meine Mutter. Die kennt Günther wohl auch, aber das wusste ich nicht, bevor ich zu ihm nach Blersum gekommen bin. Mit Horsti habe ich darüber nicht gesprochen. Und deshalb war mir nicht klar, was das in Günther auslösen würde.«

Und dann erzählte Walburga eine haarsträubende Geschichte.

Ein Blick auf die Uhr sagte Günther, dass mittlerweile Eile geboten war. Er musste sich sputen, wenn er die Fähre nicht verpassen wollte. Also schnappte er sich schnell den Schlüssel von seinem kleinen roten Fiat Panda und vergaß auch die Autohaube gegen den Möwenschiss nicht. Er mochte keine Exkremente auf dem Lack, da war er eigen. Deshalb parkte er nie ohne Haube auf dem Parkplatz am Anleger in Bensersiel. In Blersum verzichtete er meist darauf, weil das tägliche An- und Auskleiden des Autos zu viel Zeit kostete. Aber als er jetzt nach draußen trat, prangte ein großer weißer Fleck auf dem Rot seines Fiats, und eine Krähe krächzte auf dem Baum darüber, als lache sie ihn aus. Günther warf einen Blick auf die Uhr. Mit etwas Glück würde die Zeit gerade noch für die Waschstraße reichen. Niemals konnte er diese scharfen Exkremente auf der Motorhaube lassen! Das würde der Lack nicht schadlos überstehen.

Zum Glück sprang sein Auto heute auf Anhieb an, und er brauchte keinen Motivationssong zu singen. Manchmal ließ sich die alte Kiste nur mit einem Aufmunterungslied zum Starten überreden. Meist sang Günther »Heute hau'n wir auf die Pauke« von Toni Marshall oder »Wunder gibt es immer wieder« von Katja Ebstein. Da der Fiat meist eher auf Katja Ebstein reagierte, hatte Günther ihn heimlich Horsti II. getauft, aber darüber hatte er nie mit jemandem gesprochen.

Günther fuhr, die Geschwindigkeitsbegrenzungen ausnahmsweise missachtend, in Richtung Esens. Dort befand sich am Ortseingang eine Tankstelle mit Waschstraße. Rasch die Waschmünze kaufen – vor ihm war keiner, er lag noch wunderbar in der Zeit. Weitere Minuten konnte er sparen, wenn er während des Waschgangs nicht ausstieg.

Gerade, als die Maschine sich in Gang setzte, bemerkte Günther, dass er vergessen hatte, die Spiegel einzuklappen. Das funktionierte bei Horsti II. natürlich nur manuell, der Fiat war schließlich nicht mehr der Jüngste. Rasch kurbelte Günther das Fenster runter, klappte den Spiegel ein und versuchte, die Scheibe wieder hochzudrehen. Die Bürsten näherten sich dabei schon bedrohlich, und ehe Günther sich's versah, begann die Maschine Schaum zu spucken. Er kurbelte und kurbelte, aber er schaffte nicht einmal ein Drittel, als ihm eine ordentliche Ladung feinsten Autoreinigungsschaums entgegengeschleudert wurde. Gleich darauf folgte eine weitere, hinzu kam ein fester Strahl Wasser. Dicke orangefarbene Borsten kurbelten sich halb ins Fenster. Günther versuchte, in die Mitte des Wagens zu flüchten, es reichte aber nicht, um einer weiteren Wasserladung auszuweichen. Er musste es schaffen, das Fenster zu schließen, so rasch es nur ging. Doch erst als das Gebläse kam, hatte er es geschafft.

Dann war der Spuk vorbei, und Günther konnte die Waschstraße verlassen. Er warf einen Blick in den Rückspiegel. Auf seinem Haar und seiner Nase saßen dicke Schaumtrauben. Die Hose war völlig durchnässt, sein Blick unscharf, denn auch über die Brille rannen Schlieren.

Günther bekam die Fähre nach Langeoog gerade noch und bemühte sich, die neugierigen Blicke der anderen Fahrgäste zu ignorieren. Zwar hatte er den Schaum aus dem Haar bekommen, aber der hatte einen klebrigen Streifen hinterlassen. Seine Frisur wirkte schmierig. Dazu prangten auf seinen Oberschenkeln feuchte, teilweise großflächige Flecken. Links waren sie größer als rechts. Günther fröstelte, denn für nasse Kleidung war es eindeutig zu kalt. Aber all das war unwichtig, wenn Jette ihm nur verzieh.

Im Schiff saß er auf dem Kinderdeck und malte mit dem Zeigefinger die Angelschnüre nach, die als Spiel für die Kinder auf dem Tisch angebracht waren. Hier fiel er am wenigsten auf, denn die Eltern hatten genug damit zu tun, ihre Kinder, die über die Bänke sprangen oder die Steuerräder bedienten, zu bändigen.

Als das Angelschnurspiel ihn langweilte, nahm Günther Stift und Papier aus der Tasche, doch ihm gelang keine einzige brauchbare Skizze zu seinem Plan. Er war einfach zu nervös. Deshalb gab er die Versuche bald auf und steckte alles wieder ein.

Beim Anlegen der Fähre war er einer der Ersten, die von Bord gingen. Er erklomm gleich den vorderen Waggon der Inselbahn und ließ sich auf einer der harten Holzbänke nieder. Auch wenn er die Fahrt kannte, genoss er sie doch jedes Mal erneut. Er saß auf der rechten Seite des Waggons und hatte so einen Blick auf die lang gestreckte Dünenkette in der Ferne. Auf den Wiesen an den Gleisen grasten ein paar Pferde, und auch ein Schwarm Graugänse suchte nach Futter. Günther war es kalt, deshalb legte er die trockene Seite seiner Jacke über die feuchten Hosenbeine. Kurz darauf passierte die Bahn den Spielplatz, und schon bald fuhr sie in den Langeooger Bahnhof ein.

Da Günther nur die kleine Reisetasche bei sich trug und er sie mit an Bord hatte nehmen dürfen, musste er nicht bei den Gepäckwagen anstehen, sondern näherte sich schnellen Schrittes Jettes Häuschen. Die Tür war wie immer offen, doch es war niemand da. Günther durchkämmte alle Räume, lediglich Mimi bellte ihn schüchtern aus ihrem Dornröschenschloss an.

Er wunderte sich, dass ihn nicht einmal Kilian erwartete, obwohl er ihm doch, dank des Stiftes, eine SMS geschrieben hatte, wann er ankam. Vermutlich trieb der Junge sich in den Dünen herum und erforschte die Hinterbeine irgendeines Käfers. Marie war bestimmt auf Shoppingtour, um am Abend stöhnend festzustellen, dass sie sich die Insel klammottentechnisch nicht leisten konnte, und Fenna rettete irgendeine Pflanze oder ein Tier vor dem sicheren ökologischen Untergang.

Ob die Kinder da waren oder nicht, war für Günther aber eher unwichtig. Er wollte momentan nur eine einzige Person sehen, und das war Jette. Wenigstens seine Entschuldigung musste er loswerden, dann konnte man weitersehen. Außerdem musste er das Problem Walburga ansprechen. Wenn das alles geklärt war, konnte er endlich überlegen, wie er Jette am besten fragte, ob sie seine Frau werden wollte. Wenn wegen dieses

Zwiebelmannes nicht ohnehin schon alles verloren war. Er musste jetzt die Ruhe bewahren ...

Jette war vermutlich in ihrem Lädchen. Günther eilte sofort dorthin. Umziehen konnte er sich später. Jette achtete nicht auf Äußerlichkeiten, und er wollte keine Sekunde länger warten.

Jette rückte ihre kleine Lesebrille zurecht, die sie seit Neuestem bei Handarbeiten trug. Sie ließ das Strickzeug sinken und schaute Günther über den Rand der Brille hinweg an, als er in den Laden gestürmt kam. Er erstarrte, denn es ließ sie streng aussehen wie seine Lateinlehrerin, die er nicht in bester Erinnerung hatte. »Günther! Du bist zurück?« Ein amüsiertes Lächeln glitt über ihr Gesicht, als sie sein derangiertes Äußeres bemerkte.

Günther senkte zerknirscht den Blick.

Jetzt galt es, spontan die richtigen Worte zu finden – nur war spontan für Günther immer schwierig. Er hätte sich doch etwas aufschreiben sollen! Das hätte er jetzt ablesen können, und er würde nicht so hilflos herumstehen. Doch so tanzte in seinem Kopf nur ein Wörterreigen, und seine Hände zitterten. Er wusste einfach nicht, wie er beginnen sollte.

»Ich hoffe, du hast heute gut verkauft, Jettelein«, sagte er dann.

»Ja, mehrere Bernsteinketten, drei Bilder und ein paar Hosen. Aber deswegen bist du doch nicht hier.«

Er machte einen Schritt auf sie zu. »Ich habe mich wirklich blöd benommen, Jette. Kommt nicht wieder vor. Ich möchte mich entschuldigen.« Das war zwar nicht das, was er auch noch loswerden musste, aber es war immerhin ein Anfang!

Jette bemühte sich, wieder streng auszusehen, aber Günther kannte sie lange genug. Wenn sie so guckte, war sie durchaus bereit, ihm sein Saufgelage zu verzeihen. Das kleine Lächeln zuvor machte ihm Mut. Er würde sie zurückgewinnen. Sonst hätte sie ihn längst rausgeworfen.

»Mir tut es wirklich leid. Küstennebel vor dem Frühstück geht gar nicht.«

Jette war aufgestanden und näherte sich ihm. Sie legte die Hand an sein Kinn und zog seinen Kopf sacht zu sich herunter. »Nie wieder Küstennebel?«

»Nie wieder Küstennebel«, wiederholte Günther. »Na ja, jedenfalls nicht in den Mengen und schon gar nicht vorm Frühstück.«

Jette stieß ihn mit einem feinen Lächeln fort. »Dass du auch immer Einschränkungen machen musst, Günther Meilenstein.«

Er zuckte mit den Schultern. Es war besser, Dinge klar einzugrenzen und nicht etwas zu versprechen, was er vielleicht gar nicht halten konnte. Immer geradeaus, war seine Devise. Immer am Plan. Darin hatte ihn auch Horsti bestärkt. »›Nur ein schlechter Plan erlaubt eine Veränderung‹, mein Guter. Das sagte schon Publius Syrus«, hatte er neulich gesagt.

Obwohl Günther mitnichten wusste, wer Publius Syrus war, fand er die Aussage treffend.

»Ich bereue, was ich getan habe«, begann Günther wieder, denn Jette stand nun mit vor der Brust verschränkten Armen vor ihm.

»Das ist auch das Mindeste. Ich glaube, ich habe in meinem Leben noch nie so viele Eimer durch die Gegend geschleppt wie an diesem Tag.«

»Ja, das war wirklich blöd von mir, aber ... aber ich hatte einen Grund.«

»Ach Günther, belassen wir es dabei. Ich will das nicht weiter diskutieren, ich glaube dir aber wirklich, dass du weißt, wie dumm das war.« Sie machte wieder einen Schritt auf ihn zu, und er spürte ihren Atem. Roch ihr leichtes Parfüm. Es war frisch wie die Luft im Sommer.

Vorsichtig umfasste Günther Jettes schmale Hüften und gab ihr einen Kuss auf die Wange. Sie umarmte ihn und drückte ihn so fest, dass er ihren Herzschlag spürte. Er liebte sie so sehr! Deshalb holte er jetzt tief Luft. Nun musste auch alles andere gesagt werden, dann endlich war der Weg zum Antrag frei!

Günther schluckte den aufkommenden Kloß im Hals hinunter. Nur Mut! Alles war gut. Es gab keinen Zwist. Keinen glatzköpfigen Nachbarn, der sie ihm in seiner Abwesenheit abspenstig gemacht hatte.

»Ich muss dir noch etwas sagen«, begann er, wurde aber von einem Rumpeln unterbrochen.

»Jette, meine Liebe!« Die Tür des Lädchens wurde schwungvoll aufgestoßen. Ein Schwall kalter Herbstluft streifte Günther. Er fuhr herum, als er die ihm wohl bekannte Stimme hörte.

»Stell dir vor, ich habe aus dem Internet ein paar Seiten ausgedruckt. Über die Musicals, die wir uns gemeinsam ansehen können. Und« – das brummige Lachen traf Günther mitten ins Herz – »du wirst begeistert sein, wie schnell ich unsere Idee umgesetzt habe. Ich dachte, damit bist du bestimmt einverstanden!« Julius Zwiebell hatte einen Stapel Blätter in der Hand und strahlte übers ganze Gesicht.

Günther stieß Jette von sich.

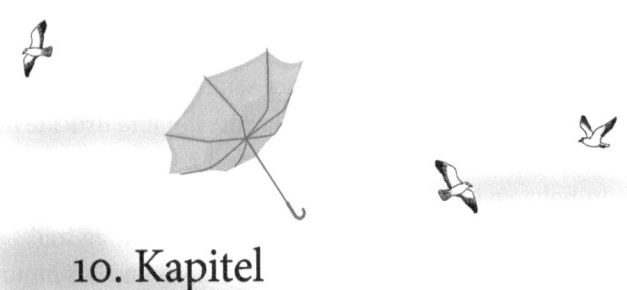

10. Kapitel

Marie saß allein am Küchentisch. Sie war eben von ihrem Shoppingtrip zurückgekommen, aber außer einem Nagellack hatte sie nichts Brauchbares gefunden. Wo Kilian und Fenna steckten, wusste sie nicht. Das, was Walburga ihnen am Morgen auf der Melkhörndüne erzählt hatte, war heftig. Marie konnte sich gar nicht vorstellen, wie schrecklich es sein musste, wenn man niemanden hatte, der wirklich zu einem stand. Walburgas Eltern wollten sie nicht, und deshalb war Wally im Heim groß geworden. Gut, Maries Vater flog auch dauernd in der Weltgeschichte herum, weil ihn seine Forschungsaufträge überallhin verschlugen. Aber er liebte sie alle drei und skypte regelmäßig mit ihnen. Brachte allen etwas von seinen Reisen mit. Und Mama flog nur dann zu Papa, wenn sie wusste, dass Fenna, Kilian und sie gut bei Oma Jette versorgt waren.

Um Walburga aber kümmerte sich keiner. Und jetzt trug sie ein Kind im Bauch, von dem sie gar nicht sagen konnte, wer der Papa war.

»Horsti ist ein so guter Freund von Günther! Das hat er mir erzählt. Wir haben richtig viel geredet. Und dabei ist herausgekommen, dass Günther tatsächlich ein Verwandter meines Vaters ist«, hatte Walburga gesagt. »Den kenne ich allerdings nicht. Nur seinen Namen, der steht in meiner Geburtsurkunde. Mein Vater hat sich nie um mich gekümmert. Manchmal ist meine Mutter im Heim aufgekreuzt. Schlechtes Gewissen, nehme ich an. Sie hat an ihm kein gutes Haar gelassen. Das war übel.«

»Was hat sie denn gesagt?«, hatte Marie gefragt.

»Ich soll bloß meinen Alten nicht suchen, der wäre ein Taugenichts, auf den man sich doch nicht verlassen kann. Sie war allerdings kein Stück besser, aber was soll's? Ich habe ihn jedenfalls nicht gesucht. Wenn er nichts von mir wissen will …«

Walburga hatte so verletzlich gewirkt! Sie fühlte sich schuldig, weil sie eine solche Unruhe in die Familie brachte.

»Günther hat, als ich ihn über unser Verwandtschaftsverhältnis aufgeklärt habe, sofort nach meiner Mutter gefragt, wie sie heißt und so, und hab gesagt, sie heißt Miriam. Erst war er recht locker, aber das war wohl eine Täuschung, denn mittlerweile scheint ihn das echt zu belasten. Ich glaube, das ist das Geheimnis, weshalb er Jette den Antrag noch nicht machen will.«

Walburga war in diesem Gespräch ganz anders gewesen. Nicht mehr diese oberflächliche Tusse. Aber mehr hatte sie auch nicht sagen können.

Wer zum Teufel war dann diese Miriam? Wusste ihre Mutter vielleicht etwas? Marie rechnete nach. Sie war etwa zehn Jahre alt gewesen, als Oma Jette und Günther ein gemeinsames Leben geplant hatten. Ob Miriam der Grund für die Trennung gewesen war? Dann wüsste ihre Mutter das sicher.

Marie überlegte hin und her. Oder sollte sie Horsti fragen? Nein, sie würde auf ihre Mutter warten, auch wenn die Zeit drängte. Schon am Freitag würden sie nach Hause fahren und erst in den Weihnachtsferien wiederkommen.

Es polterte und krachte, als die Küchentür aufgestoßen wurde. Kilian stolperte mit hochrotem Kopf herein.

»Mann, hast du die Haustür aufgelassen? Es ist kalt draußen! Schon gemerkt?«, herrschte Marie ihren kleinen Bruder an. »Zu Hause haben wir auch keine Säcke vor den Türen.«

Schuldbewusst schlurfte Kilian zurück in den Flur. Kurz darauf stand er wieder vor Marie. »Hast recht. Ist echt kalt draußen. Herbstluft.«

»Mit welchem Schiff wollte Günther denn fahren? Du hast doch gesagt, er kommt heute! Warum auch immer er dir die SMS geschrieben hat.«

»Sein WhatsApp ist abgestürzt«, erklärte Kilian. »Weiß nicht, wie er das wieder hingekriegt hat.« Er sprang auf. Schaute auf seine Armbanduhr. Klopfte darauf herum. Verglich sie mit der Uhr an Jettes Küchenwand. »Verflixt! Meine Uhr ist stehen geblieben! Ich Hirni habe die Zeit verpasst. Günther wird längst hier sein!«

Marie sagte nichts dazu. Wenn selbst Kilian die Zeit verpasste, war es um sie alle schlecht bestellt.

»Günther könnte bei Omilein im Laden sein. Bestimmt versöhnen sie sich gerade wieder«, sagte Kilian hoffnungsvoll.

Marie hob den Kopf und sah hinaus. »Wer weiß, ob ...« Sie unterbrach sich und rief: »Guck mal, das ist er doch! O nein!«

Die beiden sahen ihn aus dem Laden stürmen. Seine Hose wies große Flecken auf, das Haar wirkte eigenartig gegelt.

»Mist, wie eine wunderbare Versöhnung wirkt das nicht«, stellte Kilian fest. »Dass alte Leute immer so kompliziert sein müssen!«

Marie zog ihren kleinen Bruder an sich. »Wir hoffen einfach, dass sie es wieder hinbekommen. Upps!«

»Was ist upps?«

Marie deutete mit dem Kopf nach draußen. Dort jagte Oma Jette gerade Julius Zwiebell aus dem Laden. Sie hatte die Arme in den Hüften aufgestützt, und ihr Gesicht sah nicht aus, als habe sie eine Friedenstaube ausgesandt.

»Omilein kann echt Haare auf den Zähnen haben!« Kilian grinste. »Weißt du was, Marie? Wir lassen uns von dem Stress der alten Leute nicht anstecken. Die Erfahrung zeigt …«

»Welche Erfahrung?«, unterbrach Marie ihn.

»Die Erfahrung mit Erwachsenen«, erklärte Kilian altklug. »Das kennt man doch alles. Erst streiten sie sich wie die Kesselflicker, und wie aus dem Nichts ist alles wieder in Ordnung, und dann tun sie so, als wäre nie etwas gewesen.«

Die Haustür knallte, und Günther stürmte herein. Er grüßte die beiden nicht und verschwand gleich im Badezimmer.

Jette hatte die ganze Nacht kein Auge zugetan. Günther war nach Julius' Auftritt zurecht sehr verletzt gewesen. Da hatten sie sich gerade wiedergefunden, und der Glatzkopf machte mit seinem Gerede alles zunichte. Wobei Jette zugeben musste, dass sie an der Situation nicht unschuldig war, denn sie hatte Julius zuvor nicht eindeutig in seine Schranken verwiesen. Was hatte sie da nur geritten? Ihr, die stets genau wusste, was sie wollte und was sie tat, war die Situation völlig entglitten. Äußerst unangenehm! Nun galt es, den Scherbenhaufen abzutragen. Wie, wusste Jette noch nicht genau, aber sie sollte möglichst schnell einen Weg finden.

Günther schnarchte auf dem Sofa, er hatte die Nacht nicht neben ihr verbringen wollen.

»Ich kann momentan nicht in deiner Nähe sein«, hatte er gesagt, sein Deckbett und Kissen geschnappt und schweren Schrittes das Schlafzimmer verlassen. Jette war nur froh, dass er sich nicht zu Horsti auf die Jacht geflüchtet hatte.

Ihr tat das alles unendlich leid, es gab schlichtweg nichts schönzureden. Hinzu kam, dass es ihr unglaublich unangenehm war, dass ihre Enkel den Streit mitbekommen hatten. Zwar wussten sie gar nicht genau, worum es ging, aber konnte sie ihnen denn etwas vormachen?

Günther war gestern noch lange am Strand gewesen. Sie hatte ihn am Ende mit Marie gesucht und auf einer windgeschützten Bank am Dünenfriedhof aufgegabelt. Dorthin flüchtete nicht nur er gern, wenn er Ruhe suchte. Der Dünenfriedhof war für viele ein Rückzugsort und nicht etwa nur das Reich der Toten. In der Ferne hörte man das Meer rauschen, es roch vor allem im Sommer und Frühling immer leicht süßlich nach den Blüten der Hagebutten. Zwischen den Beeten tummelten sich Hasen, und hin und wieder stolzierte ein bunter Fasan mit seiner Henne über die Wege.

Jette hatte Günther einfach an die Hand genommen, und er war ihr widerstandslos bis nach Hause gefolgt. Dort hatte er sich allerdings sofort zurückgezogen.

»Ich würde den Glatzkopf zum Mond schießen«, hatte Marie die Situation kommentiert, als sie später ohne Günther zusammen in der Küche saßen und klar war, dass bei Oma so schnell keine Ruhe einkehren würde. »Der soll dich nicht anbaggern. Das nimmt Günni übel.«

»Im Inneren des Kopfes von diesem Julius herrscht auch Glatze«, bekräftigte Kilian Maries Aussage. »Also Leere. Da ist nix drin.«

»Zumindest ist Julius eine unangenehme Erscheinung«, fügte Fenna grimmig hinzu. »Er findet sich schön und unwiderstehlich. Solche Männer sind Machos, die keine so tolle Frau wie dich verdient haben.«

In der Beurteilung des neuen Nachbarn waren sich ihre Enkel also einig, er hatte jegliche Chancen auf Sympathiepunkte verspielt. Selbst Walburga war ungewöhnlich zurückhaltend gewesen. Sie hatte sich nicht einmal übergeben, geschweige denn eine Kaugummiblase geploppt.

Der Umgangston zwischen Walburga und ihren Enkeln hatte sich seit gestern irgendwie zum Positiven verändert. Was die

Ursache dafür war, wusste Jette nicht. Nun, ihr sollte es recht sein, wenn sie wenigstens aus dieser Richtung keine Schwierigkeiten mehr zu erwarten hatte.

Günther hatte jetzt zu schnarchen aufgehört!

Jette stand auf, schlich hinunter zur Stube und warf einen Blick durch die halb offenstehende Tür. Ihr Lebensgefährte saß tatsächlich auf der Sofakante und fuhr sich gerade mit beiden Händen durch das Haar.

Jette zögerte. Sollte sie zu ihm hineingehen, oder war es besser, noch etwas Abstand zu wahren? Herrje, sie wusste doch sonst immer, was zu tun war! Immer!

Günther hatte sie bemerkt und sah auf. »Guten Morgen, Jette.« Die Stimme klang dumpf, fast wie aus einem Grab.

»Guten Morgen, Günther. Möchtest du einen Tee oder einen Kaffee?« Ihre Stimme bebte. Sie sah ihn unsicher an.

»Ja, bitte Kaffee.« Er stand auf und reckte sich. »Mein Rücken hat das Lager hier leider nicht so gut verkraftet.« Es knackte, als er die rechte Hand zur Decke streckte.

»Wir müssen reden, Günther.«

Er lachte auf, allerdings klang es nicht fröhlich. »Jetzt sag nicht, dass es nicht so ist, wie es aussieht. Das wäre unerträglich! Wir waren schließlich immer ehrlich miteinander. Und eindeutiger geht es wohl kaum.« Günther sah Jette mit schmerzerfülltem Blick an.

»Sag ich ja gar nicht. Aber ich will es erklären, und das ist etwas anderes. Denn ganz so, wie du meinst, war es wirklich nicht.«

»Jetzt sagst du es ja doch, Jette. Aber gut, ich will mir deine Geschichte wenigstens anhören. Wir sind schließlich erwachsene Menschen.« Günther schlüpfte in seine Socken. »Ich putz mir nur rasch die Zähne, so mag ich dir nicht gegenübersitzen. Und ich habe dir auch noch etwas zu sagen.«

»Wir treffen uns in der Küche«, sagte Jette.

Als er zurückkam, hatte sie schon zwei Becher aus dem Kaffeeautomaten gefüllt. Heute trank selbst sie Kaffee, ein kleiner Kick konnte nicht schaden.

Günther setzte sich ihr gegenüber auf einen Stuhl und fuhr sich ein weiteres Mal durchs Haar.

»Dann schieß los!«, forderte er sie auf und pustete in den Becher. »Bitte sag, was du loswerden möchtest.«

Ich glaube, das geht schief, dachte Jette. So distanziert kannte sie Günther nicht. Ihren Günther, der sonst herzlich und fröhlich war. Manchmal ein bisschen tollpatschig, er brachte auch gern Dinge durcheinander, aber er war immer liebenswert. Nun sahen seine Augen sie kühl an, als tangierte ihn bereits nicht mehr, was Jette zukünftig tun würde.

Sie senkte den Kopf. Es gab nur noch diese eine Chance, alles wieder ins Lot zu bringen. Ein zweites Mal würde Günther ihr wohl kaum zuhören. Wenn sie jetzt etwas Falsches sagte, lief sie Gefahr, ihn für immer zu verlieren. Ein Leben ohne ihn, wo sie sich doch erst vor einem halben Jahr wiedergefunden hatten ... Unvorstellbar.

Jette räusperte sich. »Also, eigentlich ist alles ein furchtbares Missverständnis, Günther. So weit solltest du mich ja kennen.« Sie nahm seine Hand, die er ihr merkwürdigerweise nicht entzog. Doch kaum spürte sie die Wärme, ertönte ein ohrenbetäubender Schrei.

»Jette!«

»Walburga«, entfuhr es Günther. Er riss seine Hand fort und sprang abrupt auf. »Es muss etwas passiert sein. Das hört man doch schon an ihrer Stimme!« Er stürzte zur Tür. »Wally, Liebes, was ist passiert?«

»Einbruch! Einbruch! Polizei! Jemand ist bei mir eingebrochen!«

Grete Eberle machte ihren morgendlichen Inspektionsgang durch den großen Vorgarten und kontrollierte, ob jeder Grashalm an Ort und Stelle wuchs und es keine Abweichler gab. Sie musste sich dringend ablenken, denn sie war völlig verzweifelt. Keiner nahm sie ernst. Nicht einmal die Polizei, die sich der Sache gar nicht erst annehmen wollte, obwohl sie gestern dort vorgesprochen hatte. Das Rezept hatte sie noch immer nicht wiedergefunden, und nun war auch noch die gesamte Rezeptsammlung aller ihrer Kuchen verschwunden. Sie hatte sämtliche schwäbischen Backkreationen fein säuberlich und handschriftlich in einer Kladde festgehalten und illustriert. Und nun: Alles war fort.

Wer konnte die Aufzeichnungen entwendet haben, und warum? Nur Günther Meilenstein hatte sie erzählt, dass sie plante, mit ihren Kuchen auf Langeoog ein Geschäft aufzumachen. Er war sehr interessiert gewesen! Und Walburga war gestern kurz reingeschneit, weil sie sich im Hause Blümerant nicht verstanden fühlte. Vor allem jetzt nicht, wo dort nur Unfrieden herrschte. Und der Herr Zwieble, der schaute auch immer mal kurz auf einen Kaffee herein. Aber was sollten diese Leute mit ihren Rezepten?

Grete war wirklich verzweifelt. »Törtchen im Örtchen« hatte sie den Laden nennen wollen. Ein paar administrative Dinge waren noch zu klären, aber in der nächsten Saison wollte sie loslegen. Ein leer stehendes Ladenlokal hatte sie dafür ebenfalls schon auserkoren.

Die ganze Unternehmung hielt sie für den perfekten Plan gegen ihre Langeweile auf der Insel – und wenn sie eines konnte, dann backen und kochen. In Gedanken hatte Grete schon einen Hochglanzprospekt entworfen, in dem sie ihre verschiedenen Tortenkreationen anpries. Ein paar Skizzen lagen in ihrem großen Rezeptordner versteckt. Während des langen Winters wollte sie alles genauer ausarbeiten, aber nun fehlte ihr nicht mehr nur das Kernstück: das Hochzeitstortenrezept. Fünfstöckig mit Brautpaar, Kutsche, Kirche und Glocken.

Heiraten auf den Inseln war gerade sehr angesagt, sie hätte also sicher durchaus Kundschaft gehabt.

Grete ließ sich auf der Bank nieder.

War sie in ihrer Einsamkeit tatsächlich schon so schusselig, dass sie sich an gewisse Dinge nicht mehr erinnern konnte und die ganzen Rezepte einfach verlegt hatte? Oder trieb sich tatsächlich ein Dieb auf Langeoog herum, der sich mit ihren Ideen bereichern wollte?

Sie fuhr zusammen, als sie Walburga schreien hörte. Das junge Ding wirkte völlig aufgelöst!

Was war denn nun schon wieder bei Frau Blümerant passiert? Nachbarn durften nicht wegschauen, sie mussten sich einmischen, wenn es nottat. Und hier war Gefahr im Verzug, das war deutlich zu hören.

Grete schaute über die niedrige Hecke zum Nachbarhaus. Da eilte doch tatsächlich dieser windige Horsti von Hinten davon. Der Mann war alles andere als koscher. Allein sein Gang und die Haltung muteten eigenartig an.

»Der haut doch vor irgendetwas ab!«, raunte Grete.

Eine Weile später öffnete sich die Haustür, und Grete sah Walburga tränenüberströmt herausstürmen.

Sie lief ihr entgegen und stellte sich ihr in den Weg. »Herzchen, was ist denn nun wieder los? Du siehst ja völlig fertig aus.« Unwillkürlich war Grete zum Du übergegangen.

Walburga schluchzte angesichts der unerwarteten Anteilnahme auf und schlug die Hände vors Gesicht. »Ich bin doch schwanger!«

Grete wiegte sie in den Armen. »Das weiß ich, meine Kleine. Und du bist für eine Schwangerschaft viel zu dünn.«

Walburga schluchzte noch lauter. »Ich kann ja auch nichts essen, mir ist immer übel.« Die Stimme war ein einziges Kieksen. »Ich kann nur Schokoküsse und Kaugummis ab.«

Grete zog Walburga mit sich. »Komm erst einmal mit zu mir. Ich koche dir einen Kaffee …«

»Davon wird mir noch mehr schlecht!«

»Dann probieren wir es mit einem Kräutertee«, lockte Grete.

»Aber auf keinen Fall einen mit Ingwer, der kann Wehen auslösen.«

Grete lächelte. »Dann mache ich dir einen feinen Ostfriesentee. Jette hat mir gezeigt, wie man den richtig kocht.«

Aber erneut winkte Walburga entschieden ab. »Geht auch nicht. Das senkt meinen Folsäurespiegel, und in großen Mengen getrunken, wächst das Kind nicht mehr richtig.«

Grete sah Walburga mit schräggelegtem Kopf an. »Passt ein Glas Wasser?«

»Wenn es nicht aus der Leitung kommt und ausreichende und ausgewogene Mineralien hat, dann ja.«

Grete war erleichtert. Sie hatte ein gutes Mineralwasser im Haus, das Walburgas Kind überleben lassen würde. Sie bugsierte die junge Frau in die Küche und bat sie, Platz zu nehmen.

Als sie zurückkam, waren Walburgas Tränen getrocknet. Sie schaute Grete erwartungsvoll entgegen, riss die Augen aber entsetzt auf, als sie die Flasche in ihrer Hand sah. »Darin ist Kohlensäure! Davon bekomme ich leider Sodbrennen.«

Grete ließ die Flasche sinken.

Kurzfristig bewunderte sie Frau Blümerant nun doch, denn die spielte das Spiel schon seit einigen Tagen mit.

»Also, dann gebe ich dir doch Leitungswasser.« Sie wartete, bis Walburga, dieses Mal ohne aufzubegehren, etwas getrunken hatte und nicht mehr so aufgelöst wirkte, ehe sie fragte: »Warum hast du vorhin so geschrien?«

Walburga kamen sofort wieder die Tränen. »Man ist bei mir eingebrochen!«

»Man ist *was?*« Grete war entsetzt. Bei Wally also auch!

»In meiner Kemenate ist eingebrochen worden, Frau Eberle. Das allein ist schlimm. Aber wissen Sie, was noch schlimmer ist?«

Grete schüttelte noch immer fassungslos den Kopf. Sie hörte Walburga gar nicht weiter zu, sondern ging in Gedanken jedes Fenster, jede ihrer Türen durch, ob sie auch anständig verriegelt waren. Es trieb sich tatsächlich ein Einbrecher auf Langeoog herum!

Walburga hatte währenddessen ununterbrochen weitergeredet und das in einer Geschwindigkeit, die Grete an das Prasseln eines Wasserfalls erinnerte. Aber viel verpasst hatte sie offenbar nicht. Hellhörig wurde sie aber beim nächsten Satz.

»Man bricht bei mir ein, und niemanden da drüben« – Walburga zeigte auf Jette Blümerants Haus, als sei es ein Sündenpfuhl –, »niemanden interessiert das!« Sie wischte sich mit dem Handrücken die Tränen aus dem Gesicht.

Das war ja unmöglich! »Du Arme! Nun ruh dich erst einmal aus und beruhige dich. Du kannst gern für eine Zeit hier bleiben. Da freut sich bestimmt auch der Eberhard, er kommt mich bald besuchen.«

Sie hoffte, dass es wirklich so war, denn ihr Sohn hatte seine Ankunft bereits einmal verschoben.

»Haben Sie erst mal ein Taschentuch?«, schluchzte Walburga.

»Natürlich, wie unaufmerksam von mir, meine Liebe!« Grete sprang auf und holte eine Packung Tempos.

Walburga schnäuzte ihre Nase ausgiebig. »Wer ist das eigentlich? Eberhard, meine ich?«

Grete setzte sich wieder und strich die Schürze glatt. »Du wirst ihn mögen. Er ist mein Sohn. Eberhard ist ein sehr feinfühliger Mensch, und er wird dir guttun, denn er kann zuhören wie kein Zweiter. Und bitte, sag doch Grete zu mir, Liebes!«

»Ich freue mich, ihn kennenzulernen!«

»Geht es dir besser?«, fragte Grete besorgt.

Die junge Frau nickte. Heute war sie noch ungeschminkt und hockte in ihrem Jogginganzug da. Sie versank förmlich unter der Decke, die Grete ihr gereicht hatte, und wirkte noch zarter als sonst. Diese junge Frau brauchte einen freundlichen Menschen. Einen, der auf ihre Sorgen und Nöte einging. Der sie bekochte. Bei Jette Blümerant würde sie vom Fleisch fallen. Bekäme Walburga dagegen anständige schwäbische Gerichte wie feine Spätzle und Sahnesoße, dann würde es auch mit ihr aufwärtsgehen!

»Was haben sie drüben nur mit dir gemacht, du armes Hascherl?«

Walburga setzte sich gerade hin und sah Grete mit ihren rotgeweinten Augen an. Eine letzte Träne rann über die rechte Wange.

»Da war wer in meinem Zimmer. Ganz früh am Morgen. Er hat in meinen Sachen gewühlt, während ich geschlafen habe. Als ich aufgewacht bin, ist er durch die Hintertür raus. Ich habe nur noch den Rücken gesehen.«

Grete nickte wissend mit dem Kopf. Das fügte sich. Sie kannte den Täter. Wahrscheinlich war derjenige auch der Dieb ihrer Rezepte. Es handelte sich dabei gar nicht um Günther Meilenstein, sondern um seinen Freund. Oder steckten beide gar unter einer Decke? Bestimmt hatte Günther seinem Spezi alles haarklein erzählt. Was er allerdings bei Walburga gewollt hatte, war Grete ein Rätsel.

»Den Einbrecher, der bei dir war, habe ich zufällig weglaufen sehen und ihn erkannt. Diese langhaarige Silberlocke hat Frau Blümerants Haus durch den Garten verlassen.«

»Horsti, der Schuft!«, stieß Walburga aus.

»Du hast doch einen Hund. Hat der nicht wenigstens angeschlagen?«

Walburga schüttelte den Kopf. »Mimi ist sehr ängstlich. Das würde sie nicht wagen. Sie versteckt sich noch immer unterm Bett. Hauptsache, ich muss mit ihr nicht zum Hundepsychiater. Wegen des zu erwartenden Traumas!« Walburga fummelte einen Kaugummi aus der Hosentasche. Er war weiß-rot geringelt.

»Willst du eine Weile bei mir wohnen, wenn die alle so gemein zu dir sind?«, lockte Grete. »Mimi darf selbstverständlich mitkommen.«

Walburga zermalmte den Kaugummi mit einem heftigen Biss. »Meinst du das ernst, Grete? So wirklich? Ich bringe da drüben doch nur Unruhe rein.«

Grete strich Walburga sacht über den Kopf. »Pack geschwind deine Sachen, mein liebes Kind. Du bist mir willkommen wie eine Tochter!«

11. Kapitel

Dass es Günther besonders schlecht ging, merkte Jette vor allem an dem sorgfältig aufgerollten Handykabel und den akkurat sortierten und exakt auf Kante gestellten Büchern auf dem Sideboard. Wenn ihr Lebensgefährte sich unwohl fühlte, fiel er stets in seinen extremen Aufräumwahn zurück. Sie war auch ordentlich und hatte genaue Vorstellungen, was wie auszusehen hatte, aber was Günther ablieferte, war arg übertrieben. Jette hatte ihm seine extreme Pingeligkeit und Pedanterie im letzten halben Jahr schon wunderbar abgewöhnt, er konnte mittlerweile sogar auf eine nicht sorgfältig zusammengelegte Decke auf dem Sofa gucken. Das war ein gewaltiger Fortschritt. Aber nun? Alles war kleinlich auf den Millimeter genau geordnet, jedes Kissen in der Mitte geknufft und besagte Decke akkurat gefaltet.

Jette schüttelte den Kopf, wies sich dann aber selbst in die Schranken, schließlich trug sie Schuld an diesem Rückfall. Günther war noch immer verschlossen, kein Lachen erreichte seine Augen, obwohl er zumindest den Kindern gegenüber bemüht war, die Fassade aufrechtzuerhalten. Doch es gelang ihm nicht. Dabei gab sie sich doch große Mühe! Als Erstes hatte sie ihrem Nachbarn, nachdem Günther Hals über Kopf aus dem Laden gestürzt war, klipp und klar gesagt, dass sie kein Interesse an weiteren gemeinsamen Aktivitäten hatte. Sein wütendes Gesicht hatte Bände gesprochen, nur konnte sie auf seine Gefühle wirklich keine Rücksicht nehmen.

Jette hoffte aber, dass er jetzt Ruhe gab.

Es war still im Haus. Walburga hatte ihr vorhin im Vorübergehen mitgeteilt, dass sie vorerst Asyl (Walburga hatte tatsächlich dieses Wort benutzt) bei Grete Eberle bekommen würde. Schließlich seien sie Schicksalsgenossinnen, weil sie beide Opfer eines Einbruchs geworden waren.

Marie, Fenna und Kilian waren nach dem Mittagessen allesamt ins Schwimmbad gegangen, worüber Jette im Augenblick sehr froh war, denn ihre fragenden und zugleich ängstlichen Blicke waren unangenehm. Ihre Enkel litten unter ihrem und Günthers Streit.

Jette seufzte. Was gäbe sie momentan für eine neue Maulwurfschreckanlage, einen Staubsaugerroboter oder gar einen Gangsterschreck, wenn nur alles wieder in Ordnung wäre! Sie würde sogar sämtliche Schnappschildkröten, Alligatoren und Scheidungshamster, für die Günther sich verantwortlich fühlte, in ihrem kleinen Inselhaus dulden. Wenn …

Eine Tür knallte.

Jette ging neugierig in den Flur, wo sie auf Walburga traf, die dabei war, ihr gesamtes Gepäck durch den engen Gang zu zerren. Der Mammutkoffer stand schon auf dem Gartenweg, Mimis kleines Schloss Neuschwanstein thronte obendrauf. Mit dem Hund darin.

Walburga sagte: »Ich ziehe wirklich zu Frau Eberle, äh Grete.«

»Was hätten wir denn deiner Ansicht nach tun sollen, damit du nicht gehst?«

»Die Polizei zu holen wäre eine Maßnahme gewesen.«

»Aber Walburga! Du warst dir doch gar nicht sicher, ob wirklich jemand in der Kemenate war. Es fehlt nichts, die Terrassentür war geschlossen. Du hast bestimmt nur schlimm geträumt, das tun Schwangere manchmal«, versuchte Jette sie zu beschwichtigen.

»Du schließt deine Türen ja nicht immer ab, Jette! Da kann jeder Irre im Haus rein- und rausspazieren, wie es ihm gefällt. Ich habe nicht geträumt! Es war jemand in meinem Zimmer, und der ist dann ganz gemütlich durch den Flur und die Hintertür wieder abgehauen.«

»Das hätten wir doch bemerkt. Günther und ich.«

Walburga schüttelte den Kopf. »Ihr könnt es doch gar nicht bemerken. Nicht meine Nöte, nicht das, was um euch herum passiert. Ihr seid nur mit euch selbst beschäftigt. Ich dachte, ihr könntet mir eine Familie sein! Die, die ich nie hatte, aber ganz ehrlich: Ich bringe bei euch zu viel Unfrieden rein. Es ist besser, wenn ich woanders wohne.«

Das saß, und es traf Jette tiefer, als sie gedacht hätte.

Ach, egal, dachte sie gehässig. Reisende soll man nicht aufhalten.

Die Tür fiel hinter Walburga zu.

»Also, Einbruch würde ich das nicht nennen.« Horsti grinste breit, als er kurz darauf bei Jette zum Rapport in der Küche saß. Sie hatte mit Grete Eberle gesprochen und Horsti auf seiner Jacht angerufen. »Ich hab nur was geguckt.«

Jette legte das Geschirrhandtuch beiseite und stemmte die Hände in die Hüften. »Du steigst heimlich in das Zimmer unseres Gastes ein und behauptest tatsächlich, das sei rechtens? Dieses Mal bist du übers Ziel hinausgeschossen, Horsti.«

Bald nach Jettes Anruf war Horsti mit zerknirschtem Blick bei Jette aufgetaucht und hatte gebeichtet, dass er am frühen Morgen in die Kemenate eingestiegen und wieder verschwunden war, und zwar exakt auf dem Weg, den Walburga beschrieben hatte. Jette hatte kurz der Anflug eines schlechten Gewissens geplagt, aber wer konnte ahnen, dass eine so abstruse Behauptung stimmte?

Sie hatte ihre abwehrende Haltung noch nicht aufgegeben, weshalb Horsti einen bittenden Blick zu Günther warf, der dem Gespräch mit blassem Gesicht folgte. Er rührte in seinem Teebecher, als gäbe es nichts Wichtigeres auf der Welt.

»Du siehst übel aus«, sagte Horsti. Er war, trotz Jettes Vorwürfen, wie immer gut gelaunt und redete mit seinem Busenfreund, als sei Jette gar nicht im Raum. »Ist dir deine LAG wegen des bisschen Küstennebels noch immer gram?«

Günther schüttelte den Kopf. »Sag nicht LAG«, war alles, was er auf die Frage antwortete.

»Nun, ich bin sehr gespannt, welche Ausrede du uns nun präsentierst, wenn du nicht länger vom eigentlichen Thema ablenkst.« Jette zog die Brauen hoch.

»Ich kam tatsächlich von hinten«, grinste Horsti, wurde aber ernst, weil Günther aus seiner Lethargie erwachte und ihm den Ellbogen in die Seite rammte. »Also, ich bin durch die Hintertür rein.«

»Gut, weiter. Warum?«

»Nun, ich wollte einfach mal gucken, ob es Unterlagen gibt. Also darüber, wer der Vater ihres Kindes ist. Hätte ja sein können, dass sie eine Art Tagebuch geführt hat oder so.«

»Walburga und ein Tagebuch?« Jette schüttelte den Kopf. Horsti kam aber auch auf Ideen!

»Liebe Jette«, begann Horsti mit einem süffisanten Lächeln, »ich könnte jetzt einen bekannten Luxemburger zitieren …«

»Danke, kein Bedarf«, herrschte Jette ihn an. »Verschone mich mit deinen Zitaten und diesem Pseudowissen.«

Horsti ließ sich nicht provozieren. »Ich habe kein Pseudowissen, meine Gute. Weißt du, wie viel Mühe es macht, diese ganzen Zitate herauszusuchen und bei passender Gelegenheit anzuwenden?« Horsti zeigte auf seinen Kopf. »Dazu muss man echt was auf dem Kasten haben.« Jetzt wirkte er wie ein lächelnder Dobermann. Gefährlich und listig zugleich.

Jette beeindruckte es herzlich wenig. Dobermänner waren auch nur zu groß geratene Mimis.

»Nun rede nicht um den heißen Brei herum, Horsti von Hinten. Was geht dich das überhaupt an, von wem sie das Kind erwartet?«

»Alter Verwalter, du lässt auch nicht locker.«

»Nun sag es ihr schon!«, forderte Günther seinen Freund auf.

Wenn Horsti nicht bald antwortete und ihr eine plausible Erklärung gab, würde Jette ihn wie einen angespitzten Bleistift in den Küchenfußboden rammen. Aber mit voller Wucht. Es reichte ihr. Alles!

»Ich habe dich was gefragt. Horst von Hinten.«

Sie hatte nicht Horsti gesagt. Zum allererstem Mal, seit sie sich kannten, hatte sie nicht Horsti gesagt. Er senkte den Kopf noch tiefer und gab sich reumütig.

»Jette, ich hatte ja was mit ihr, wie du weißt. Fun und so«, brach es plötzlich aus Horsti heraus. »Sie mag wohl den väterlichen Typ.«

»Väterlich, du!«, schnaubte Jette, die endlich begriff. Hätte sie auch schon vorher draufkommen können!

Dieser Idiot! Hat er in seinem Alter noch nie etwas von Verhütung gehört? Sie trennten Jahre!

»Und was hättest du getan, wenn du rausbekommen hättest, dass du der Vater ihres Kindes bist? Den Hinweis vernichtet, um dich aus der Affäre zu ziehen?«

Horsti schüttelte den Kopf. »Nein, genau das wollte ich nicht tun. Schau, ich bin nicht mehr der Jüngste, und nun werde ich auf meine alten Tage vielleicht noch Vater! Ich will für Mutter und Kind da sein.«

Jettes Mimik wurde weicher. Ungläubig fragte sie: »Du würdest dich tatsächlich der Verantwortung stellen?«

»Ja, liebe Jette, das würde ich.« Er machte eine bedeutungsschwere Pause, ehe er etwas sagte, was ihn sichtlich selbst erstaunte. »Ich glaube, ich habe mich ernsthaft verliebt. Wir haben uns in der Zeit in Hamburg so wunderbar unterhalten, richtig lange Gespräche geführt! Das kenne ich überhaupt nicht.«

»Unterhalten nennt man das heute also«, entfuhr es Jette. »Wusste gar nicht, dass man von einer Unterhaltung schwanger wird.«

Horsti wurde rot, seine Stimme zahm. »Na ja, nicht nur unterhalten, Jette. Aber auch. Das ist ungewöhnlich.«

Jette schluckte. Der alte Kerl hatte sich in die bemalte und Kaugummi ploppende Walburga verliebt? Das Mädchen, bei dem die eine Hälfte des Hirns vermutlich aus Lippenstiften und verschiedenen Nagellacken bestand?

Jette schlug mit der Handfläche auf den Tisch. »Nun, deine Aktion hat zur Folge, dass Walburga ausgezogen ist. Sie wohnt jetzt bei Frau Eberle!«

Jette warf einen Blick zu Günther, und was sie plötzlich in seinem Gesicht sah, behagte ihr ganz und gar nicht.

Marie hatte vom Schwimmen noch nasses Haar. Ihr Handtuch trug sie wie einen Turban auf dem Kopf, als sie in die Küche stolzierte und den Wasserkocher betätigte. »Brr ... ist das ein ekeliger Regen draußen.« Jetzt entdeckte sie Günther, der wie ein Häufchen Elend am Tisch saß. »Ich will ja nichts sagen, Günther, aber du siehst echt nicht gut aus. Vorsichtig ausgedrückt.«

»Sieht man das so deutlich?« Günther saß vor einem leeren Becher Kaffee und umklammerte ihn mit beiden Händen. Seit

Horsti verschwunden war, hatte er sich noch nicht vom Fleck bewegt.

»Jep.«

Günther stand auf, stellte den Kaffeeautomaten an und fummelte an der Einstellung herum.

»Heute besonders stark?«, kommentierte Marie sein Tun, als sie sah, dass er die Bohnenmenge verändert hatte.

»Ich habe immense Kopfschmerzen, es muss sein.«

»Wegen Horsti? Und seinem idiotischen Einbruch heute Morgen? Hat Oma eben kurz erzählt.«

»Nee.«

»Mann, Günther, ist es noch immer wegen dieses Nachbarn? Ich glaube, Oma hat dem so richtig Kontra gegeben.«

Die Maschine rumorte und spuckte die schwarze Brühe in Günthers Becher. Der Duft von Kaffeearoma durchzog die Küche.

Als der Becher voll war und Günther einen Schuss Milch dazugegeben hatte, sah er Marie an. »Es fällt mir sehr schwer, darüber zu reden. Aber es sind Dinge vorgefallen, die eine große Tragweite haben. Ich kann nicht einfach so tun, als wäre alles in Butter.« Er biss sich kurz auf die Unterlippe. »Ich glaube, Jette will mich nicht mehr.«

Und nun geschah etwas, womit Marie niemals gerechnet hatte und was sie kolossal hilflos machte: Günther Meilenstein weinte. Es war kein heftiges Weinen, kein lautes Schluchzen. Nur ein paar Tränen, die lautlos über seine Wangen liefen und sich am Mundwinkel in der Falte verloren. Dann senkte er den Kopf in die Hände.

Marie schaute es hilflos mit an. Günther war doch ein erwachsener Mann, da weinte man nicht. Sie hob vorsichtig die Hand und wollte Günther übers Haar streichen, zog sie dann aber zurück. Er war schließlich kein kleiner Junge mehr. Doch weil er sich so gar nicht beruhigte, umarmte Marie ihn einfach.

Günther schniefte, als er nach einer Weile aufsah und Marie dankbar anblickte. »Du bist lieb. Aber das ist mir jetzt wirklich peinlich.«

Marie rückte ein Stück ab, sie war nicht besonders gut im Trösten von alten Männern. »Muss es nicht sein, Günni. So als alte Freunde!«

»Ja, Lütte, das sind wir. Alte Freunde. Ich hoffe, das bleibt auch zukünftig so. Selbst wenn ich nicht mehr auf der Insel wohne. Aber ihr lebt schließlich auch auf dem Festland, und da können wir uns noch leichter besuchen. Ich werde mir dort eine kleine Wohnung nehmen.«

Marie ergriff seine schwielige Hand, die so wunderbar Maulwurfschreckanlagen und andere unsinnige Dinge bauen konnte. »Ich kann mir überhaupt nicht vorstellen, dass Oma dich nicht mehr haben will.«

»Sie liebt diesen neuen Nachbarn, auch wenn sie mit mir Frieden schließen will«, stieß Günther aus. Ein verächtliches Lachen glitt ihm über die Lippen. »Mit dem will sie zum Musical fahren. Mit diesem glatzköpfigen Muskelpaket.« Er blickte an sich hinunter, kam aber nicht weit, weil sein Bauch im Weg war. »Guck mich doch an, da kann ich nicht mithalten. Ich bin eben nur Günther. Und wohl für meine Jette nicht mehr kulturell und attraktiv genug.«

Marie schmunzelte. »Oma Jette mag genau diesen Günther, glaub es mir. Guck mal, wir haben dir im Sommer ein paar modernere Klamotten gekauft, damit du nicht mehr so antiquiert aussiehst. Deine Frisur ist auch okay. Wenigstens hast du Haare, im Gegensatz zu diesem Typen da drüben.« Sie wies aus dem Fenster, wo Julius gerade im T-Shirt im Vorgarten stand und wieder mal seine Muskeln bewunderte. Das tat er allerdings nicht allein, zwei willige Mittvierzigerinnen sahen ehrfurchtsvoll zu ihm auf.

»Trotzdem, sie würde doch nicht mit ihm ins Musical fahren wollen, wenn sie mit mir zufrieden wäre.« Günther strich sein Hemd über dem Bauch glatt.

»Günther, Oma ist keine oberflächliche Frau«, begann Marie. Sie fand, das war ein guter, sehr erwachsener Einstieg. »Sie hat sich für dich entschieden, weil du ihre große Liebe bist. Dafür hat sie sogar Pablo in den Wind geschossen, und du weißt, was für ein Frauentyp dieser Maler war.«

»Schon, aber da gab es diesen Zwiebelmann noch nicht.«

Marie stieß Günther in die Seite. »So, jetzt kommst du mal wieder runter. Nun habe ich dich genug bemitleidet. Jetzt hörst du mal *mir* zu! Ich habe dir nämlich etwas zu sagen, du antiquierter, lieber Brummbär.«

Günther glitt bei den Worten tatsächlich ein leichtes Grinsen über die Lippen. »Sprich!«

»Okay.« Marie ruckelte sich zurecht. »Oma wollte also angeblich mit dem Nachbarn ins Musical gehen. Wer es glaubt … Ich denke, da hat der Typ sich in was verrannt. Hast du sie denn gefragt, ob das überhaupt so stimmt oder ob der Knallfrosch von Zwiebelmann es nur behauptet hat?«

Günther zögerte kurz. »Meinst du?«

»Würde ich ja sonst nicht sagen, Günther.«

»Du glaubst, das stimmt alles gar nicht so, wie es sich anhört?«

»Genau!« Marie war erleichtert. »Ich glaube, dass das ganz anders gelaufen ist. Sie haben sich über Musicals unterhalten, und der Glatzi hat es zu seinen Gunsten interpretiert, weil es ihm gut in den Kram passt. Der Typ ist so gestrickt.«

»Jette sagt auch, es ist anders, als ich denke.«

Marie schüttelte den Kopf. »Hättest ihr mal zuhören sollen, oder? Weißt du was? Ich kläre das mit Oma. Ihr kriegt das wohl nicht allein hin.« Sie huschte aus der Tür.

Jette stand in ihrem Lädchen und schaute dem bunten Inseltreiben draußen zu. Meist stromerten die Urlauber in farbenprächtigen Windjacken und Stirnbändern oder Mützen über Langeoog. Ihre Gesichter strahlten auf der Insel stets eine freundliche Gelassenheit aus.

Der Nieselregen hatte sich samt Wind verzogen, und jetzt strahlte auch die Sonne. Kein einziges Wölkchen zierte den blauen Himmel. Es war bestimmt eine gute Idee, später noch einen Spaziergang am Strand entlang zu machen. Das würde ihr den Kopf freipusten, die Probleme drohten sie momentan zu überfluten. Sie wusste einfach nicht, wie sie an Günther herankommen sollte. Er verheimlichte etwas, und zudem hatte sie das Missverständnis mit Julius noch nicht aus dem Weg räumen können. Dann Walburgas Auszug! Nachdem sie erst gedacht hatte, es sei ein Segen, dass sie mit ihren Gepäckmassen und dem Rattenhund das kleine Haus verließ, so sehr schmerzte es sie nun doch, dass Günthers Nichte sich von ihr nicht ausreichend umsorgt gefühlt hatte. Für Jette war das wie ein Zeichen. Günther war ihr gram, und die Person, die ihm hier verbunden war, zog aus. Dass zudem auch noch die Rezepte von Frau Eberle verschwunden waren, machte die Gesamtsituation nicht besser. Sie seufzte.

An Walburgas Auszug war mal wieder Horsti schuld. Horsti, der glaubte, Vater zu werden. In seinem Alter! Na, immerhin wollte er sich der Verantwortung stellen, was wirklich ungewöhnlich war. Obwohl Jette es sich schwierig vorstellte: Horsti mit Kind vor den Bauch geschnallt auf der Jacht, wo man im Prinzip nichts berühren durfte, weil es Kratzer auf den verschiedenen Lacken hinterlassen könnte. Das war langfristig mit einem spielenden Kleinkind, das entweder Bauklötze durch die Gegend warf oder mit dem Kran Gebrauchsspuren auf dem Boden hinterließ, eine vorprogrammierte Katastrophe.

Jette fuhr zusammen, als sich laute, klackernde Schritte näherten. Dem Tritt nach konnte es sich nur um ihre Enkelin handeln, kein anderer stapfte so wie Marie.

»Du siehst aufgebracht aus«, empfing sie sie, als sie mit hochrotem Kopf und völlig außer Atem vor ihr stand.

»Jep, Oma. Und das wohl zu Recht! Hier geht gerade alles den Bach runter, und ich rede nicht von Walburga. Mit der Ausflucht brauchst du gar nicht erst zu kommen, okay?«

Jette rang sich ein Lächeln ab. »Bitte, meine Liebe. Worüber möchtest du mit mir streiten?«

»Günther«, entfuhr es Marie. »Der Arme ist völlig am Ende, weil er glaubt, dass du mit diesem Glatzkopf ins Musical gehen willst. Wir dachten, der Typ hätte dich nur angebaggert, aber hast du ihm tatsächlich irgendwelche Versprechungen gemacht?«

Jette hob die Hand und wollte etwas erwidern, aber wenn Marie sich in Fahrt geredet hatte, war sie nicht zu stoppen. »Manno, du weißt doch, wie altmodisch Günther ist! Für ihn ist das Verrat und Betrug. Und du sitzt das hier in deinem Lädchen aus!«

»Das ist doch eine Sache zwischen Günther und mir, findest du nicht?«

Schwacher Versuch, Jette Blümerant. Sie hat ja recht!

Marie presste die Lippen aufeinander. »Es ist richtig, es geht mich gar nichts an. Aber weißt du was, Oma? Ich leide förmlich mit ihm. Er ist wie ein Opa für mich, und ich habe Angst, dass eure Beziehung auseinanderbricht. Peng. Aus. Vorbei. Hier läuft in diesen Ferien so viel schief! Manno, das macht echt keinen Spaß!«

Jettes Zorn verrauchte bei den Worten sofort. »Ach, Marie, es ist alles ein furchtbares Missverständnis! Komm her, wenn du möchtest, erkläre ich dir alles.«

Jette setzte sich und zog Marie zu sich auf den Schoß. Dann erzählte sie, wie es wirklich gewesen war, und schloss mit den Worten: »Als Julius dann mit den Ausdrucken vom Musical reinkam, musste das auf Günther wie ein Keulenschlag wirken. Aber er lässt mich gar nicht zu Wort kommen! Ich habe keine Chance, es ihm zu erklären. Als ob es besser sei, wenn man es aussitzt!«

Marie strahlte Jette an. »Echt? So ist das gewesen?«

»Ja, genau so, meine Kleine.«

»Ehrlich gesagt, habe ich mir genau das gedacht.«

Marie schaute versonnen aus dem Fenster – und fuhr gleich darauf zusammen, weil sie auf der Straße einen Schatten vorbeihuschen sah, dem weitere folgten. Sie sprang auf und stürzte zur Tür. »Mist, das ist Mimi, die wird gejagt! Und Frau Eberle scheint sie retten zu wollen.«

Jette stellte sich neben sie und erkannte eben noch den Rücken ihrer Nachbarin. Die Schleife an der Küchenschürze war derangiert, die Lockenpracht wirkte aufgelöst. Jetzt keuchte auch Walburga an ihnen vorbei, wobei sie mit ihren hochhackigen Pumps sichtlich Mühe hatte, ihrem Hund und Frau Eberle zu folgen. Dafür schallte ihr Sopran grell durch die Straße. »Mimiiiiiiiiiii!«

»Ich muss da wohl helfen.« Marie griff gerade seufzend zur Türklinke, als auch Kilian in gebückter Haltung die Straße entlangfegte und binnen kürzester Zeit alle überholte. »Bleib, wo du bist, Wally! Ich rette deinen Hund!« Sein ritterlicher Ruf hallte über die Straße.

Jette schüttelte den Kopf. »Was ist denn in Kili gefahren?«

Marie verdrehte die Augen. »Dein Enkel ist voll in Walburga verknallt. Er checkt einfach nicht, dass er zu jung für sie ist. Ich schließe mich dem Pulk mal an. Bis später.« Marie lief hinaus, drehte sich aber noch einmal um. »Und vergiss nicht, das Günther genauso zu erklären wie mir eben. Dann ist bald wieder alles in Butter, wie ihr alten Leute so schön sagt.«

Jette lehnte sich gegen die Tür und atmete tief ein. Nun, wenn alle gerade auf Hundefang waren, konnte sie sich wirklich in Ruhe mit Günther aussprechen, ohne dass sie erneut unterbrochen wurden. Sie schloss den Laden hinter sich ab. Für heute war Feierabend.

Auf dem Weg zum Haus kam ihr noch Fenna entgegen, die ihr aber nur kurz zuwinkte und ebenfalls in die Richtung schlenderte, wohin der Rest verschwunden war. Nun hatte Jette endgültig freie Bahn.

Günther saß nach wie vor auf dem Sofa, so wie Jette ihn schon gesehen hatte, als sie in den Laden gegangen war. Er sah nur kurz auf, als sie eintrat.

»Günther, es tut mir leid. Ich rede jetzt nicht um den heißen Brei herum, sondern komme gleich auf den Punkt, ehe alle wieder zurück sind.«

Günther sah sie an. Seine Augen waren rot. Hatte er etwa geweint?

»Ich werde nicht mit Julius Zwiebell ins Musical fahren. Das war auch nie so geplant. Er hat da etwas völlig falsch verstanden. Ich will sowieso mit niemandem anders als mit dir irgendwohin fahren.«

Günther sah Jette noch immer zweifelnd an. Sie näherte sich vorsichtig und nahm ihn dann in den Arm. Er zitterte leicht, aber er ließ die Berührung zu. Nach einer Weile lockerte sich seine Haltung, und auch er umarmte Jette zögerlich. Schließlich gab sie ihm einen langen Kuss. »Alles wieder gut? Ich will doch nur dich.«

Günther sah Jette mit einem intensiven Blick an. Sie hatte das Gefühl, er wollte ihr noch etwas sagen, doch er senkte den Blick und blieb stumm.

»Günther«, begann Jette, »was willst du loswerden? Ich spüre es doch die ganze Zeit.«

»Es geht um Walburga«, sagte er schließlich. »Ich ... ich glaube, sie ist nicht meine Nichte.«

»Sondern?«

Er senkte den Kopf. »Egal, was da in der Geburtsurkunde steht: Ich kann einfach nicht ausschließen, dass sie *meine* Tochter ist.«

12. Kapitel

Marie radelte früh am Morgen mit ihrer Mutter zum Schloppsee. Kea war schon am Donnerstagnachmittag überraschend angekommen, was vor allem Marie, Fenna und Kilian sehr begrüßten. Zwischen Günther und Oma hing der Haussegen schon wieder schief, nachdem sie sich zwar wegen Herrn Zwiebell vertragen hatten, er aber die Vermutung geäußert hatte, er könnte Walburgas Vater sein. Jette schien nämlich ein Problem mit der dazugehörigen Mutter zu haben.

»Nur Wally darf das noch nicht wissen«, hatte er gesagt, weil Marie es mitbekommen hatte. »Erst wenn ich sicher bin. Ich will ihre Schwangerschaft nicht gefährden, nur weil sie sich unnötig aufregt.«

Maries Mutter hatte sich gegen den morgendlichen Ausflug zunächst sehr gewehrt, aber Marie hatte nicht locker gelassen. »Du musst endlich sehen, wie schön Langeoog ist, damit du Oma mal verstehen kannst und vielleicht in den Weihnachtsferien mitkommst! Es ist auch nicht weit bis zum Schloppsee.«

Auf dem Hinweg fuhren sie durchs Dorf, die Barkhausenstraße entlang, die schließlich in die Willrath-Dreesen-Straße überging. Schon bald konnten sie den Ort hinter sich lassen.

Die Sonne schien vom klarblauen Himmel, rechts von ihnen befanden sich die Salzwiesen, dahinter glitzerte das Wattenmeer.

»Es ist wirklich schön hier«, gab Maries Mutter zu, als sie nach links zum See abbogen und anhalten mussten, weil ein Grauganspaar gemächlich über den Weg trottete.

»Ich finde es schade, dass du die Insel so ablehnst«, sagte Marie. »Wir fühlen uns mittlerweile alle pudelwohl, und du hältst es keinen Tag aus.«

»Das stimmt ja nicht.« Kea lächelte. »Ich bin seit gestern Abend da und habe sogar in der Kemenate geschlafen, obwohl Walburga noch etliche ihrer Plüschspuren dort hinterlassen hat.«

Marie nickte. Das war auch gut so, denn Günther war wegen Kea aus Platzmangel gezwungen gewesen, ins gemeinsame Schlafzimmer zu Jette zurückzuziehen. Er konnte und wollte wegen seines Rückens nicht noch einmal auf dem unbequemen Sofa schlafen.

Sie stellten die Räder ab und setzten sich auf eine mitgebrachte Decke auf den sandigen Untergrund.

»Kennst du diese Miriam eigentlich? Die Mutter von Wally?«, fragte Marie schließlich. »Wally sagte, sie ist eine gemeinsame Freundin von Günther und Jette. Das hat wiederum Günther ihr erzählt.«

Kea runzelte die Stirn. »Ja, sie waren jahrelang in einer Clique, haben zusammen ihre Geburtstage gefeiert und so. Miriam ist aber bestimmt fünf Jahre jünger als meine Mutter.«

»Merkwürdig, dass die Sache immer noch Stress macht. Es ist doch alles schon 25 Jahre her! Und Günther war zu Wallys Geburt schon seit fünf Jahren gar nicht mehr mit Oma zusammen. Trotzdem sieht sie seit seinem Geständnis weiß Gott nicht aus, als hätte sie einen Clown gefrühstückt.«

»Ich weiß nur, dass Mama Miriam nicht mochte. Habe sie gestern mal kurz darauf angesprochen. Wallys Mutter muss eine sehr aufgetakelte Frau gewesen sein …«

»Wie Wally.«

»So ähnlich. Jedenfalls kann ich mich dunkel erinnern, dass es damals wegen ihr Knatsch mit Günther gab. Sie hat wohl immer gern den Frauen die Männer abspenstig gemacht. Da haben echt die Türen geknallt, weil meine Mutter so eifersüchtig war. Günther und Mutter haben sich aber aus anderen Gründen getrennt. Er wollte keine Verantwortung übernehmen. Es war ihm alles zu viel. Eine Mutter mit drei Kindern! Dazu tough und selbstständig. Mama hatte immer alles im Griff, und aus uns ist ja auch was geworden. Auch wenn meine Geschwister in der Weltgeschichte herumziehen: Wir haben alle unseren Weg gemacht.«

»Darauf ist Oma auch sehr stolz«, sagte Marie.

Kea nickte versonnen. »Aber er muss später wirklich mit Miriam zusammengekommen sein, zumindest kurz. Sonst gäbe es Wally nicht.«

»Arme Oma Jette! Hat Günther sie denn damals, als sie noch zusammen waren, mal mit Miriam betrogen?«

Kea schüttelte den Kopf. »Ich hab ihn vorhin danach gefragt. Er schwört Stein und Bein, das es nicht so war. Ich glaube ihn, er ist eine ehrliche Haut.«

Eine Silbermöwe machte über ihren Köpfen ein paar Kapriolen, ehe sie über die Dünen in Richtung See verschwand.

»Und warum ist Oma dann so sauer, wenn er so viel später eine andere Frau hatte?«

»Alte Verletztheit. Dass er überhaupt gegangen ist und sie zusammen mit uns nicht wollte, hat Mama damals sehr getroffen. Weil ich Günther dennoch mag, bin ich froh, dass sie sich wiedergefunden haben.«

Marie lehnte sich an die Schulter ihrer Mutter. Die Vertrautheit tat gut.

Kea hatte die Augen geschlossen und genoss offenbar die Sonne auf der Nase.

Marie aber gab nicht auf. »Da ist der Zwiebelmann endlich vom Tisch, Günther rückt mit einer solchen Nachricht raus und zerstört gleich wieder alles. Ich will nie richtig erwachsen werden, das sag ich dir!«

Kea drückte Marie einen Kuss aufs Haar. »Manchmal verstehe ich das.«

»Und dabei wollte Günther Oma eigentlich einen Antrag machen!« Marie seufzte. Sie saßen eine Weile lang schweigend seitlich des Ufers. Auf dem Schloppsee herrschte emsiges Treiben. Gänse, Enten und Möwen kamen, flogen wieder auf, kabbelten sich, schnatterten, kreischten und tauchten unter.

»Vermisst du Papa eigentlich? Weil er so viel weg ist?«, fragte Marie und zeigte auf ein Paar Seeschwalben, die nun über dem kleinen See einige rasante Kurven flogen.

Kea ließ sich Zeit, ehe sie antwortete: »Manchmal. Aber wir sind es gewohnt, so viel getrennt zu sein. Wer weiß, ob wir uns so gut verstehen würden, wenn es anders wäre.«

»Wie lange bleibt Papa denn Weihnachten?«

»Am ersten Weihnachtstag muss er zurück nach Florida.«

Täuschte Marie sich, oder klang da tatsächlich ein bisschen Wehmut aus der Stimme ihrer Mutter? Sie legte eine Hand in ihre.

»Weißt du was, Mama? Dann kommst du eben in den Weihnachtsferien mit zu Oma Jette. Und ich verspreche dir, dass du danach keinen Inselkoller mehr bekommst, sondern dich mit jeder Faser deines Herzens nach Langeoog sehnst!«

Kea nahm Marie in den Arm und überlegte kurz. »Abgemacht. Wir könnten am 27. Dezember herfahren.«

»Super!« Marie drückte ihrer Mutter einen Kuss auf die Wange. »Du passt auch schon ganz gut nach Langeoog. Immerhin trägst du keine Röcke und Perlonstrumpfhosen mehr, sondern Jeans und Turnschuhe.«

Kea knuffte ihre Tochter in die Seite. »Aber jetzt fahren wir zurück. Vielleicht können wir vor unsere Abreise bei Oma und Günther noch ein paar Wogen glätten.«

Sie nahmen auf dem Rückweg die Strecke durch die Dünenlandschaft. Ein Fasan flog kreischend auf, hinter den Dünen rauschte das Meer. Marie sah am Gesicht ihrer Mutter, dass sie sich wirklich mit Langeoog anzufreunden begann.

Nun waren die Enkel und Kea wieder fort. Jette ging zum Schuppen, weil sie ihr Rad holen wollte. Günther und sie hatten sich in den letzten Tagen intensiv ausgetauscht und kaum geschlafen. Er glaubte tatsächlich, Walburgas Vater zu sein, denn er hatte vor 25 Jahren einen One-Night-Stand mit Miriam gehabt. Miriam Otten. Gab es überhaupt einen Typen, mit dem diese Frau nicht angebandelt hatte? Groß und blond war sie gewesen. Üppige Oberweite und ständig dieses Hinternwackeln.

Als sie, Jette, mit Günther zusammen gewesen war, hatte Miriam auch versucht, ihn rumzukriegen, weil sie alle Männer rumkriegen wollte, die vergeben waren. Angeblich hatte er Miriam blöd gefunden. Aufgetakelt. Jettes drei Kinder, die sie allein aufzog, hatte er im Grunde sehr gemocht. Vor allem die kleine Kea. Und gegen Jettes Schwangerschaftsstreifen hatte er auch nichts gehabt.

Und dann, vor dreißig Jahren, war Günther einfach so aus Jettes Leben verschwunden. Weil sie eine gemeinsame Zukunft geplant hatte. Etwas, was er mit einem Mal und nach mehreren Rücksprachen mit seinem Busenfreund Horsti gescheut hatte wie der Teufel das Weihwasser.

»Mir ist die Verantwortung für drei Kinder zu groß«, waren damals seine Worte gewesen. Und als er dann im letzten Sommer, nach so langer Zeit, plötzlich mit seinem riesigen Rosenstrauß wieder vor ihr gestanden und um Vergebung gebeten hatte, hatte er es schwer gehabt. Aber Jette hatte nie aufgehört, ihn zu lieben, und ihm eine neue Chance gegeben. Und jetzt das!

Jette prüfte den Luftdruck im Reifen und schwang sich in den Sattel. Nur weg!

Günther wollte noch einmal mit Walburga sprechen, aber ob ihn das weiterbrachte? Es reichte schon, dass ihre Enkel und Kea das Desaster mitbekommen hatten.

Jette entschied sich, durch den Ort an der großen evangelischen Kirche entlang und dann in Richtung der Gartenlauben zu fahren. Der Strandteil im Westen war meist nicht so stark frequentiert, und sie mochte den Blick zur Nachbarinsel Baltrum sehr.

Jette legte ein straffes Tempo vor. Was sollte sie nun mit ihrem Wissen machen? Ihre drei Kinder hatte Günther damals nicht auf Dauer gewollt, aber ein paar Jahre später hatte er ein eigenes mit Miriam gemacht. Wenn seine Vermutung stimmte.

»Er wollte das schließlich auch nicht, und er hat sich auch nie um Walburga gekümmert, weil er nicht einmal von ihr wusste«, sagte Jette zu sich. Und doch bohrte der Stachel. Tiefer, als sie es je für möglich gehalten hätte. Verdammt, sie musste wirklich dringend ans Meer.

»Jetzt sitzen wir wieder im Zug in Richtung Fähre, und unsere Mission ist grandios gescheitert«, sagte Kilian mit düsterer Miene.

»Kein Antrag«, bestätigte Marie. »Aber wenigstens haben sie sich ein bisschen versöhnt, oder was meinst du, Mama?«

Kea zuckte mit den Schultern. »Hoffen wir das Beste. Es war für Mama ein Schlag. Ich habe nur noch kurz mit ihr sprechen können, ich glaube, beide brauchen jetzt Zeit. Es ist doch zu viel passiert.« Kea erzählte ihren Kindern die Geschichte etwas ausführlicher.

»Günther hat damals einfach so die Biege gemacht?«, fragte Fenna entsetzt. »Der? Deshalb hat Oma ihn im Sommer auch so lange zappeln lassen.«

»Aber kann man nicht rausfinden, ob Wally nun seine Tochter ist oder wirklich die von diesem ominösen Cousin? Immerhin steht es doch in der Geburtsurkunde. Ich glaube, Günther redet sich da was ein.« Marie kaute auf ihrer Unterlippe und beobachtete, wie der Zug sich in Richtung Anleger bewegte. Ein letzter Blick auf die Pferdeställe, ein letzter Blick auf die Dünen in Richtung Flinthörn. »Es gibt doch Gentests!«

»Walburga redet aber gerade nicht mit Günther und Jette«, antwortete Kea. »Wegen Horstis Einbruch. Sie und Grete glauben zudem, dass Horsti unter Mitwirkung von Günther die Backrezepte geklaut hat, um sie gewinnbringend zu verkaufen. Als ob Horsti von Hinten weiß, was Rezepte sind, und als ob Günther so was täte!«

»Armer Günther. Ihm ist das bestimmt wieder alles zu viel. Wenn wir ihm bloß helfen könnten«, sagte Marie, die zu ihm die innigste Beziehung hatte.

»Das Schlimmste an unserer Abreise ist: keine Wally mehr«, bemerkte Kilian wie aus dem Nichts.

»Wally? Du spinnst doch! Willst *du* ihr Kind betreuen? In deinem Alter?«, zog Fenna ihn auf. »Kili, Kili, du musst noch viel lernen!«

Er zuckte mit den Schultern und nickte dazu mit geschürzten Lippen. »Das versteht ihr nicht. Ihr wisst nichts von der Liebe.«

»Du wirkst schon wie ein alter Mann, wenn du solche Mimik und Gestik machst«, sagte Marie. »Viel mehr als Walburga sollte dich interessieren, dass unsere Mission wegen dieses merkwürdigen Glatzkopfes und deiner großen Liebe gründlich in die Hose gegangen ist.«

Kilian sank merklich in sich zusammen. »*Ich* habe doch Mimi gerettet. Ich allein! Ob sie das zu würdigen weiß?«

»Wer?«, fragte Fenna.

»Na, Wally. Mimi war wirklich in Gefahr, und kein anderer hätte das für sie tun können, was ich getan habe.«

Fenna runzelte die Stirn. »Kili, Mimi ist vor einer Katze weggerannt, weil sie selbst kaum größer als eine Ratte ist. Sie ist eben ein zu klein geratener Hund.«

»Hündin«, korrigierte Kilian. »Mimi ist eine Hündin.«

»Na gut, dann Hündin. Sie hätte sich schon selbst zur Wehr gesetzt. Ich glaube nicht, dass der Straßentiger sie vernascht hätte.«

Kilian krauste die Stirn. »Die Katze war sehr groß gegen das arme Ding. Riesengroß!«

»Wenn man dich so hört, könnte man wirklich glauben, du hättest das Hündchen vor einem Puma beschützt«, sagte Marie gelangweilt. Sie raffte schon ihre Sachen zusammen, denn der Zug würde gleich am Anleger ankommen.

Kilian schüttelte den Kopf. »Mimi ist genauso sensibel wie Wally. Sie brauchte meine Unterstützung, die Katze hätte sie bestimmt gekratzt.«

»Es war eine Babykatze«, wandte Marie ein. »Fast noch kleiner als Mimi. Ich hab das Viech gesehen, weil ich dachte, es sei wirklich etwas Schlimmes passiert, nach dem Geschrei, das Walburga veranstaltet hat.«

»Es *war* schlimm. Und ich habe Mimi geholfen und das Liebste gerettet, was Wally hat.«

Marie strich ihrem Bruder übers Haar. Sie vertieften das besser nicht.

»Nun denn, Walburga hat es dir nicht gedankt, also schlag sie dir aus dem Kopf.«

Kilian schluckte, sagte aber nichts mehr, weil der Zug ruckelnd anhielt und sie aussteigen mussten. Die vier reihten sich in der Schlange vor dem Schiff ein, entwerteten ihre Langeoog Card, die sogleich vom Fahrkartenautomaten geschluckt wurde, und betraten das Schiff. Fenna wollte draußen sitzen, aber der Wind pfiff schon im Hafen recht stark, sodass sie sich dann doch entschieden, aufs Unterdeck zu gehen. Sie hatten Glück und ergatterten den letzten freien Tisch, wo Kilian aus dem Fenster sehen konnte und beschäftigt war.

Das Schiff legte ab, und sie fuhren langsam aus dem Langeooger Hafen hinaus. Die Buttpricken markierten die Fahrrinnen und steckten tief im Wasser, denn die Flut hatte eingesetzt. Dann würden sie heute leider keine Seehunde auf den Sandbänken liegen sehen.

»Tschüss Langeoog«, murmelte Marie. »Aber wir kommen wieder. Und nicht erst nach Weihnachten!« Sie schnellte herum und fixierte ihre Familie. »Was meint ihr? Zwischendurch mal ein Wochenende Insel zum Ausspannen?«

Fenna und Kilian klatschten einander sofort ab.

»Dann sehe ich Wally auch eher wieder!«, freute Kilian sich.

»Und ich kann mich langsam an das Inselfeeling gewöhnen«, sagte Kea. »Ja, das machen wir!«

Jettes Enkel waren nun schon drei Tage fort. Es war furchtbar still im Haus. Günther vermisste Marie mit ihren flotten Sprüchen. Er vermisste Kilian und seine Forscherei. Er hatte ihm bei den Gänsen helfen wollen und ihn dann einfach hängen lassen.

Günther musste seine ungenießbare Suppe dieses Mal allein auslöffeln, daran führte kein Weg vorbei. Jette und er sprachen zwar wieder miteinander, aber es stand eine unsichtbare Wand zwischen ihnen. Und die hieß Walburga samt ihrer Mutter.

Er konnte Jette ja verstehen. Für sie musste es wie Hochverrat erscheinen, dass er ausgerechnet mit Miriam was gehabt und sich von ihr noch ein Kind hatte anhängen lassen. Nein, das stimmt so nicht, korrigierte er sich rasch. Miriam hatte nie Unterhalt oder Ähnliches eingefordert, sondern einen anderen Vater angegeben.

Die Tür ging auf, und Horsti trat ins Zimmer. Der hatte Günther gerade noch gefehlt. Wenn der nämlich wirklich der Vater von Walburgas Kind war ... Günther schluckte. Sie wären dann verwandt. Horsti von Hinten wäre sein Schwiegersohn!

»Hast du den Teufel persönlich gesehen, oder was treibt dir diese Blässe ins Gesicht?«

»Du«, sagte Günther. Und dann erzählte er auch seinem Freund das ganze Dilemma.

Der begann lauthals zu lachen, als Günther geendet hatte. »Und *das* glaubst du?«

»Ja«, bestätigte Günther. »Bitte sag nichts zu Wally. Darum habe ich auch Jette und die anderen gebeten. Ich muss erst Gewissheit haben.«

»Dann glaub du mal weiter!« Horsti lachte immer noch.

»Es gibt nur eins, was ich *nicht* glaube«, erwiderte Günther, »und das ist, dass du diese dämlichen Backrezepte von Frau Eberle an dich gerissen hast.«

»Ich und backen? Dafür gibt es doch Bäcker.« Horsti fuhr sich durch die grauen Locken. »Hör zu, Günni. Jetzt schieb deinen Allerwertesten mal zu Fräulein Kaugummiplopp und frag sie nach ihrer Mutter. Dann fährst du dahin und klärst, ob sie gelogen hat. Mit etwas Glück hat sie eine Adresse. So, mein Spezi, ich muss dann mal!«

Also trollte sich Günther in die Höhle des Löwen: zu Frau Eberle und Walburga.

Die beiden saßen in trauter Zweisamkeit dick eingemummelt im Vorgarten unter der Pergola und beobachteten die vorbeispazierenden Gäste und die Kutschen.

»Was wollen Sie denn hier, Herr Meilenstein?« Frau Eberles Augen hatten sich zu schmalen Schlitzen verzogen. »Diebesgesindel allesamt!«

Günther hob abwehrend die Hände. »Ich habe nichts gestohlen und Horsti auch nicht. Er wollte bei Walburga nur schauen, ob sie vielleicht in einem Tagebuch oder Ähnlichem vermerkt hat, dass er der Vater ist. Er will sich nämlich der Sache stellen und Verantwortung übernehmen.«

Walburga rümpfte die Nase. »Ich brauch keinen zahlenden Erzeuger. Ich brauche einen Mann und Vater!«

Günther winkte ab. Das musste Horsti allein klären.

»Walburga, ich muss mit dir allein sprechen. Über deine Mutter.«

Walburga wurde blass. »Da gibt es nichts zu bereden. Sie hat mich, als ich klein war, in einem Heim geparkt, und sie wird jetzt auch nichts von mir wissen wollen, wo ich ein Kind erwarte. Ich weiß kaum was über sie, wie dir bekannt ist.«

Doch Günther sah sie bittend an, und schließlich stimmte Walburga zu, ein Stück mit ihm spazieren zu gehen. »Lass uns zur Kirche laufen«, schlug sie vor. »Ich liebe Inselkirchen. Grete, passt du so lange auf Mimi auf?«

Grete Eberle nickte, war aber abgelenkt, weil ihr Telefon klingelte und sie ohnehin ins Haus musste.

Günther und Walburga gingen die Hauptstraße in Richtung Norden hinunter. Walburga freute sich über jede vorbeifahrende Kutsche. Sie war vor allem von den Haflingern und dem einen geflecktem Knabstrupper sehr angetan.

»Das ist eine alte dänische Rasse«, erklärte Günther.

Sie bogen kurz vor dem Rathaus zur Kirche ab, die als roter, hoher Backsteinbau die Straße dominierte.

Walburga wollte unbedingt hineingehen, und so umrundeten sie das Gebäude, bis sie vor dem Eingangsportal mit dem Handgriff in Bootsform standen. Der Innenraum der Kirche präsentierte sich ihnen mit dem süßlichen Geruch, der allen Kirche anhaftete, den Günther aber nie zuordnen konnte.

Er wollte gleich auf einer der weißen Bänke Platz nehmen, doch Walburga zerrte ihn nach vorn zum Altarbild, auf dem ein weißes gestrandetes Schiff abgebildet war.

»Guck mal«, sagte sie ehrfürchtig. »So fühle ich mich auch!«

»Gestrandet?«

»Ja. Ich habe auch keinen Halt und laufe überall auf. Nur Grete ist wirklich freundlich zu mir. Sie sagt, ich könnte ihren Eberhard heiraten, aber ich habe mir etwas anderes gewünscht. Und ich weiß gar nicht, ob ich überhaupt jemanden will, also ob ich das kann. Bei jemandem sein.«

Günther war von Walburgas unerwartetem Geständnis gerührt. »Bevor man heiratet, sollte man das aber wissen«, sagte er. »Und wenn man ein Kind bekommt, erst recht.«

»Willst du Oma Jette?«, konterte Walburga. »Sie liebt dich.«

Günther runzelte die Stirn. »Das tut jetzt nichts zur Sache. Komm, ich muss dich etwas fragen!« Sie setzten sich in die dritte Reihe, wo sie vom einfallenden Sonnenlicht angestrahlt wurden.

»Was willst du denn von mir?«

Ich möchte wissen, ob du mir die Adresse deiner Mutter geben kannst.«

»Warum?«

Günther blieb ihr die Antwort schuldig. Es wurde verdammt noch mal Zeit, in seinem Leben aufzuräumen. »Kannst du?«

»Nein. Keine Ahnung, wo meine Alte sich rumtreibt. In Georgswerder oder so. Frag doch Herrn Google. Warum willst du das überhaupt wissen?«

»Nur so.«

Günther stand auf. »Komm wir gehen. Ich werde deine Mutter suchen, Wally. Es gibt verdammt viel, was ich noch wissen muss.«

Walburga ließ es ploppen.

Grete Eberle hatte nach dem Telefonat gleich im zweiten Gästezimmer das Bett bezogen. Ihr Eberhard würde kommen! Was für eine Aufregung. Er hatte sich so lange nicht blicken lassen, und nun konnte sie ihm sogar eine Frau zum Heiraten präsentieren. Egal, ob sie schwanger war. Grete hatte lange darüber nachgedacht, und da ihr Eberhard nicht zu Potte kam, hatte sie sich gedacht: besser Walburga mit Kind als gar keine. Bestimmt mochte er Walburga. Nur war er ja so schüchtern, der Junge. Er hatte noch nie ein Mädchen mit nach Hause gebracht.

Während ihres Gesprächs hatte Grete mal herauszuhören geglaubt, dass er vielleicht nicht allein kam. Aber als sie direkt nachgefragt hatte, war Eberhard nicht genauer darauf eingegangen. Nun, Hauptsache, er hatte bald eine Braut an seiner Seite. Schließlich wollte sie endlich ihre Hochzeitstorte backen!

Grete stockten die Gedanken. Die Hochzeitstorte, herrje! Sie musste schleunigst den Dieb finden und das Rezept zurückbekommen. Sonst würde es keine besondere Torte sein. Nicht die, die Eberhard und seine Frau verdient hatten.

Bei der Polizei war sie auch schon wieder gewesen. Nur helfen wollte man ihr leider nicht. Wegen eines Rezeptes bewegte sich die Staatsgewalt doch nicht aus ihrem Kabuff hinaus.

Leider konnte Grete nicht beweisen, dass bei ihr eingebrochen worden war, und so musste sie selbst zusehen, wie sie ihren Schatz zurückbekam.

Grete zog das Laken ein weiteres Mal glatt. Zum Glück kam ja Eberhard!

Jette ordnete im Lädchen gerade die neue Bernsteinkollektion, die am Morgen eingetroffen war. Ein paar Rohlinge wollte sie später noch selbst schleifen und verarbeiten. Ihre eigenen Kollektionen verkaufte sie einfach besser. Ein Blick auf die Uhr verriet ihr, dass sie bald aufräumen und schließen musste. Es kamen jetzt ohnehin kaum noch Kunden, sie waren alle schon auf dem Weg zurück in ihre Unterkünfte.

Jette war froh über die Ablenkung im Lädchen, denn die diversen Konflikte zerrten sehr an ihr. Mittlerweile hatte sie beschlossen, es Günther nicht nachzutragen, dass er tatsächlich später etwas mit Miriam angefangen hatte. Er hatte sich damals mit seinem Abgang schäbig benommen, sich jedoch dafür entschuldigt. Was vorbei war, musste man ruhen lassen, sonst konnten sie keine gute Beziehung führen. Und welche Liebe war schon ohne Schatten?

Jette strich ihre dunkelblaue Leinenhose glatt. Nachher würde sie Günther entgegenkommen und mit ihm Versöhnung feiern. Noch während sie dies dachte, kam er in den Laden. Aber er sah besorgt aus.

»Was ist los, Günther?«, fragte Jette.

»Ich muss nach Hamburg!«, fiel er sofort mit der Tür ins Haus.

»Wie bitte?« Doch dann verstand Jette. Sie machte einen Schritt auf ihn zu. »Du musst das wegen mir nicht klären. Es ist gut so, wie es ist. Ich habe kein Problem mehr damit. Dann wird die Familie jetzt eben um Walburga größer.«

Günther aber schüttelte den Kopf. »Das kläre ich, Jettelein. Ich muss einfach wissen, ob sie wirklich meine Tochter ist. Und egal, was dabei herauskommt: Danach sind wir frei von allen Altlasten!«

»Haben wir hier nicht genug andere Probleme zu lösen? Walburgas Schwangerschaft, der angebliche Diebstahl …«

Günther stellte sich aufrecht hin, es hätte nur noch gefehlt, dass er sich mit den Fäusten auf die Brust getrommelt hätte. »Ich muss diesen Weg gehen, um für dich frei zu sein.«

Warum ist er bloß immer so theatralisch?, dachte Jette. Aber wenn Günther meinte, das klären zu müssen, dann sollte er es tun. »Meinen Segen hast du. Komm einfach heil wieder zu mir zurück. Wann willst du los?«

»Ich denke, Ende der Woche. Jetzt kümmere ich mich um eine Zugverbindung und ein Hotel. Mit meiner Rostlaube möchte ich lieber nicht fahren. Ob sie das durchhält, ist fraglich.«

Besonders wohl war Jette bei dem Gedanken, dass er Miriam aufsuchen wollte, nicht, aber sie konnte ihm das schlecht verwehren. Im Grunde hatte er ja recht damit, dass es besser war, alles aufzuklären.

»Kennst du denn überhaupt ihre Adresse?«

»Schon gegoogelt, weil Wally damit nicht rausrücken wollte oder konnte. Heutzutage findet man im Netz alles.« Er senkte die Stimme. »Ich habe sie auch schon angerufen.«

Verdammt, warum wurde er bei diesen Worten so rot?

Grete Eberle trocknete ihre Hände an der karierten Schürze ab und beobachtete das Geschehen nebenan. Da stand doch Günther Meilenstein tatsächlich am Freitagmittag mit einem Koffer in der Hand vor der Tür und verabschiedete sich von Jette. Ob er ihre Rezeptsammlung nun außer Landes oder besser fort von dieser Insel bringen wollte? Sie hatte mitbekommen, dass er nach Hamburg fuhr, und das war schließlich ein Umschlagplatz für kriminelle Ware. Und wenn sie nur an St. Pauli dachte! Es war wohl besser, sie forderte ihn auf, ihr den Inhalt des Koffers zu zeigen. Wie eine Furie stürzte Grete hinaus, baute sich kurz darauf vor Günther auf und verlangte, dass er das Gepäck öffnete.

»Frau Eberle, ich habe Ihr Rezept nicht und die Sammlung schon gar nicht, aber bitte: Sehen Sie nach!«

Und das tat Grete. Zuerst packte sie seine graue Anzughose aus. Dann die sorgfältig zusammengelegten Hemden. Sie öffnete den Kulturbeutel und tastete sämtliche Fächer im Koffer ab. Auf dem Gartenweg türmte sich mittlerweile ein ansehnlicher Berg von Klamotten.

»Ich kann nichts finden«, sagte Grete schließlich.

»Wollen Sie die Sachen denn nicht wieder einpacken?«, fragte Jette, die dem Treiben kommentarlos zugesehen hatte.

Grete schüttelte den Kopf. »Ich habe zu tun, und ich kann ja nichts dafür, dass er mein Eigentum gerade nicht in seinem Koffer versteckt hat. Eberhard kommt gleich mit der Inselbahn. Wie möchte Herr Meilenstein denn verreisen? Das Schiff zum Festland ist doch schon weg.«

»Der Herr Meilenstein möchte fliegen«, kam es von unten, wo Günther sich bemühte, alles wieder ordentlich in seinem Trolley zu verstauen.

»Na denn!« Grete marschierte mit erhobenem Kopf zurück in ihren Garten. Im Vorübergehen winkte sie noch Herrn Zwieble zu, der aber kaum aufsah.

Die Bahn tutete. Ach herrje, da hatte sie doch glatt die Zeit vergessen, nur weil sie Günther filzen wollte. Nun galt es, sich zu sputen.

Grete hetzte los und erreichte den Bahnhof gerade, als Eberhard seinen schwarzen Trolley aus dem Container hievte.

Ihr Sohn hatte sich verändert. Er sah anders aus. Moderner, auf eine eigene Art weltoffen. Das zeigte sich in seiner ganzen Haltung, die distanziert freundlich, aber auch selbstbewusst war. Und es zeigte sich in seiner legeren und modernen Kleidung. Er trug ein graues Hemd, das locker über der Jeans hing. Darüber hatte er eine passende Kurzlederjacke angezogen. Sein Kurzhaarschnitt, der eine Locke vorn an der Stirn zuließ, wirkte frech. Eberhard war zwar keine Schönheit, dazu war die Nase zu groß. Zudem zierte die Folge einer Hasenscharte sein Gesicht. Sie war zwar operiert worden, aber er konnte die Narbe nicht verstecken. Dennoch strahlte er immer, und ihn umgab eine unglaubliche Wärme.

»Schön, dass du da bist!« Grete nahm ihn in den Arm und sog den Duft des herben Rasierwassers ein.

»Ich freu mich auch, Mama!«

Grete sah sich neugierig um, aber ihr Sohn kam allein. Also war nichts daran an den vorsichtigen Ankündigungen, dass er jemanden hatte, der ihm nahestand. Das hatte Grete sich schon gedacht, deshalb war es gut, dass sie mit Walburga vorgesorgt hatte.

Eberhard war noch nie auf Langeoog gewesen, und Grete überschüttete ihn mit Informationen.

»Da entlang geht es zur Kaapdüne, dem Wahrzeichen von Langeoog. Auf jeder Postkarte ist der darauf stehende Wasserturm abgebildet. Können wir nachher mal hinspazieren. Dann siehst du auch gleich das Lale-Andersen-Denkmal. Sie hat auf der Insel Asyl gehabt und ist hier gestorben«, erklärte Grete, während sie auf den Gartenweg abbogen und sie die Haustür aufschloss.

Im Haus zeigte sie ihrem Sohn sein Zimmer, das im ersten Stock lag und einen Blick zum Ort bot.

»Wir haben noch einen Gast, Eberhard«, sagte Grete schließlich, als er den Trolley auf dem Bett abgelegt hatte.

Eberhard sah sie fragend an.

»Walburga. Sie musste vor der Nachbarschaft hierher fliehen. Stell dir vor, es gab bei ihr einen Einbruch. Ist das okay für dich?«

Er nahm Grete in den Arm. »Aber natürlich, Mutter. Solange du mich nicht wieder verkuppeln willst.« Er zwinkerte ihr zu. Warum kannte er sie nur so gut?

»Sie bekommt ein Kind«, sagte Grete.

»Na dann!«

»Willst du erst auspacken oder erst einen Kaffee?«

»Letzteres gern.« Eberhard folgte seiner Mutter in die Küche, wo sie die Kaffeemaschine anstellte.

»Hier trinken ja alle nur Tee, aber ich breche nicht mit alten Gewohnheiten.« Während der Kaffee durchlief, stellte Grete Kaffeetassen, Teller, Milch und Zucker auf den Tisch.

»Ich habe sogar den Kirschenplotzer für dich gebacken!«, sagte sie dann und eilte in die Speisekammer.

»Hab ich schon gerochen. Es hat ein bisschen nach Vanille geduftet!« Eberhard freute sich sehr über den Kuchen. »Ich liebe deinen Kirschenplotzer!«

Grete schnitt ein Stück ab und legte es auf seinen Teller. »Ich weiß doch, dass du mittags den Kuchen einer warmen Mahlzeit vorziehst.«

»Aber heute Abend freue ich mich auf eine große Portion Käsespätzle!« Eberhard kostete die erste Gabel. »Und wie läuft es hier sonst so mit der Nachbarschaft? Wenn du schon den Besuch bei dir unterbringen musst?« Er stopfte sich eine weitere sehr volle Gabel vom Kirschenplotzer in den Mund. »Köstlich!«, nuschelte er.

Grete berichtete ihrem Sohn von den noch verbliebenen Menschen im Nachbarhaus. »Also wenn du mich fragst: Günther Meilenstein hätte der Frau Blümerant längst einen Antrag machen sollen! Stattdessen leben sie in wilder Ehe«, schloss sie.

»Klingt nach Sodom und Gomorrha.« Eberhard lächelte. Ihn schien das wilde Treiben der Nachbarn allerdings nicht sonderlich zu berühren, und er nahm sich ein zweites Stück Kuchen.

»Hascht Hunger, mein Bub«, sagte Grete.

Eberhard nickte. Dann meinte er: »Magst du dich jetzt mal zu mir setzen, Mutter? Ich muss mit dir reden.«

In Grete flackerte plötzlich ein Funken Hoffnung auf. Wenn Eberhard so ernst sprach, dann war es wichtig. Sollten sich hier und jetzt ihre Träume von einer wundervollen schwäbischen Hochzeit erfüllen? Sie schaute zu ihrem Sohn, schreckte dann aber zurück. Ihr gefiel Eberhards Blick nicht. Er war viel zu ernst. Eine innere Stimme sagte ihr, dass es besser wäre, wenn sie sich auf dieses Gespräch nicht einließ.

»Eberhard, soll ich dir geschwind doch ein paar Spätzle oder Maultaschen richten?«

»Ich habe zwei Stücke Kirschenplotzer intus. Nein danke!« Er sah sie abermals lächelnd an.

»Worüber möchtest du denn sprechen?«, fragte Grete zögernd und nickte Eberhard aufmunternd zu.

Der begann plötzlich zu strahlen. »Also Mama, ich möchte mich fest binden. Heiraten.«

Grete entwich ein erleichterter Seufzer. Gleichzeitig war ihr, als täte sich ihr Herz auf. Und dann gab es kein Halten mehr.

»Na endlich, mein Lieber!« Sie sprang vom Stuhl auf, eilte zu ihrem Sohn und schloss ihn in ihre kräftigen Arme. »Das wird ein Fescht, das die Welt noch nicht gesehen hat!« Sie küsste Eberhard auf die Wange. »Ich werde dir die prächtigste aller Hochzeiten ausrichten. Die tollste Hochzeitstorte, fünfstöckig mit einem wunderbaren Brautpaar oben auf der Spitze. Und mit Kutsche. Und noch viel mehr. Ach, was werden wir für ein wunderbares schwäbisches Hochzeitsmahl haben! Es kommt nur die Hochzeitssuppe infrage, die bei uns Eberles schon immer nach alter Tradition gekocht wird. Dann deine Braut in feinster Spitze. Das Kleid wird ein Traum mit einem endlosen langen Schleier. Und wir werden auch den Bürgermeister einladen, denn wenn ein Eberle heiratet, ist das ein gesellschaftliches Ereignis. Ich muss nur das Rezept wiederfinden und …«

»Mutter«, unterbrach Eberhard ihren Redefluss und legte die Hand auf Gretes Unterarm.

»Ja, was ist? Merkscht, wie sehr ich mich freue? Merkscht das?«

Eberhard drückte ihren Arm. »Ja, Mutter, das merke ich, aber ich war doch noch gar nicht fertig.«

»Nicht?«

Er lachte leise auf. »Willst du denn gar nicht wissen, wen ich heiraten möchte?«

Grete zuckte zusammen. »Doch, ja natürlich. Wie unaufmerksam von mir. Wer ist es denn? Wann stellst du mir deine Zukünftige vor? Ich kann es kaum erwarten!«

Grete flossen die Worte nur so über die Lippen. Ihr Sohn wollte den heiligen Bund der Ehe schließen! Was für ein Tag! Was bin ich stolz auf ihn, weil er das wirklich selbst hinbekommen hat, dachte sie.

Insgeheim hatte sie schon mit den Gedanken gespielt, sich und Eberhard bei »Schwiegertochter gesucht« anzumelden. »Bauer sucht Frau« ging ja schlecht, sie hatten schließlich keinen Hof. Und für den »Bachelor«, da war Grete Eberle realistisch, war ihr Eberhard nicht attraktiv genug, es würden kaum fast 20 Frauen um eine Rose von ihm buhlen. Aber all das war nun irrelevant. Das Problem war gelöst! Er heiratete! Grete lächelte ihren Sohn breit an.

»Hast du mir überhaupt zugehört, Mama?«

»Ja, natürlich. Eine Mutter hört doch immer gut zu. Welche Haarfarbe hat sie denn, deine … wie hieß sie noch? Ich bin so aufgeregt, ich habe den Namen schon wieder vergessen!« Grete strich sich eine Haarsträhne aus der Stirn.

»Er heißt Victor, Mutter. Und er ist ein Mann.«

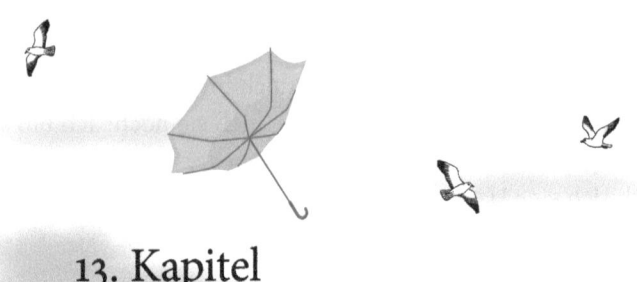

13. Kapitel

»Du bist seit einer Woche in Hamburg, Günther? Was tust du da?« Maries Stimme klang entsetzt. Sie hatte Günther auf dem Handy angerufen, weil sie Oma Jette nicht ans Telefon bekam.

»Ich musste doch mit Miriam reden.« Günther fasste kurz zusammen, was er hatte erreichen wollen.

»Meinst du, dass das eine gute Idee ist? Sich mit der Ex zu treffen, die man 25 Jahre lang nicht gesehen hat? Sieh bloß zu, dass du rasch wieder zurückfährst!«

Günther zuckte mit den Schultern. Er hatte Miriam am Tag zuvor zum ersten Mal gesehen, denn so einfach war es dann doch nicht gewesen, sie ausfindig zu machen. Die bei Google angegebene Adresse stimmte nicht mehr, Miriam war neulich verzogen. Aber der Nachmieter hatte ihm weiterhelfen können, nachdem Günther ihn endlich angetroffen hatte.

Miriam war noch immer eine schöne Frau. Und Günther hatte erst mal über allgemeine Themen mit ihr geplaudert, schließlich konnte er doch nicht gleich mit der Tür ins Haus fallen! Das verstand Marie natürlich nicht.

»Ich treffe mich gleich noch mal mit ihr. Deshalb muss ich jetzt auch auflegen.«

»Günther, das ist großer Mist, was du da machst!«

Er ging nicht mehr auf Maries Worte ein, verabschiedete sich rasch und legte auf, denn Miriam konnte jeden Augenblick bei ihm auftauchen. Schon im nächsten Moment klopfte es.

Er hatte sich ein Zimmer in der Nähe der Reeperbahn gesucht, weil es dort am günstigsten war. Nachts nervten ihn zwar die Leuchtreklame und das Geschrei der Betrunkenen, und es war auch nicht besonders amüsant, wenn mitten in der Nacht gegen die Zimmertür geschlagen wurde, weil sich jemand in der Nummer geirrt hatte. Aber Günther tröstete sich damit, dass er nicht mehr lange bleiben würde.

Er öffnete die Zimmertür.

»Hallo!«, säuselte Miriam. »Da bin ich.« Ihr Ausschnitt ließ erneut tief blicken, und Günther erinnerte sich entfernt daran, warum er ihr damals auf den Leim gegangen war.

»Lass uns was essen gehen«, schlug er vor.

Er nahm seine Jacke, denn der Novemberwind pfiff auch in Hamburgs Straßen unangenehm. Heute wollte er unbedingt herausfinden, ob er Wallys Vater war, denn er sehnte sich nach Langeoog und seiner Jette. Sie wurde mittlerweile auch schon ungeduldig.

Miriam und Günther nahmen die U-Bahn zu den Landungsbrücken und gingen in ein Weinlokal im Portugiesenviertel, das gegenüber der Speicherstadt lag. Dort konnte man wunderbar Fisch essen.

Günther versuchte die ganze Zeit, das Gespräch irgendwie auf Walburga zu lenken, aber es gelang ihm nicht. Jeder Ansatz schlug fehl, weil Miriam ihn ständig aus dem Konzept brachte. Sie war noch immer genauso oberflächlich wie damals, und er konnte von Minute zu Minute weniger verstehen, warum er sich überhaupt, und sei es nur für diese eine Nacht, mit ihr eingelassen hatte. Ihr Gespräch kreiste also von den angesagtesten Clubs in Hamburg bis zu Miriams neuem BH, der dieselbe Spitze hatte wie der Abschluss ihrer neuen Seidenstrümpfe.

Nach dem Essen näherte sich Miriams Hand plötzlich seiner. Günther zuckte zurück, als ihre Fingerspitzen sich berührten.

»Deshalb bin ich nicht gekommen«, sagte er rasch.

Miriam spitzte den Mund. »Warum denn dann? Nach all der Zeit …«

»Nun, in Wahrheit geht es mir um ein ernstes Thema. Ich will …« Günther zögerte, raffte dann aber all seinen Mut zusammen und sprach weiter. »Ich will von dir wissen, ob ich Walburgas Vater bin. Ich möchte nämlich heiraten und kann schlecht mit solch einer Ungewissheit den Bund der Ehe schließen.«

So, nun war es heraus. Günther nahm einen kräftigen Schluck vom Weißwein und ließ ihn abwartend im Mund kreisen.

»Walburga?«, fragte Miriam. »Wer ist Walburga?«

»Deine Tochter.«

Miriam begann laut zu lachen. »Ach Günther! Als ob ich je zugelassen hätte, dass es in meinem Leben ein Kind gibt! Du bist vielleicht ein Scherzkeks!«

Grete sah auf, als Eberhard zusammen mit Walburga hereinkam. Nach Eberhards Offenbarung war ihr Verhältnis immens abgekühlt. Es konnte, nein, es *durfte* nicht sein, dass ihr Sohn … Sie hatte versucht, ihm klarzumachen, dass er bestimmt nicht lange genug darüber nachgedacht hatte, aber Eberhard hatte sie nur bei den Schultern gefasst und gesagt: »Mama, ich bin schwul. Ob es dir gefällt oder nicht. Finde dich besser damit ab.«

Daraufhin war Grete aus dem Haus gelaufen und zu Fuß an den Strand gegangen. Die kühle Nordseeluft hatte ihr Gemüt ein bisschen abgekühlt. Und sie war zu einem Entschluss gekommen: Walburga war ihre letzte Hoffnung. Sollte die nicht fruchten, musste sie sich mit dem abfinden, was das Leben ihr aufbürdete.

Sie hatte Walburga und Eberhard am Nachmittag miteinander bekannt gemacht, und sie hatten sich auf Anhieb sehr gut verstanden. Auch wenn Grete ahnte, dass es nicht sein konnte, ertappte sie sich bei dem Gedanken, ob es doch einen Funken Hoffnung geben könnte, dass Eberhard und Wally ...

Beide hatten ein verschmitztes Grinsen im Gesicht. Sie führten doch etwas im Schilde!

Wieder keimte die Hoffnung auf. »Was gibt es denn?«, fragte sie eifrig.

»Komm mal mit in die Küche«, forderte Eberhard sie auf.

Grete folgte den beiden neugierig. Auf dem Tisch stand eine Flasche Sekt, daneben lag ein gebundenes Buch, auf dem ein Backofen und ein Teigschaber abgebildet waren. »Was ist denn das?«

»Das ist mein Dankeschön an dich«, sagte Walburga und vergaß sogar das Kaugummiploppen. »War so eine spontane Idee, nachdem die erste blöd war.«

Grete sah sie fragend an, trat an den Tisch und nahm das Buch in die Hand.

»Schlag es auf«, bat Eberhard. »Ich habe es auch erst eben gesehen, und es ist wunderbar geworden.«

Grete öffnete das Buch – und war begeistert. »Das sind ja meine Backrezepte!«, rief sie aus.

»Ganz hinten ist auch die Hochzeitstorte«, sagte Walburga. »Deine Zeichnungen hab ich mit dem Handy abfotografiert und mit reingenommen. Kann man im Internet machen. Solche Bücher.« Jetzt ploppte sie wieder. Dann bückte sie sich und holte die alte, speckige Rezeptsammlung aus ihrer Tasche. »Die habe ich dann genommen, nachdem ich das Tortenrezept gefunden hatte und auf die Idee gekommen bin, dir alles als Buch zu binden. Jetzt hast du es wieder. Schöner, nicht so zerfleddert.«

»*Du* hast mir beides gestohlen?« Grete wusste nicht, ob sie lachen oder weinen sollte. Hauptsache war aber, dass ihre Rezepte wieder da waren und dass man sie nicht aus Bosheit gestohlen hatte, sondern um ihr etwas Gutes zu tun.

Walburga wand sich unter ihrem Blick. »Ja, das Tortenrezept hast du, als du das Ei ausgeliehen hast, bei Oma Jette liegen lassen. An dem Tag, als Horsti und Günther im Zelt geschlafen haben.«

Grete erinnerte sich, dass sie es zuvor in der Hand gehabt hatte, um einen letzten Schliff bei dem Krönchen vorzunehmen. Dann aber hatte sie Herrn Meilenstein im Zelt gesehen, war in die Jacke geschlüpft und losgelaufen. Hatte sie es tatsächlich aus Versehen mitgenommen?

»Ich wollte es dir wiedergeben, aber erst war es so schön anzusehen und dann habe ich es vergessen. Ich habe dann auch die anderen Rezepte in deiner Sammlung angeguckt. Ich mag nämlich auch gern backen und kochen und würde es gern so gut können wie du. Und als du dann so nett zu mir warst und ich sogar bei dir einziehen durfte, kam mir die Idee, alle Rezepte in einem Buch zu drucken!«

Grete schossen die Tränen in die Augen. »Wie nett! So etwas hat noch keiner für mich getan! Noch keiner!« Sie nahm Walburga in den Arm. Dann griff sie nach dem Buch und schaukelte es wie ein kleines Kind. Nun konnte sie doch zu Eberhards Hochzeit die wunderbare Torte backen! Diese positiven Gedanken verschwanden allerdings so plötzlich, wie sie gekommen waren. Es konnte schließlich gar keine große Hochzeit geben, wenn Eberhard einen Mann heiratete. Was sollten die Leute sagen? Das musste geheim gehalten werden!

Grete seufzte. Kaum war ein Problem gelöst, kam gleich das nächste.

Eines davon würde sein, wie sie es wohl fertigbrachte, irgendwann bei Herrn Meilenstein für die Anschuldigung Abbitte zu leisten.

Jette schaute immer wieder auf die Uhr. Noch hatte Günther sich nicht gemeldet. Heute traf er sich ein zweites Mal mit Walburgas Mutter. Ob Miriam noch immer so gut aussah wie damals? Ob sie ihn wieder rumkriegen wollte?

Ob es stimmte, dass er sie die ganze Woche über nicht angetroffen hatte? Oder genoss er mit ihr eine Zweisamkeit, die ihnen beiden in den letzten Wochen abhandengekommen war?

Fragen über Fragen. Jette lief wie ein Tiger im Käfig in der Stube auf und ab. Dann hielt sie es nicht mehr aus und ging in den Garten. Bei Frau Eberle brannte noch Licht, im Wohnzimmer standen Walburga und ein junger Mann. Sie lachten und scherzten.

Auf der anderen Seite von Jettes Grundstück rauchte Herr Zwiebell im Garten eine Zigarette. An seine Schulter kuschelte sich eine rothaarige Frau. Als er Jette sah, grüßte er nur knapp und verschwand mit seiner Flamme im Haus. Eine letzte Kutsche, mit Laternen ausgestattet, klapperte in Richtung Stall, und drei Jugendliche kickten johlend eine leere Dose übers Pflaster. Alles war wie immer. Nur fehlte einer: Günther.

Nein, es fehlten mehr: Kea, ihre anderen Kinder, Fenna, Marie, Kilian … Überall war Leben, nur sie stand hier ganz allein. Jette schluckte. Was, wenn Günther nicht zurückkehrte? Sie konnte doch nicht nur darauf warten, dass die Enkel aus Oldenburg kamen und bei ihr die Ferien verbrachten! Auch sie wurden älter, würden bald keine Zeit mehr für sie haben.

Sie hatte es sich so schön vorgestellt, ihren Lebensabend auf der Insel zu verbringen. Unabhängig zu sein ... und jetzt merkte sie, dass es nicht funktionierte. Dass sie auch ihre Lieben brauchte.

Mit gesenktem Kopf ging Jette zurück ins Haus. Gerade als sie sich ein Rotweinglas aus der Anrichte nahm, klingelte das Telefon.

»Blümerant«, meldete sie sich. Es war Günther. Und was er ihr zu sagen hatte, verschlug ihr die Sprache.

Jette erwartete Günther am Bahnsteig. Dieses Mal hatte er die Fähre genommen. Sie begrüßten sich mit einem innigen Kuss. Es gab nichts mehr, was zwischen ihnen stand.

»Und was tun wir nun mit Walburga?«, fragte Jette, als sie endlich allein im Inselhäuschen saßen.

Günther kratzte sich am Kopf. »Wir müssen sie wohl oder übel damit konfrontieren. Miriams Kind ist sie jedenfalls nicht.«

»Und Walter?«

»Nicht erreicht, nicht gefunden. Keine Ahnung, ob es meinen Cousin überhaupt noch gibt.«

»Da hilft nur eins: Horsti!«, sagte Jette. »Er ist der Einzige, der sich mit Walburga wirklich länger über ihre Herkunft unterhalten hat.«

Eine bessere Idee hatte Günther auch nicht, und so rief er Horsti an.

»Er kommt«, sagte er nach dem Telefonat. »Er will morgen aber zurück aufs Festland. Der November ist keine gute Zeit mehr für die Jacht.«

Kurz darauf stand Horsti im Haus, und Jette lotste die beiden Männer in die Stube. Kaum saßen sie, da fragte sie schon ohne Umschweife: »Was genau hast du Walburga von uns erzählt?«

Horsti ließ sich wie immer nicht aus der Ruhe bringen, bat zuerst um ein Bier, prostete den anderen zu und bequemte sich dann, von seiner Zeit mit Wally zu erzählen. »Es war schnell deutlich, dass Walburga einsam ist. Ganz allein. Im Prinzip bin ich das ja auch«, sagte er und nickte selbstmitleidig. »Aber ich habe ja euch, und ihr hab ich gesagt, dass ich auf Langeoog einen einzigartigen Freund habe. Er und seine Jette mit den Enkeln seien quasi sowas wie eine Ersatzfamilie. Ihr fehlt das ganz.«

Jette runzelte die Stirn. »Und dann seid ihr tiefer in das Thema Familie eingestiegen?«

»Genau«, bestätigte Horsti und kratzte sich am Kopf. »Sie hat von ihrer Mutter erzählt, die nur ab und zu aufgekreuzt ist und sich dann nicht mehr hat blicken lassen.«

»Und die hieß angeblich Miriam?«, fragte Günther.

Horsti zuckte mit den Schultern. »Da ist gar kein Name gefallen, sonst hätte ich bestimmt reagiert. Als sie dann sagte: ›Mein Vater heißt ganz komisch. Er hat einen so freundlichen Namen und ist dabei echt das Allerletzte‹, hab ich sie sofort gefragt, wie der Name lautet. Und als sie Vogelgesang gesagt hat, war mir plötzlich alles klar. Ein seltener Name, auch in Hamburg. Vogel*ge*sang!«, wiederholte Horsti.

Jette schaute Günther fragend an.

»Mein Cousin heißt Walter Vogelgesang«, sagte er. »Aber wie passt das jetzt zusammen?«

Horsti legte Günther die Hand auf die Schulter. »Ich habe wohl zu viel geredet und ihr gesagt, dass du mit Walter verwandt bist. Und mein bester Freund!« Er sah theatralisch zur Decke.

Jette dachte kurz nach, ehe sie feststellte: »Danach muss sie geplant haben, zu uns zu kommen, weil sie sonst keinen hatte, schwanger auf sich allein gestellt ist und die verwandtschaftlichen Verhältnisse gut für sich nutzen konnte.« Sie runzelte die Stirn. »Aber warum sie *noch* hier aufgekreuzt sein könnte ...«

Beide Männer sahen Jette fragend an. »Vielleicht hat sie, wenn ich an die erste Reaktion bei eurem Aufeinandertreffen denke, tatsächlich auch gehofft, dich, Horsti, wiederzusehen. Als möglichen Vater.«

»Ich will ja die Verantwortung übernehmen, aber sie lehnt das ab«, klagte Horsti sofort.

Jette legte ihre Hand auf seine Schulter. »Nun hör mir mal gut zu, Horsti von Hinten. Auch wenn du mich nicht leiden kannst: Hast du dir mal überlegt, warum Walburga erst kommt und dir jetzt die kalte Schulter zeigt?«

Er sah Jette fragend an. »Weil sie bei euch eine Familie suchte? So wie du es gesagt hast?«

Jette seufzte: »Das auch. Aber vielleicht möchte sie nicht einfach nur einen Mann, der finanziell für sie und das Kind aufkommt. Vielleicht möchte sie einen Partner, einen Vater ... kurz: eine eigene Familie. Das, was sie ihr Leben lang sucht und auch bei uns so nicht finden konnte.«

Horsti wurde blass. »Du meinst, ich soll ...«

»Genau das meine ich.«

»Mama, Oma hat mich eben angerufen. Wally ist weg, und es gibt noch mehr Neuigkeiten!«

Kilian erbleichte. »Wo ist meine Wally?«

Marie erzählte den beiden, was sie wusste.

»Puh, da ist ja alles drunter und drüber gegangen. Und dann ist sie nicht mal Miriams Kind.« Kea schürzte die Lippen.

»Und auf keinen Fall Günnis Tochter!«

»Da kann er meiner Mutter ja doch endlich einen Antrag machen.« Kea lächelte.

»Ich will aber nicht, dass Wally weg ist!«, jammerte Kilian. Er lief, die Tür hinter sich zuknallend, aus dem Zimmer.

»Welchen Eindruck hat Oma denn auf dich gemacht? Hat sie sich Günther wieder angenähert? Für Walburgas Lüge über die falsche Mutter kann er ja nichts. Herausgekommen ist jetzt lediglich, dass Günther nach seiner Trennung von Jette ein Verhältnis mit einer anderen Frau hatte, so wie sie später mit Pablo. *So what?*«, bemerkte Kea. »Hat meine Mutter etwas dazu gesagt?«

Marie lächelte. »Da scheint wieder alles im Lot zu sein. Und die werte Frau Nachbarin hat sich auch beruhigt, weil die Rezepte wieder aufgetaucht sind.« Sie erzählte kurz, was vorgefallen war. »Frau Eberles Sohn ist auf jeden Fall da und will heiraten, sagt Oma.«

Kea nahm Marie in den Arm. »Was meinst du? Wäre es nicht eine gute Idee, nach Langeoog zu fahren? Ich möchte das alles mit eigenen Augen sehen.«

»Ich will nicht mit. Ohne Wally«, maulte Kilian, der unauffällig wieder reingekommen war.

»Klar kommst du mit. Wir müssen jetzt bestimmt Günther unter die Arme greifen, damit er den Antrag nicht versaut. Nächstes Wochenende?«

Marie zögerte. »Aber es ist Mitte November, Mama. Da steppt auf Langeoog nicht gerade der Bär.«

»Ich glaube, genau dann mag ich die Insel besonders gern.«

14. Kapitel

Marie umklammerte den Griff des Trolleys und schleppte ihn durch die Abfertigungshalle in Bensersiel. Dort gab sie ihn an der Gepäckaufgabe ab.

»Für ein Wochenende hast du schon wieder viel zu viel eingepackt!« Kilian deutete auf seinen kleinen Rucksack, aber Kea winkte ab. »Keine Diskussion, wir freuen uns einfach, dass wir endlich unterwegs sind.«

Es hatte doch eine Woche länger gedauert, ehe sie losgekommen waren.

Zwischenzeitlich hatten sie über Facebook und Instagram versucht, Wally zu erreichen. Sie waren schließlich neugierig, wie sich die Geschichte aus ihrer Sicht darstellte. Doch sie hatte entweder nicht geantwortet oder jedes Gespräch weggedrückt.

»Bestimmt ist ihr das mit der Lüge unangenehm«, mutmaßte Marie.

Sie betraten die Gangway zum Schiff. »Schade, dass Fenna nicht mitkommen konnte.«

Sie befand sich gerade in der Klausurenphase und brauchte jede Minute zum Lernen.

Glücklicherweise zeigte sich das Wetter gnädiger, als es Ende November normalerweise zu erwarten war. Die Temperaturen kletterten sogar auf 15 Grad. Dennoch suchten sich die drei einen Platz im Inneren des Schiffes. Große Bilder mit der prächtigen Dünenlandschaft machten Lust auf Langeoog. Marie rutschte ans Fenster, setzte sich aber mit dem Rücken zur Fahrtrichtung, denn das Schiff würde bei der Ausfahrt aus dem Hafen noch wenden, und sie fuhr gern vorwärts.

»Da ist Wally!«, schrie Kilian plötzlich auf. »Guckt doch! Da ist Wally!« Er sprang von der Bank und stürzte auf die junge Frau zu. »Willst du zurück nach Langeoog?« Seine Stimme überschlug sich vor Freude.

Walburga war blass um die Nase, aber sie ließ sich von Kilian an den Tisch ziehen. »Ja, ich komme zurück. Ich musste kurz nach Hamburch. Was klären.«

Das Schiff tutete in der Hafenausfahrt, wendete und stampfte kurz darauf durch die Fahrrinne.

»Warum bist du einfach weggefahren?«, fragte Kea. »Magst du uns erzählen, was genau los ist? Warum du gelogen hast?«

Walburga senkte den Kopf. »Es ist nur ein Missverständnis. Ich habe mich sehr dafür geschämt, dass alle denken, ich hätte gelogen. Dabei heißt meine Mutter tatsächlich Miriam. Nur eben nicht Otten, sondern Onken. Das habe ich auch zu Günther gesagt, aber er hat das vermutlich falsch verstanden.«

Marie fasste sich an die Stirn. »O nein, Günni! Manchmal ist er echt ein Tollpatsch.«

»Ich vermute, er hat nur den Namen Miriam gehört und hat in seiner Panik falsche Schlüsse gezogen«, seufzte Kea. »So ist er, unser Günther. Die ganze Aufregung war umsonst!«

Walburga war dennoch geknickt. »Ich wollte doch nichts durcheinanderbringen!«

Kea nahm Walburga spontan in den Arm. »Das klären wir drüben auf der Insel, und dann kannst du deine Schwangerschaft in Ruhe verleben. Ich rede mit meiner Mutter und Günther.«

Marie betrachtete derweil skeptisch Walburgas noch immer flachen Bauch. Bald müsste man doch wirklich etwas sehen!

Nach 45 Minuten liefen sie in den Hafen von Langeoog ein und bestiegen die Inselbahn, die sie zum Bahnhof brachte. Oma Jette erwartete sie am Gleis.

»Wie schön, dass du mitgekommen bist!« Jette schob ihre Tochter ein Stück von sich fort und lächelte glücklich.

Kea grinste. »Manchmal muss man gewisse Dinge einfach tun.«

»Mama möchte Langeoog endlich richtig kennenlernen«, sagte Marie.

»Aber guck mal, wen wir noch dabeihaben!« Kilian schob Walburga nach vorn.

»Wally!«, sagte Jette erstaunt, aber keineswegs erfreut. »Mich wundert, dass du zurückgekommen bist. Du wirst uns aber sicher alles erklären können, oder? Ehrlich gesagt, finde ich dein Verhalten sehr merkwürdig.«

»Sie hat aber einen Grund, Omilein«, sagte Kilian. »Gleich wirst du ihr nicht mehr böse sein.«

Walburga senkte den Blick.

Mit der stimmt etwas nicht, dachte Marie. Was sie uns gesagt hat, war noch nicht alles.

»Es war eine super Idee, vor den Weihnachtsferien noch einmal zu kommen, was meinst du, Günther?« Marie hakte sich bei ihm ein. Die beiden wollten ein Stück laufen und hatten den Weg am Lale-Andersen-Haus, auch Sonnenhaus genannt, vorbei gewählt.

»Ich bin auch froh, dass ihr hier seid. Es war ein solches Durcheinander!« Günther hatte sich wirklich übermäßig gefreut, als Marie, Kilian und Kea angekommen waren. Und als Walburga schließlich das Missverständnis aufgeklärt hatte, war ihm ein Stein vom Herzen gefallen. Walburga wollte aber dennoch wieder bei Grete Eberle einziehen, weil dort mehr Platz war als bei Jette.

Sie hatten den Dünenfriedhof erreicht. »Friedhof oder Strand?«

»Da das Wetter gut ist, schlage ich den Strand vor!«

Marie rannte los. Breitete die Arme aus und düste den Dünenüberweg hinunter. Günther lachte über so viel Ungestüm und ging gemächlicher hinter ihr her. Marie rief: »Los, bis an den Spülsaum! Ich möchte dem Meer so nah wie möglich sein!«

Am Wasser wandten sie sich nach Westen und spazierten den Strand entlang. Hin und wieder bückte Marie sich und hob eine außergewöhnliche Muschel auf.

»Für dich ist es doch alles super gelaufen, und den Zwiebelmann hast du erfolgreich in die Flucht geschlagen. Oder turnt der noch bei Oma herum?«

»Nein, der hat jetzt andere Frauen. Und du hast mit allem recht. Deshalb will ich jetzt auch endlich den letzten Schritt machen.«

Marie blieb stehen. »Ehrlich? Du willst das durchziehen?«

»Ja, aber nicht einfach so. Für meine Jette soll es etwas Besonderes sein. Deshalb möchte ich meinen Antrag mit einem echten Event verbinden!«

Maries Augen leuchteten schon wieder. »Das ist super, Günther. Da müssen wir uns was richtig Geiles ausdenken. Äh, ich meine, etwas richtig Ungewöhnliches.«

»Ja, das müssen wir!«, bekräftigte Günther. »Mir ist gestern Abend ein Gedanke gekommen. Kennst du die Sendung ›Die Traumhochzeit‹? Mit Linda del Mol?«

»Was soll das denn sein? Das war wohl vor meiner Zeit.« Marie hatte eine Herzmuschel gefunden, die von feinen lilafarbenen Linien durchzogen wurde, und hielt sie kurz hoch. »Lange vor meiner Zeit.«

Günther räusperte sich. »Nun, egal. Aber da wurden immer spektakuläre Anträge gemacht, bevor es zu der absoluten Traumhochzeit kam.«

»Zum Beispiel?«

»Bei der ersten Sendung sollte der Mann in einer Arztpraxis eine Steckdose reparieren, dann ist die Wand plötzlich eingekracht, die Braut stand vor ihm und machte ihm im weißen Kleid einen Antrag. Habe ich heute Morgen gegoogelt.«

Marie kniff die Lippen zusammen. »Meinst du, Oma steht auf einstürzende Wände? Und welche in ihrem Haus willst du zerstören? Sie hat doch gerade alles renoviert.«

Günther kratzte sich am Kopf. »Das habe ich auch schon überlegt. War ja nur ein Beispiel. Es gab sogar Heiratsanträge mit einem Bagger oder in einer Tropfsteinhöhle.«

Marie winkte ab. »Ist beides auf Langeoog nicht möglich. Oder willst du vom Festland einen Bagger kommen lassen? Außerdem wäre das kontraproduktiv: Stell dir mal einen Bagger in Omas kleinem Garten vor! Die schönen Pflanzen. Fenna hätte wegen der negativen Ökobilanz total miese Laune. Geht nicht, Günther.«

»Ich kann so ein Ding auch nicht mal fahren.«

»Womöglich landest du damit in der Hausmauer. Das wäre dann so ähnlich wie mit der Steckdose und der Wand, aber ehrlich gesagt, glaube ich nicht, dass Oma dann noch Ja sagen würde.« Marie strich sich nachdenklich übers Kinn. »Sie steht nicht so auf Zerstörung, glaube ich.«

Sie spazierten weiter und wichen einem Hund aus, der sich gerade im nassen Sand gesuhlt hatte und sich ein paar Meter weiter genüsslich ausschüttelte.

»Man muss auf irgendetwas kommen, was auf freundliche Art überzeugt«, sagte Marie, als sie ein ganzes Stück schweigend gegangen waren.

Über ihnen brummte eine Cessna, die ein Werbebanner im Schlepptau hatte. Marie zeigte begeistert nach oben. »Guck mal, das ist die Lösung!«

Günther blickte der kleinen Maschine unbeteiligt hinterher und zuckte dann mit den Schultern. »Das haben wir doch schon zu Jettes Sechzigstem gemacht. Ich will etwas ganz Besonderes! Das mit dem Banner wäre wie kalten Kaffee aufwärmen.«

Das Flugzeug drehte eine weitere Runde.

»Jetzt hab ich es!«, rief Marie aus. »Das ist *die* Idee! Sie wird unmöglich Nein sagen, wenn du dein Leben riskierst.«

»Ich soll *was* tun?« Günther fuhr herum.

»Du könntest mit einem Fallschirm abspringen und, während du nach unten segelst, ein Plakat auseinanderfalten: ›Willst du mich heiraten?‹ Du darfst halt nur den richtigen Moment nicht verpassen. Sonst ist alles umsonst gewesen.«

»Den richtigen Moment?«

Marie krauste die Stirn. »Eigentlich sind es sogar zwei. Zum einen musst du im richtigen Augenblick die Reißleine ziehen, damit der Schirm sich entfaltet, und zum anderen musst du das Plakat auf die Sekunde genau auseinanderziehen, damit Oma es auch lesen kann.«

»Das schaffe ich nie.« Günther sah Marie zweifelnd an. »Und wenn es schiefgeht? Ich bin ja eher nicht so der Held.«

»*No risk, no fun.*« Marie sah Günthers zweifelnden Blick und strich ihm über den Handrücken. »Aber das kriegst du bestimmt hin. Ich glaube an dich!«

Günther bekam schon bei dem Gedanken daran Schweißausbrüche. Er und Höhe. Mit einem Fallschirm springen! Bei dem Pech, das er immer hatte! Das machte sein Herz nicht mit, und es sollte doch noch lange für Jette schlagen.

»Komm, gib dir einen Ruck! Das hat noch nie jemand für Oma getan. Das imponiert ihr!«

Günther schüttelte leicht den Kopf. Das war sicher eine spektakuläre Idee, aber undurchführbar mit ihm als Protagonisten. »Wir könnten dafür einen Stuntman engagieren«, sagte er.

»Und dann soll sie den heiraten? Nee, das nimmt dem Ganzen den Kick. Du oder keiner.«

»Dann keiner«, beschloss Günther und rieb sich unwillkürlich über den Bauch.

Marie folgte der Bewegung mit ihrem Blick. »Hast recht, am Ende halten die Fallstricke nicht. Soll aber nicht heißen, dass du dick bist, Günther. Es ist nur …«

»Schon gut.« Er war froh, dass Marie nicht auf ihrem Vorschlag beharrte.

Der Wind frischte auf. Das Meer zeigte sich plötzlich mit weißen Schaumkronen, und die Wellen machten ordentlich Krach, wenn sie brachen.

Marie hob fröstelnd die Schultern. »Lass uns zurückgehen.« Noch während sie sich in Richtung Dünenkette wandte, sagte sie: »Man müsste was mit Wasser machen. Wasserski fahren zum Beispiel.«

»Wasserski fahren? Und dann?«

»Schild umhängen, und ab geht die Luzie!« Marie taxierte Günther. »Passt auch nicht so, oder?«

»Es ist November«, erinnerte Günther sie nur.

Marie ergriff seine Hand und drückte sie. »Komm, lass den Kopf nicht hängen! Wir finden schon eine Lösung.«

Günther war nicht überzeugt. Seine bisher einzige Idee war ihm in der letzten schlaflosen Nacht gekommen, als ihm einfiel, eine seiner Laufenten von Blersum nach Langeoog zu holen und ihr ein Schild um den Hals zu binden. Mit einem Foto von Jette und ihm, eingebettet in ein Herz. Und während die Ente um die Ecke gewatschelt käme, würde er vor Jette auf die Knie sinken, mit einem Strauß roter, langstieliger Rosen. Er erzählte

Marie von dieser Idee. Sie wäre harmlos und leicht durchzuziehen.

Marie begann zu lachen. »Und dann kackt deine Ente Oma womöglich in die Küche, und die Stimmung ist hin! Oder Oma missversteht es und denkt, die Ente soll der Hochzeitsbraten werden. Ach Günther, solche Ideen taugen nichts.«

Sie hatten den Dünenrand erreicht und liefen hintereinander nach oben. Dort drehte sich Marie noch einmal um. »Es ist immer wieder wunderschön! Sieh nur, der Tanker dort am Horizont!« Sie stupste Günther an. »Komm, mach nicht so ein Gesicht, das wird schon. Und dann ab in den Anzug, und du bist unter der Haube.«

Grete fühlte sich einsam, obwohl Wally wieder bei ihr eingezogen war, und spazierte durch ihren Garten. Es blühten dort nur noch die letzten lilafarbenen Astern. Die anderen Stauden wie Phlox und den Lavendel hatte sie schon zurückgeschnitten.

Eberhard hatte sich verabschiedet. Ihr Sohn musste wieder arbeiten und wollte seine Hochzeit vorbereiten. Sein Bräutigam – wie das schon klang! – war unterwegs, er weilte derzeit in Neuseeland. Also musste Eberhard alle Vorbereitungen allein bewerkstelligen.

Grete schüttelte widerwillig den Kopf. Sie konnte und wollte sich nicht daran gewöhnen, dass sie nicht die Hochzeit bekam, die sie sich vorgestellt hatte. Kein weißes Brautkleid! All ihre Träume waren dahin! Stattdessen musste sie Sätze sagen wie: »Darf ich vorstellen? Der Bräutigam meines Sohnes!«

Unfassbar! Auf Langeoog würde es Gerede ohne Ende geben.

Sie musste darüber in Ruhe nachdenken. Grete richtete sich auf, ging ein paar Schritte weiter und prüfte, ob die Kante am Beet noch exakt vorhanden war.

»Moin, Frau Eberle!«, tönte es von nebenan.

Frau Blümerant und Herr Meilenstein waren ebenfalls im Garten. Sie strahlten sich an wie zwei Frischverliebte. Grete senkte den Blick. Sie hatte immer noch nicht Abbitte geleistet. Es hatte zwar in der letzten Zeit keineswegs so gewirkt, als wären die Nachbarn ihr noch böse, aber Grete fand es besser, wenn alles seine Richtigkeit hatte. Es wurde endlich Zeit für eine offizielle Entschuldigung.

Resolut trat sie an die kleine Hecke, die ihre Grundstücke trennte, und sagte mit fester Stimme: »Ich muss mich noch bei Ihnen entschuldigen. Es war gemein zu behaupten, dass Herr Meilenstein meine Rezepte gestohlen hat.«

»Nehm ich an, Frau Eberle«, sagte Günther. »Alles ist gut«.

»Wie wäre es, wenn wir alle zusammen Weihnachten feiern? Erst Heiligabend und dann noch einmal, wenn Kea und die Kinder gleich nach den Feiertagen kommen. Keiner wäre allein und das Haus richtig schön voll!« Frau Blümerant wirkte so glücklich, wie Grete sie noch nie erlebt hatte. Aber es half nichts, wenn sie eingeladen waren, musste Grete ihren Sohn und sein … Verhältnis ins Spiel bringen. Denn beide würden zu Weihnachten auf Langeoog sein.

»Mein Eberhard kommt dann auch«, sagte Grete. »Er will heiraten.« Jetzt war es heraus.

»Dann können Sie ja endlich Ihre Torte backen!« Frau Blümerant umarmte ihre Nachbarin über die kniehohe Hecke hinweg. »Und all Ihre schwäbischen Köstlichkeiten zubereiten!«

»Er … er will aber einen Mann heiraten«, murmelte Frau Eberle und wurde bei den Worten dunkelrot. Ach, war ihr das unangenehm!

Wenn Frau Blümerant überrascht war, zeigte sie es nicht, denn sie umarmte Grete einfach ein zweites Mal.

»Das ist doch egal! Das Essen und die Torte schmecken auch zwei Männern. Hauptsache, die Liebe hält Einzug!« Frau Blümerant nahm Günthers Hand.

»Nun ist der Tag echt schnell rumgegangen, aber wir haben eine Menge klären können. Jetzt kann man das Leben wieder genießen.« Marie lächelte. Sie saßen zum Abendessen in der Küche von Frau Eberle. Diese hatte als Versöhnungsangebot vorgeschlagen, für alle zu kochen, und wieder ihre fantastischen Spätzle mit Champignonrahmsauce auf den Tisch gebracht.

»Am besten ist, dass mit Wally alles geklärt ist!« Kilian strahlte. »Und gleich nach Weihnachten sind wir alle wieder da.«

»Darauf freue ich mich jetzt schon!« Jette rieb sich den Bauch. Sie hatte eindeutig zu viele Spätzle gegessen.

»Wider Erwarten habe ich die kurze Zeit hier sehr genossen. Ich glaube, ich könnte mich an Langeoog gewöhnen.« Kea prostete mit ihrer Sanddornschorle in die Runde.

Günther nahm sich eine gehörige Portion Spätzle nach. »So gefällt mir das Leben«, sagte er. »Ich freue mich, dass auch Horsti zu Weihnachten hier sein wird.«

Walburga wurde bis zum Haaransatz feuerrot.

Auf Horstis Besuch hätte Jette gut verzichten können, aber die Stimmung war so ausgelassen, dass sie sie nicht zerstören wollte.

»Wir könnten doch ein Winterfest feiern, wenn schon alle da sind«, schlug Marie vor.

»Ein Winterfescht, das ist gut. Vielleicht haben wir ja Glück und es schneit, so wie auf der Alb!« Frau Eberles Wangen glühten. Das konnte aber auch an der Hitze in der Küche liegen, in die sie immer wieder verschwand.

Marie sah Günther eindringlich an und machte eine unauffällige Kopfbewegung Richtung Tür. Nacheinander verließen sie mit einem vorgeschobenen Grund die Tischrunde und trafen sich im Flur.

»Hör zu, Günther, das ist die Gelegenheit! Du wirst Oma bei diesem Winterfest deinen Antrag machen. Und wir, Fenna, Kili und ich, arbeiten für dich aus, wie das laufen soll. Hast du Skype?«

»Stell dir vor, das hat Kilian mir gestern Abend eingerichtet und genau erklärt, wie es funktioniert.«

»Sehr gut, dann bleiben wir so in Verbindung. Geheimbund Günni kann starten!«

Kilian, Marie und Fenna saßen am späten Nachmittag nach ihrer Rückkehr von der Insel in Maries Zimmer zusammen. »Ich habe also mit Günni vereinbart, dass er seinen Antrag auf dem Winterfest macht. Wir müssen ihm aber helfen, ihm fallen nur so eigenartige Ideen ein. Kilian und ich haben auf dem Schiff ein paar Dinge überlegt, und am besten bringen wir dich jetzt auf den neusten Stand, Fenna.«

Kilian rückte die Brille zurecht.

»Achtung, es folgt ein Vortrag«, kommentierte Fenna.

Kilian ignorierte ihren Kommentar. »Ich habe mit Günther ausgehandelt, dass wir zwei Wochen Zeit haben, ihm ein paar Vorschläge zu machen.« Er schaute seine Schwestern an. »Weil Wasserskifahren und Fallschirmspringen nicht infrage kommen, könnte man über ein Bungee-Jumping nachdenken, was meint ihr?«

»Bungee-Jumping?« Marie riss die Augen auf. Sie saß verkehrt herum auf dem Stuhl und hatte das Kinn auf der Lehne aufgestützt.

»Ja, das ist aktuell und ziemlich spektakulär.«

Marie grinste erfreut. »Das wäre dann ähnlich wie mit dem Fallschirm. Er könnte im freien Fall sein Plakat ausbreiten, worauf die alles entscheidende Frage steht. Klingt super. Gute Arbeit, Kili.«

Fenna nahm einen Schluck Tee. »Und er müsste sich nicht selbst darum kümmern, dass etwas aufgeht. Multitasking wäre nicht erforderlich, was ihn sehr entlastet. Und wir wollen Günther ja keiner Gefahr aussetzen. Beim Bungee-Jumping muss er nur springen, das ist *easy*.«

»Aber ob Günther dazu Lust hat?«, fragte Marie, die genauer über Kilians Vorschlag nachgedacht hatte. »Bei näherer Betrachtung könnte ich mir vorstellen, dass er kneift. Mit Höhe hat er es generell nicht so, glaube ich. Er ist recht ängstlich.«

»In seiner Generation springen nicht so viele mit dem Bungee-Seil. Die alten Leute sind etwas zurückhaltender«, gab Fenna zu bedenken.

»Mein weiterer Plan ist ein völlig anderer«, sagte Kilian.

»So?« Marie setzte sich gerade hin.

»Ja, eben weil Günther ein eher scheuer Charakter ist.«

»Und wie soll das dann funktionieren?«, hakte Marie nach.

Kilian runzelte die Stirn. »Ist doch ganz einfach! Sie sollen gemeinsam springen. Erst schreien sie, das machen ja alle, die da runterfallen, aber dann, wenn sie austaumeln, flüstert Günther Omilein seinen Antrag ins Ohr. Am besten gereimt:

Nun fliegen wir hier durch die Lüfte.
Ich atme deine tollen Düfte.
Hier über diesen Mauern
soll unsere Beziehung dauern.
Heirate mich Jette, meine liebe Maus.
Sonst steht mein Leben vor dem Aus.«

Fenna schaute etwas skeptisch drein. »Am Metrum musst du noch arbeiten. Und für den Inhalt hätte ich auch noch ein paar Verbesserungsvorschläge zu machen. Momentan klingt das wie ›Reim dich oder ich schlag dich‹ oder so.«

»War ja nur ein Vorschlag«, schmollte Kilian. »An den Feinheiten arbeiten wir dann noch.«

»Nun, prinzipiell ist so ein Tandemsprung ins Glück keine schlechte Idee«, lobte Marie ihren Bruder. »Endlich haben wir einen Lösungsansatz. Das wären in der Schule schon mal vier Punkte.«

»Stimmt, so übel ist es nicht.« Fenna nickte bedächtig.

»Und wir haben sogar einen Namen! Tandemsprung ins Glück! Das klingt wie ein Traumschiff-Titel. Voll gut!« Maries Augen leuchteten. »Günther wird glücklich sein, dass wir so prima vorgearbeitet haben.«

Sie klatschten sich ab, aber dann verfinsterte sich Maries Blick. »Wir haben eine Sache nicht bedacht.«

»Und was?«, fragten diesmal Kilian und Fenna gleichzeitig.

»Das Gewicht! Es gibt bestimmt ein Höchstgewicht, und ich bin mir ziemlich sicher, dass Günther das locker allein überschreitet.«

»Mist«, entfuhr es Kilian. »Und wenn wir Oma ohne ihn runterspringen lassen? Er könnte sie unten mit offenen Armen empfangen und dann sein Gedicht aufsagen. Den Satz mit den Lüften und über den Mauern können wir ja noch umarbeiten.«

»Auch da gibt es einen Haken«, wandte Fenna ein. »Oma Jette wird nie und nimmer freiwillig einen solchen Sprung machen. Sie weiß ja nicht, dass es ihr Sprung ins Glück sein wird. Würden wir das verraten, wäre der Gag futsch.«

»Und es gibt noch eine ganz andere Schwierigkeit«, fügte Marie düster hinzu. »Im Augenblick steht auf Langeoog kein Kran, von dem aus man Bungee-Jumping machen kann. Außerdem kann es im Dezember saukalt sein, sodass das gar nicht geht.« Sie seufzte. »Kili, dein Plan ist irgendwie doch nicht ausgereift.«

Ihr Bruder rückte wieder seine Brille zurecht. »Nun, es ist so, dass ich bei unserem Wochenendbesuch über die Insel spaziert bin, um mich inspirieren zu lassen. Deshalb möchte ich euch meine nächste Idee unterbreiten.«

Marie nickte. »Dann unterbreite mal. Was ist dir noch so eingefallen?«

Ihr Bruder hob die Hand. »Augenblick, ich muss das herleiten. Mir ist tatsächlich eine außergewöhnliche Sache passiert. Jedenfalls für Ostfriesland außergewöhnlich und erst recht für Langeoog. Und dabei ist mir die Idee gekommen.«

»Welche Idee? Nun sag schon!«

»Also, Marie, wenn du sie verstehen willst, musst du doch erst den Auslöser kennen.«

»Kilian, du bist so kompliziert!«, rief Marie aus. »Es reicht jetzt! Sag bitte, was du loswerden willst.«

»Okay!« Er grinste breit. »Ich habe zwei Japaner mit Selfiestick entdeckt.«

»Die habe ich auch gesehen. Am Rathaus. Na und?«

Fenna nahm wieder einen Schluck Tee und sagte dann in bedächtigem Tonfall: »Und was bitte schön ist daran ungewöhnlich? Fahr mal zum Chiemsee zu diesem ollen Schloss, wo wir mit Mama und Papa mal waren. Man denkt, die Japaner haben dort ihr zweites Zuhause, so viele sind dort als Touristen mit ihren Handys und Kameras unterwegs.«

»Stimmt, aber das ist in Bayern«, entgegnete Kilian. »Hier auf Langeoog sind es die ersten! Zumindest die ersten, die mir aufgefallen sind.«

Kilian hatte zwar recht, nur was hatte das mit Günthers Antrag zu tun?

»Die hatten nicht nur den Stick, sie haben auch mit einer tollen Nikon fotografiert. Na, klingelt's bei euch?«

Seine Schwestern zuckten mit den Schultern.

»Wenn wir Günther so eine kaufen, dann kann er über Langeoog stiefeln und sich vor allen schönen Motiven selbst fotografieren. Alle Touristenattraktionen sind möglich, aber vor allem muss er Bilder von Orten knipsen, an denen er mit Omilein glücklich war. Günther am Strand, Günther auf dem Dünenfriedhof ...«

»Dünenfriedhof ist kontraproduktiv«, protestierte Marie. »Sie liegen da ja noch nicht. Könnte Oma als schlechtes Omen sehen.«

»Stimmt, Friedhof ist blöd, obwohl sie da manchmal hingehen. Wegen Lale Andersen und der Ruhe dort. Omilein liest da manchmal auf einer Bank.«

»Trotzdem ist die Idee nicht schlecht, Forscher-Bruder.« Marie ließ das Gesagte erst einmal sacken. So eine Fotostrecke war eine prima Idee, ganz sicher. Aber Günther Meilenstein mit einem Selfiestick konnte sie sich nur schwer vorstellen. Der korpulente, unbeholfene Mann ... Er würde über die eigenen Füße stolpern, weil er so auf den Stick fixiert war, sich womöglich das Bein brechen, und der Heiratsantrag musste in ein Krankenhauszimmer verlegt werden. Oder er geriet gleich unter eine Kutsche oder ein Elektrofahrzeug.

»Ist doch super, die Idee, oder?«, hakte Kilian nach.

Marie tat ihre Bedenken kund, hatte allerdings auch nichts Besseres anzubieten. »Wir nehmen sie auf jeden Fall mit in die Liste auf.«

15. Kapitel

Es schneite. Nicht nur ein bisschen, wie man es sonst im Winter auf der Insel kannte, nein, es schneite in dichten Flocken, die vom eisigen Nordwestwind über die Insel getrieben wurden. Gleich würde die Inselbahn kommen und Jettes Enkel und ihre Tochter Kea für ihren nachträglichen Weihnachtsurlaub ausspucken.

Über das Fest hatte Günther ständig mit Marie oder Kilian geskypt. Jette schien es, als führten sie mal wieder etwas im Schilde. Günther war ihr gegenüber zudem unglaublich schweigsam. Aber sie würde schon noch herausbekommen, warum.

Der Zug fuhr in den Bahnhof ein. Marie und Kilian sprangen vom Waggon. Fenna folgte wie immer in gesetztem Abstand, und Kea wirkte ihrem Gesicht nach unschlüssig, ob sie sich freuen sollte oder nicht. Ein Inselaufenthalt musste bei ihr ein Gefängnis-Feeling auslösen, so ablehnend, wie sie Langeoog bislang gegenübergestanden hatte. Auch wenn ihre Einstellung nach dem Kurztrip vor ein paar Wochen ein wenig positiver geworden war.

Jette lief auf ihre Familie zu und umarmte alle innig. Vor allem Kea drückte sie ein wenig länger. »Schön, dass du da bist!«

»Ich freue mich auch!« Eine heftige Böe wehte den Schnee jetzt unters Dach des Bahnhofes. Es war wirklich ungemütlich. Jette sah sich um.

Maries Kofferkontingent übertraf noch das vom Herbst. Es dauerte endlos, bis sie alle Gepäckstücke vom Container gefischt hatte. In der Zeit froren die anderen still vor sich hin und waren froh, als sie endlich damit ankam.

»Willst du umziehen?« Jette grinste. »Ihr bleibt doch nur bis Anfang Januar.«

»Ist schließlich Winter und kalt. Man weiß ja nie, was einen so erwartet. Ganz ehrlich: Was ist, wenn wieder ein Orkan aufkommt und man von hier nicht einfach zurückkann? Frau will vorbereitet sein, dass das mal klar ist.«

»Wir haben auf Langeoog allerdings auch Waschmaschinen!« Oma Jette nahm ihr einen Koffer ab.

Marie überging den Kommentar. »Und ein paar Geschenke für dich und Günther haben wir natürlich auch dabei.«

»Da bin ich ja mal gespannt.«

»Wo steckt Günther eigentlich?« Marie sah sich suchend um.

»Nun, erst wollte er mitkommen und euch abholen, aber aus irgendeinem Grund hat er plötzlich gekniffen«, sagte Jette. Günthers Argumente, warum er doch nicht mit zum Bahnhof kommen konnte, waren überaus fadenscheinig gewesen.

Er müsse etwas erledigen, hatte er gesagt.

Ob das mit seinem neuen Hobby zusammenhing? Jette kam es vor, als wolle er sich von irgendetwas ablenken. Neuerdings sammelte er Muscheln. Jette fand das kindisch, aber da es für sie keine negativen Konsequenzen hatte und sie nichts befürchten musste (keine Umbaumaßnahmen, keine Änderung in ein jugendliches Outfit und keine Schreckanlagen für wen auch immer), nahm sie den neuen Spleen gelassen hin. Bei dem Wetter würde er allerdings erst einmal nicht sammeln gehen können.

Das war schade, denn Günther war mit diesem Hobby zumindest gut beschäftigt und langweilte sich nicht.

Jeden Morgen bei Sonnenaufgang spazierte er am Spülsaum entlang und suchte die unterschiedlichsten Muschelarten. Abends katalogisierte er sie mit Hilfe eines umfangreichen Sachbuchs und verpasste ihnen ein neues Zuhause in Streichholzschachteln, die er mit dem entsprechenden Namen der Muschel versah. Für die Größeren, wie seine kürzlich gefundene Auster, baute er eigenhändig geeignete Pappboxen. Solange Günther es dabei beließ und nicht plante, auf Langeoog ein Muschelmuseum zu eröffnen … Wenn es Jette doch etwas unheimlich wurde, holte sie ihr Strickzeug raus, schlug ein paar Maschen auf oder vollendete ihre Mützen, Schals und Socken und lenkte sich damit ihrerseits ab.

»Sonst alles fit? Irgendwelche News?«, hakte Marie nach.

Muscheln sammeln, das waren keine News, also sagte Jette: »Was soll es denn geben, Liebes? Wir leben auf Langeoog, da geht alles ganz ruhig seinen Gang, das weißt du doch.«

»Und was macht Wally, Omilein?«, fragte Kilian. Er sah Jette erwartungsvoll an.

Die winkte ab, lächelte aber. »Walburga wohnt noch immer bei Frau Eberle, und sie hat ihre Liebe zur schwäbischen Küche entdeckt. Für uns haben sie die klassische Weihnachtsgans gebraten. Es war ein wunderbarer Heiliger Abend mit den beiden. Wirklich!«

»Und Frau Eberle?« Marie kicherte. »Will sie ihren Sohn noch immer mit Wally verheiraten, obwohl der völlig andere Pläne hat?«

»Grete wartet auf Eberhard. Der wollte heute auch kommen. Habt ihr ihn auf dem Schiff oder in der Inselbahn gesehen?«

Alle verneinen, aber es war auch so voll gewesen, dass man sich nicht zwangsläufig über den Weg laufen musste.

Marie kicherte. »Und Walburga kocht? Mit Schürze über dem jetzt bestimmt dicken Bauch und immer in Grete Eberleins Schatten: ein tolles Bild!«

Jettes Gesicht verfinsterte sich. Walburgas Bauch war in der Tat ein großes Problem. Den gab es objektiv gesehen nämlich nicht. Oder so gut wie gar nicht. »Mein Kind wächst nach hinten«, sagte Walburga immer, wenn sie darauf angesprochen wurde. »Es muss ja nicht jeder seine Schwangerschaft mit einem überdimensionalen Bauch demonstrieren.« Walburga demonstrierte ihre Schwangerschaft dafür mit zahlreichen anderen Ausbrüchen. Sie war eben, wie sie war.

Inzwischen hatten sie Jettes Haus erreicht. »Zimmer wie immer?«, fragte Marie.

»Du und Fenna, ihr könnt diesmal die Kemenate haben, wenn Kea die Dachkammer nimmt. Oder umgekehrt. Und Kili wie immer.«

»Nehmt das Spiegelkabinett«, sagte Kea.

Frau Eberle sah Walburga hinterher, die aus der Küche entschwand und sich kurz in ihr Zimmer zurückziehen wollte, bevor sie zu Jette und Günther ging. Sie selbst hatte sich, nachdem sie zusammen ein wirklich schönes Weihnachtsfest verlebt hatten, für den heutigen Tag drüben abgemeldet. Heute wollte Eberhard mit seinem Verlobten kommen, das musste sie erst verdauen.

Walburga hantierte lautstark in ihrem Zimmer.

Sie war für eine Schwangerschaft eindeutig zu dünn. Inzwischen müsste sich wirklich ein bisschen Bauch zeigen und Wasser in den Beinen. Bei Grete war das um diese Zeit auch so gewesen, aber diese jungen Frauen trugen nicht einmal mehr Umstandsmode, sondern halfen sich anders weiter. Wie hatte sie es damals geliebt, endlich in Hosen mit Gummizug steigen und die Schwangerschaft zelebrieren zu können! Walburga klagte zwar stets, dass ihre Beine dick und geschwollen wären, aber Grete fragte sich immer, wo. Günthers Nichte trug nach wie vor ihre hochhackigen Pumps und knappen Röcke, die ihre einwandfreien Fesseln preisgaben. In der letzten Woche war sie allerdings dazu übergegangen, vom Schnitt her weitere Blusen zu tragen. Das hatte Grete immens erleichtert. Wie dick der Bauch darunter war, hatte sie leider nicht erfühlen können. Sie war kurz versucht gewesen, aber der warnende Blick Walburgas hatte sie dann doch abgehalten.

So ganz rund lief die Sache sowieso nicht. Sie hatte es sich zumindest anders vorgestellt. Seinen angeblichen Verlobten hatte Eberhard ihr bislang noch nicht vorgestellt, sodass Grete sich in die Hoffnung verstieg, dass er diesen Mann womöglich nur vorgeschoben hatte, damit ihn seine Mutter *nicht* verkuppelte. Eberhard hatte schon als Kind ständig Sachen erfunden und damit sein Leben so gestaltet, wie er es haben wollte. Es gab diesen Verlobten bestimmt gar nicht! Je länger Grete darüber nachdachte, desto sicherer war sie.

Sie wandte sich wieder ihren Rouladen im Backofen zu, die bereits verführerisch dufteten. Sie mussten aber noch einmal gewendet werden. Die würden ihrem Eberhard munden.

Anschließend wischte sie ihre Hände aus alter Gewohnheit an der Schürze ab und schaute aus dem Fenster. Es schneite wirklich heftig, da blieben sogar die zahlreichen Weihnachtsurlauber in ihren Häusern. Hinzu fegte dieser kräftige Nordwestwind über die Insel. Wenn Grete auf die Straße ging, trug sie mittlerweile selbst schon das grässliche Insulaner-Outfit, damit sie nicht erfror.

Um nicht völlig zur Ostfriesin zu mutieren, hatte sie gestern in einer ruhigen Stunde zusammen mit Walburga überlegt, auf der Insel einen Club zu gründen. Dort konnte man sich dann im Dirndl treffen, heimische Musik hören und die entsprechenden Rezepte nicht nur tauschen, sondern auch umsetzen. Einen echten Kirschenplotzer für andere backen, nicht nur für Eberhard! Maultaschen, natürlich selbst gemacht, mit a guaden Soß. Und Spätzle mit Pfifferlingen … der Fantasie war keine Grenze gesetzt. Auf diese Weise könnte sie auf Langeoog alt werden. Wenn dann noch ihr Eberhard die Walburga heiraten tät, desch wär a Fescht!

Grete erwachte aus ihren Gedanken, als sie Eberhard aus dem Schneesturm auftauchen sah. Warum hatte er denn nicht Bescheid gesagt, dass er mit dem frühen Schiff kommen wollte? Sie hätte ihn doch abgeholt! Ihm folgte ein junger Mann. Grete schnappte nach Luft. Das war jetzt bestimmt der … Sie musste sich erst einmal hinsetzen und verdauen, dass alles Wirklichkeit geworden war.

Die beiden Männer näherten sich schnellen Schrittes dem Haus, und gleich darauf klopften sie sich schon im Flur den Schnee von der Kleidung.

»Ist das kalt«, lachte Eberhard. »Mama, wo bist du denn? Schau mal, wen ich mitgebracht habe!« Sie entledigten sich der Jacken und kamen auf Grete zu. Eberhard legte den Arm um den anderen Mann. »So, Mama. Endlich kann ich dir meinen Verlobten vorstellen. Das ist Victor. Er war für ein halbes Jahr im Ausland, und ist jetzt endlich zurück. Im Frühjahr werden wir dann heiraten.«

Grete sah Eberhard an. Schaute anschließend zu Victor. Und vor ihren Augen krachte die wunderbare Hochzeitstorte, die sie sich all die Jahre in Gedanken und auf dem Papier ausgemalt hatte, endgültig in sich zusammen.

Günther kam auf Kea, Marie, Kilian und Fenna mit ausgebreiteten Armen zu, als sie in der Küche darauf warteten, gleich ins Weihnachtszimmer gelassen zu werden. »Wie prima, dass ihr da seid. Hattet ihr schöne Weihnachten mit eurem Papa?«

»Ja, das schon. Schade, dass er gleich wieder nach Florida musste. Aber wenn er da ist, genießen wir das dafür immer doppelt. Doch jetzt sind wir erst mal froh, bei euch zu sein«, sagte Marie. »Frohes Fest nachträglich, Günther!«

»Jette hat ein wunderbares Weihnachtszimmer hergerichtet«, sagte er und zeigte auf die Stubentür, hinter der es kräftig rumorte.

»Es riecht so lecker nach Weihnachtsbraten.« Kilian freute sich. »Ist voll gut, wenn man zweimal Weihnachten feiern und zweimal Gans essen kann!« Er rieb sich den Bauch, was Fenna missbilligend zur Kenntnis nahm. »Du freust dich auf eine gemästete Gans, die alles andere als schöne Tage hatte, bevor sie auf deinem Teller gelandet ist«, dozierte sie.

»Gibt ja auch Klöße. Und Rotkohl«, versuchte Marie sie zu beschwichtigen.

»Oma hat für dich extra einen Bratling aus Grünkern in die Pfanne geworfen.« Günther hatte das Teil eigenhändig im Supermarkt besorgt.

»Ich rieche die Körner schon«, meinte Kilian, aber Fenna schüttelte nur den Kopf. »Ändert nichts daran, dass ihr allesamt ein unökologisches Verhalten an den Tag legt. Euch ist nicht zu helfen. Aber an Weihnachten will ich mal nicht so sein.«

Günther schlug Fenna auf die Schulter. »Genau. Lass uns die Zeit miteinander genießen.« Er lachte kurz auf. »Ich habe euch dermaßen vermisst, dass ich sogar begonnen habe, Muscheln zu sammeln. Das macht den Kopf wunderbar frei.«

Fenna nickte ihm lächelnd zu.

»Aber nun wirst du deine Muschelsuche wohl ein bisschen vernachlässigen müssen, was meinst du?« Marie sah ihn herausfordernd an, während Kilian nicht so recht bei der Sache war. Er suchte eindeutig Walburga, denn er schaute immer wieder hoffnungsvoll aus dem Fenster.

Günther spitzte die Lippen.

»Ich habe übrigens auf ganzer Linie gewonnen. Unser Zwiebelnachbar macht bald die Biege und will das Haus wieder verkaufen.«

»Dann bist du also der Sieger im Hirschduell!«, stellte Kilian sofort mit sehnsüchtiger Stimme fest. Er dachte eindeutig an Walburga und die Konkurrenz mit Namen Horsti von Hinten. »Wie hast du das geschafft? Platzhirsch zu sein?« Noch immer schweifte sein Blick abwechselnd zwischen Tür und Fenster hin und her.

Günther rieb sich den Bauch. »Ich war einfach nur ich selbst!«

»Das bist du schließlich immer, liebster Günther.« Marie strahlte ihn an. »Dann holen wir jetzt mal unsere Geschenke, was meint ihr? Oma ist im Weihnachtszimmer bestimmt gleich fertig!«

Es klopfte.

»Das könnte Walburga sein«, meinte Kilian. Er stürzte zur Tür und kurz darauf trat Walburga mit Mimi auf dem Arm ein.

Jette stieß die Stubentür auf. »Der Weihnachtsmann war da! Und das am helllichten Tag und tatsächlich noch nach dem Fest!«

»Boah, ist das schön!«, rief Marie, als sie den liebevoll geschmückten Tannenbaum auf dem kleinen Tischchen entdeckte. Jette hatte ihn ganz in Rot dekoriert, so wie sie es mochte. Überall in der Stube standen kleine weihnachtliche Accessoires. Schalen mit Orangen, in die sie Nelken gespickt hatte, verbreiteten ihren würzigen Duft.

»Und sogar echte Kerzen«, staunte Kilian.

»Obwohl Mimi auch hier ist und gegen den Tisch stoßen könnte«, mischte sich Walburga ein. Eines ihrer Geschenke polterte auf den Boden.

»Kann mir mal jemand helfen?«, stöhnte sie. »Auch wenn mein Bauch noch nicht allzu dick ist, wird mir doch immer arg schwindelig beim Bücken. Schwanger sein ist wirklich ein Kreuz!« Ausnahmsweise ploppte kein Kaugummi.

Kilian eilte sofort herbei und hob das Päckchen auf. »Bitte, Wally.«

Sie nahm seine Bemühungen wie eine Königin zur Kenntnis.

Oma Jette hatte auch den Esstisch festlich gedeckt. Die Servietten waren farblich auf den Tannenbaumschmuck abgestimmt, auf der weißen Tischdecke galoppierten kleine rote Rentiere.

»Weihnachten bei Omilein ist das Coolste überhaupt«, sagte Kilian. Er warf einen Seitenblick zu seiner Mutter. »Bei uns zu Hause ist es auch toll, aber hier ist es ein richtiges Weihnachtsoma-Inselhaus.«

Bevor sie sich zum Essen setzten, packten sie ihre Geschenke aus. Fenna hatte für Oma Jette und Günther einen grauen Schal gestrickt. »Den müsst ihr abwechselnd tragen, ich habe keinen zweiten geschafft. Und es ist ökologischer. Man nennt das auch Schal-Sharing«, erklärte sie.

Marie hatte für die beiden einen Einkaufsgutschein von H&M über je fünf Euro besorgt, weil das der coolste Laden sei und sie dann wenigstens mal aufs Festland kämen.

Kilian hingegen hatte ein kleines Büchlein bemalt und kurze Texte hineingeschrieben. »Das sind die Erinnerungen an deinen sechzigsten Geburtstag, Omilein. Fotos machen kann schließlich jeder. Ich habe alles dokumentiert. Die Idee, den Werdegang und die Ausführung bis hin zum Flugzeug mit Banner und Günthers Gesang bei De Flinthörners.«

Walburga schenkte Oma Jette einen schwarzen Lippenstift. »So kannst du dich mal neu erfinden. Black ist beautiful«, erklärte sie in einem denglischen Kauderwelsch.

Günther bekam von seiner Nichte einen Ohrtrimmer. »Da gucken manchmal Haare raus. Kann man auch für die Nase benutzen.« Walburga wandte sich an die anderen drei. »Für euch gibt es Badeenten.« Sie reichte Marie eine mit rot geschminkten Lippen, Fenna bekam eine in Piratendesign und Kilian eine in Form eines Professors.

»Für dich, Kea, habe ich nur die als Seemannsbraut. So gut kenne ich dich ja nicht.«

»Was für eine nette Idee!« Marie schien sich wirklich zu freuen.

»Aber guckt mal, was ich mir selbst geschenkt habe.«

»Eine Ente mit Pumps?«, fragte Kilian.

Walburga lächelte vielsagend und öffnete das letzte Paket. Ein Traum von Rosa entfaltete sich auf dem Parkett.

»Darin siehst du bestimmt ganz toll aus«, sagte Kilian. Walburga strich ihm über den Kopf, und sein Gesicht nahm die Farbe einer überreifen Tomate an.

»Ja, er ist wunderschön.« Sie strich verträumt über den Stoff.

»Das ist Plastik pur«, sagte Fenna angewidert. »Nicht mal Frottee, sondern so ein anderer Kram.«

Walburga ließ sich nicht beeindrucken, sondern streichelte weiter versonnen über ihren rosa Plüsch. Um zu verhindern, dass die nächste Öko-Diskussion entbrannte, verteilten auch Günther und Jette rasch ihre Präsente an die Enkel, und dann ging es zu Tisch.

Kilian verdrückte fünf Klöße, die Jette nach altem schlesischen Rezept ihrer Großmutter hergestellt hatte. »Kließla sind das«, erklärte sie.

»Schmecken super, solche Kließla.« Als Kilian sich Nummer sechs in den Mund stopfen wollte, schüttelte Jette den Kopf. »Nicht, dass dir noch schlecht wird!«

Walburga stocherte nur auf dem Teller herum. »Ich bin schwanger und kann gar nicht richtig essen.«

»Du hast keinen Bauch«, stellte Marie mit vollem Mund fest. »Zwar trägst du so weite Blusen, aber man sieht doch, dass sich darunter nichts wölbt. Bist du dir sicher, dass da was drin ist?«

Walburga schnaubte. »Wäre mir sonst ständig übel? Was für eine kindische Frage!«

»Wann kommt eigentlich Horsti?«, fragte Jette und wechselte damit abrupt das Thema.

»Ich weiß es nicht, aber ich denke, bald. Er wird sich das gute Essen doch nicht entgehen lassen. Er wollte eigentlich schon Weihnachten kommen.« Günther griff zu seinem Handy, aber noch war von Horsti keine Nachricht eingegangen. »Weiß auch nicht, warum er sich so ziert.«

Jette sah Günther belustigt an. »Ich kann es mir denken. Überlege mal, wann er sich aus dem Staub gemacht hat!«

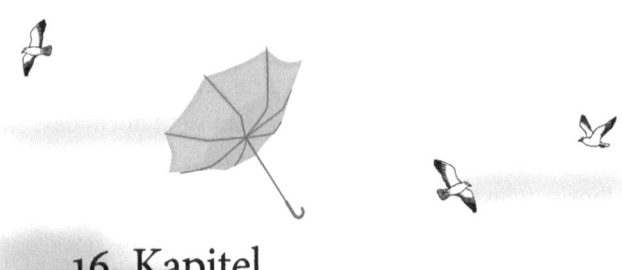

16. Kapitel

Es schneite. Und schneite. Und schneite. Die ganze Nacht über und auch am heutigen Tag hatte es kein bisschen nachgelassen. Jette konnte kaum die gegenüberliegende Straßenseite erkennen. Dazu hatte der Wind gedreht, und ein unangenehmer Ostwind pfiff jetzt durch die Straßen. Solch einen Winter hatten sie lange nicht mehr erlebt. Wie Jette die Situation einschätzte, würde der Fährverkehr heute eingestellt werden. Bei sehr starkem ablandigem Wind stieg das Hochwasser oft nicht ausreichend, sodass die Schiffe auf Grund laufen konnten.

»Mann, Omilein, guck mal, wie viel Schnee!«, freute Kilian sich. »Da können wir Schlitten fahren! Vom Deich an der Wattenmeerseite runter, oder meine Schwestern können mich ziehen und schleudern.«

»Du wirst höchstens vom Wind davongeweht, und wir können dich mit dem Schlitten vor Helgoland wieder einfangen.«

»So wie der kleine Häwelmann mit seinem Bettchen.« Kilian grinste. »Ich geh mal gucken, was Günther macht.« Er verließ die Stube.

»Der versucht, der Schneemassen Herr zu werden!«, rief Jette ihm mit einem Seitenblick aus dem Fenster nach. Sie konnte den Hof von hier gut einsehen. Günther schaufelte wie wild, aber er kam gegen den vielen Schnee nicht an. Hoffentlich will er jetzt nicht eine Schneefräse bestellen, dachte Jette. Die würde bei den wenigen strengen Wintern, die die Küste heimsuchten, schon bald im Schuppen verrosten.

Es dauerte nicht lange, bis Kilian neben Günther auftauchte und ebenfalls eine Schneeschaufel in der Hand hatte – woher auch immer er sie organisieren konnte. Und so kämpften ein kleiner und ein großer Schneemann gegen das Weiß an.

Günther warf immer wieder Blicke zum Nachbargrundstück, und Jette erkannte, warum er sich so ins Zeug legte. Julius Zwiebell hatte es sich nicht nehmen lassen, ebenfalls Schnee zu schippen, und nun schienen beide miteinander zu wetteifern, wer einen höheren Schneeberg vorzuweisen hatte. Es war wirklich gut, dass der Nachbar Langeoog bald verließ. Kilian unterstützte Günther nach Kräften.

»Na, da ist ja eine kleine Winterolympiade im Gang«, sagte Marie, die eben reingekommen war. Sie holte sich aus der Küche einen Teebecher, auf dem ein dickes Weihnachtsmanngesicht prangte. Die Kinder hatten jeder drei dieser Tassen mitgebracht. Jette fand sie furchtbar kitschig, aber ihre Enkel waren der Ansicht, dass man an Weihnachten ausschließlich aus passenden Bechern trinken durfte. Solange sie nicht auf Pullover mit Weihnachtsmännern und Elchen bestanden, nahm Jette das hin.

»Ich glaube, ich trinke lieber einen Glühwein«, sagte sie. »Es ist 15 Uhr, da kann man das am Wochenende schon mal tun.«

Marie sah ihre Oma erstaunt an. Es war ungewöhnlich, wenn sie schon am Nachmittag Alkohol trank.

»Dass Julius noch nicht weg ist, findest du echt uncool, oder?«, fragte sie.

»Sehr uncool. Er steht ab und zu in der Tür, obwohl sich die Frauen da drüben die Klinke in die Hand geben. Günther reagiert inzwischen sehr aggressiv, wenn er auftaucht.« Jette ging in die Küche und stellte die Herdplatte an. Es war besser mit dem Genuss des Glühweins, eine gewisse Leichtigkeit zu haben, wenn ihr Lebensgefährte gleich in die Küche kam und sich über den Nachbarn echauffierte.

»Ich helfe den Jungs da draußen mal«, entschied Marie und trank den Tee rasch aus.

»Was für ein Schnee!« Marie bewarf Kilian mit einem Schneeball, den sie gleich geformt hatte, als sie aus der Tür getreten war. Der reagierte gar nicht, sondern schaufelte einträchtig mit Günther die Schneemassen von links nach rechts. »Hey, Jungs, das ist doch für die Katz. Es schneit gleich wieder zu! Außerdem dämmert es bald.«

Marie bekam keine Antwort. Sie stupste Günther an.

»Warte, Marie. Ich muss mehr schaffen als dieses Muskelpaket da drüben.« Günther lief der Schweiß übers Gesicht, aber er kämpfte verbissen weiter. Kurz wies er mit dem Kopf in Richtung Julius, der ebenso hartnäckig versuchte, die Schneemassen zu bewältigen.

»Ich denke, du hast ihn als Platzhirsch vertrieben?«

Günther antwortete darauf nicht. Offenbar zweifelte er gerade an seinem Sieg.

»Dann lass uns reingehen und weitermachen, wenn der Schneesturm nachgelassen hat. Oma trinkt schon Glühwein. Den billigen aus dem Supermarkt!« Marie schüttelte sich.

»Sie tut *was?*« Endlich hörte Günther mit dem Geschaufel auf.

»Sie trinkt Alkohol!«

»Das ist nicht gut.« Günther stützte sich auf den Stiel der Schneeschaufel.

Jetzt hielt auch Kilian inne. »Ist sowieso sinnlos, sich so abzurackern. Nicht nur, weil es immerzu nachschneit. Ich hatte gehofft, dass Wally kommt und es super findet, was ich hier mache. Tut sie aber nicht.« Enttäuscht ließ er die Schaufel fallen. »Aber« – er wischte sich den Schnee von der Mütze – »jetzt, wo wir hier sind und die Insel zu einem wahren Winterparadies wird, können wir doch mal klären, warum du unsere Vorschläge nicht gut findest. Was meinst du, Günni? Wir haben doch die bahnbrechenden Ideen für dich, von der du eine beim Winterfest für deinen Antrag umsetzen kannst!«

»Besser verschieben wir das alles!«, wehrte Günther ab. »Ich gehe jetzt rein, meine Hände und Füße sind eiskalt.« Er wischte sich den Schnee von den Augenbrauen und ging ins Haus.

»He, Günther! Du kannst jetzt nicht kneifen!« Marie sah Günther enttäuscht nach.

Kilian zuckte mit den Schultern. »Er kommt aus der Nummer ohnehin nicht raus. Wir bereiten jetzt das Fest vor, ob es ihm gefällt oder nicht: unser Après-Ski auf Langeoog.«

»Wie kommst du denn auf den Namen?«, fragte Marie.

Kilian grinste verschmitzt. »Das liegt doch auf der Hand: In den Bergen geht es jetzt voll ab, und alle haben da voll Spaß mit ihrem Sport und ihrem Après-Ski. Nun gibt es hier auch Schnee, und dann können wir doch diese Gaudi nach Langeoog holen.«

»Willst du Lederhosen anziehen und uns in ein Dirndl zwängen? So, wie Frau Eberle immer rumläuft, weil das in Schwaben gerade wieder in Mode gekommen ist?« Marie war entsetzt. Sie liebte es, sich zurechtzumachen, aber ein Dirndl? Sie waren Friesen!

Kilian ließ sich nicht beirren. »Die Kleidung muss dem Ereignis angepasst werden, daran führt kein Weg vorbei.«

»Du meinst, das soll so werden wie die in den Norden geholten Oktoberfeste, wo man plötzlich Bayern spielt?« Maries Stimme überschlug sich beinahe.

»Ja«, bestätigte Kilian ernsthaft. »Aber wir wollen kein Oktoberfest, sondern ein Winterfest. Der Name passt eigentlich besser.« Jetzt schüttelte auch er den Schnee von der Pudelmütze. »Das ganze Drumherum im Winter in den Bergen ist cool. Langlauf, Skispringen, Schlittenhunderennen …«

»Schlittenhunde rennen nicht in den Bergen, sondern im Norden über die Fjälls und so«, korrigierte Marie.

»Moment!«, unterbrach sie jedoch weitere Überlegungen. »Es gibt da ein gravierendes Problem. Oma Jette friert so leicht, ich weiß nicht, ob ein Winterantrag wirklich das Richtige ist.«

Kilian blieb ungerührt. »Wenn Omilein friert, ist Jagertee oder Glühwein doch eine prima Lösung. Das wärmt, und sie wird zahm. Wir müssen jetzt in die Gänge kommen, sonst landen die beiden auf dem Friedhof und bekommen als Unverheiratete nicht einmal ein Grab nebeneinander.«

Marie sog die Luft scharf ein. »In diese Richtung haben sie bestimmt noch nicht gedacht. So alt sind sie ja eigentlich nicht. Günther will erst heiraten und danach sterben. Und das nicht gleich nach der Hochzeit.«

»Man weiß nie, wann es zu spät ist«, erklärte Kilian. »Deshalb muss er *jetzt* zu Potte kommen!«

Es war mittlerweile dunkel geworden, doch der Schneesturm tobte weiter über die Insel. Der Fähr- und Flugverkehr war am Nachmittag wirklich eingestellt worden. Jettes Enkel saßen zusammen mit Kea in der Küche und debattierten noch immer über das Pro und Kontra eines Winterfestes.

»Es sollten sich viele Menschen daran beteiligen, sonst funzt das nicht.« Kilian kaute am Ende des Bleistiftes. Er hatte sich in seinem blauen Notizbuch schon etliche Anmerkungen gemacht. Allerdings war er auf die vereinfachte Form umgestiegen und führte kein akkurates Logbuch mehr, weil es zu lange dauerte. Dabei war zusätzlich auf einem DIN-A3-Blatt eine große Zeichnung entstanden, nachdem er zuvor moniert hatte, dass ihm auf der Insel eindeutig ein Whiteboard fehlte. »Aber man muss in der Einöde eben Abstriche machen. Auch als Forscher«, hatte er seufzend hinzugefügt.

»Hast du eine ungefähre Ahnung, was deine Idee an Aufwand und Organisation bedeutet?« Kea dachte natürlich wie eine Erwachsene. Manchmal war es nicht gut, wenn Mütter mitdebattierten.

»Vor allem jetzt, wo kein Schiff mehr fährt und man nicht einfach Dinge vom Festland kommen lassen kann«, ergänzte Fenna. »Was ist, wenn die Vorräte auf Langeoog knapp werden?«

»Du bist immer so destruktiv«, warf Kilian ein. »Visionen muss man leben!«

»Aber doch nicht für alle Bewohner der Insel, die du offenbar involvieren willst. So weit konnte ich dir nämlich folgen.« Fenna gähnte. »Allein, was das wieder für die Inselökologie bedeuten würde, Kili. Lass uns ein Fest planen, aber bitte im kleinen Kreis. Ich glaube, das wäre Oma auch lieber. Schließlich geht es um eine ganz private Sache, auch wenn sie das noch gar nicht weiß.«

»Mutter will sicher keine Riesenaktion«, bestätigte Kea. »Wir müssen vorsichtig sein und dürfen sie nicht so überrumpeln.«

»Genau«, mischte sich jetzt auch Marie ein. »Und wenn das Fest ein Erfolg ist, können wir das Event beim nächsten Mal immer noch auf ganz Langeoog ausweiten. Wir müssen aber klein anfangen.«

Kilian schmollte. Das hatte er sich ganz anders vorgestellt. Immerhin sollte Walburga erkennen, was für ein weit vorausdenkender Mann er schon war und was er auf die Beine stellen konnte.

»So, und nun konkret, kleiner Bruder: An welche Details hast du denn überhaupt gedacht? Wie soll das Ski-, Winter- oder Schneefest aussehen?«

Kilian deutete auf die Zeichnung und blätterte dazu in seinem Notizbuch. Er steckte sich den Stift hinters Ohr. »Ich habe die Eckdaten bereits zusammengefasst, ich rede nicht gegen Ideen an, sondern finde Lösungen.«

»Spuck's aus!«, forderte Marie ihn auf.

Kilian stand für seinen Vortrag auf. Er wirkte mal wieder wie ein kleiner Professor.

»Ich habe folgenden Plan. A: Schlittenhunderennen mit Dackeln oder anderen Hunden, mangels Masse von Schlittenhunden auf Langeoog. Die sind auch kurzfristig nicht aufzutreiben, da müssen wir Kompromisse eingehen«, erklärte er.

Sofort hob Fenna die Hand. »Veto! Geht gar nicht. Tierschutzrechtlich, meine ich. Das ist Dackelquälerei. Wie sollen die lütten Viecher einen Schlitten ziehen?«

»Und wenn wir Schäferhunde nehmen?«, schlug Marie vor. »Oder Golden Retriever? Die sehen im Schnee mit dem goldenen Fell auch noch richtig klasse aus.«

»Veto zwei!« Fenna hob die Hand. »Die Hunde müssen geschult sein, das kann man als Laie nicht. Also, der Punkt muss weg von der Liste.«

Enttäuscht radierte Kilian ihn aus. »Okay. Punkt B: Skispringen von den Dünen. Dann hätten wir auch das Skifahren zumindest ansatzweise mit drin und könnten das Fest doch Skifest nennen.«

»Kili, bist du von Sinnen?« Fenna war entsetzt. »Die Dünen sind geschützt! Da darf man nicht einmal herumtollen, weil sie dann Gefahr laufen, einzustürzen. Außerdem sind sie für die Inseln überlebenswichtig bei Sturmflut. Wenn du da ein Skispringen veranstaltest, nimmst du der Insel den Hochwasserschutz. Außerdem würde man uns, und das zu Recht, anzeigen.«

Zerknirscht senkte Kilian den Kopf. Daran hatte er nicht gedacht. »Stimmt, das geht leider nicht. Da sind mit mir wohl die Pferde durchgegangen.«

»Ich glaube, ihr könnt gut allein weiterplanen«, sagte Kea.

»Wohin willst du denn?«, fragte Marie verdutzt.

»Ich lasse mir den Nordseewind um die Nase wehen. Wie es sich auf einer Insel so gehört!«

Marie nickte und wandte sich wieder an ihren kleinen Bruder. »Einsicht ist der erste Schritt. Und was hast du noch? Es muss doch etwas geben, was Langeoog oder die Bewohner und Tiere hier nicht zerstört oder schädigt.«

Kilian kratzte sich am Kopf und überflog seine letzte Eintragung. »Ja, dann bleibt nur Alkohol. Also C: Jagertee und Glühwein.«

»Mist!« Marie stützte das Kinn in die Handflächen. »Nur Alkohol als Programmpunkt für ein Fest ist sehr schwach.« Sie hieb mit der Handfläche auf die Tischplatte. »Es kann doch nicht angehen, dass alle unsere Ideen im Sande verlaufen. Kein Bungee-Jumping, weil es auf Langeoog derzeit keinen Kran gibt. Kein Fallschirmsprung, weil Günther Höhenangst hat. Und nun kein Skisprung von den Dünen, weil es die Umwelt schädigt. Wie zum Teufel soll er Oma dann den Antrag machen?«

»Vielleicht ist es gar keine so gute Idee, ein solches Brimborium darum zu machen«, überlegte Fenna. »Günther sollte einfach einen dicken Rosenstrauß kaufen und Jette fragen, ob sie ihn bis zum Ende ihrer Tage will oder nicht. Dann trinken und feiern wir, und alles ist gut. Herrgott noch mal, das muss doch klappen!«

»Lasst uns noch einmal in Ruhe nachdenken.« Marie kniff die Lippen fest zusammen. »Günther möchte doch etwas Besonderes, da müssen wir ihm helfen. Und weil uns nur Alkohol eingefallen ist, wäre es doch eine prima Idee, Rat von anderer Seite einzuholen, oder was meint ihr? Ich rede von einer erfahrenen Kraft.«

»Du meinst Frau Eberle?«

»Genau. Die ist sicher ziemlich fertig, weil Eberhard sich mit einem Mann verlobt hat. Bestimmt ist sie über ein bisschen Abwechslung ganz froh. Und für Hochzeiten ist sie Spezialistin.« Marie feixte. »Das war jetzt sogar genderkorrekt ausgedrückt. Ich lauf gleich mal zu ihr und weihe sie in unser Vorhaben ein. Und ihr beide kümmert euch um Horsti, der muss als Günthers bester Freund auch mit ins Boot. Der muss demnächst hier aufschlagen. Gemeinsam werden wir die Idee des Jahrhunderts für Günthers Antrag finden.«

Günther schippte am nächsten Morgen gerade wieder einmal Schnee, als Kilian auf ihn zusteuerte. Er wollte ihm in Kürze die Ideen vorstellen, die sie inzwischen für das Winterfest zusammengetragen hatten.

»Du hast in der Vergangenheit alles abgelehnt, was wir an Vorschlägen für deinen Antrag gemacht haben, nun arbeiten wir im Team auch mit Grete Eberle«, begann er. »Wenn Horsti eintrifft, kommt der auch noch mit ins Boot.«

»Hallo? Es sollte doch gar keiner wissen, was ich vorhabe!« Günther stellte die Schneeschaufel ab und wischte sich den leichten Schweißfilm von der Stirn.

»Wir müssen aber effektiv vorgehen, weil die Zeit drängt. Ewig wird der Schnee nicht liegen bleiben. Oder hast du selbst mittlerweile eine Idee?«

Günther nickte. »Die habe ich. Ich werde für Jette einen Schneemann bauen und dem ein Schild in die Hand drücken: ›Jette, willst du mich heiraten?‹« Die Idee war ihm vorhin gekommen. Und je näher er sie betrachtet hatte, desto lieber war sie ihm geworden. Die Vorschläge der Enkel hatten ihn bislang hoffnungslos überfordert. Er wollte weder mit dem Fallschirm irgendwo abspringen noch an einem Gummiseil herumbaumeln.

Marie war hinzugekommen und hatte seine letzten Worte gehört. Sie gab ihm einen Kuss auf die Wange. »Du bist so lustig, Günther. Willst du ernsthaft auf deine alten Tage einen Schneemann bauen und Jette *damit* beeindrucken? Das klingt zwar ganz süß, ist aber viel zu unspektakulär, das ist dir klar, oder? Du hast von etwas Besonderem gesprochen, daran müssen wir uns orientieren. Schneemänner kann jeder bauen.«

»Ich möchte aber bitte nichts Gefährliches«, bat Günther. »Ich bin kein Held, das weißt du.«

Marie drückte ihn einmal ganz fest. »Mein Held bist du. Und ich glaube, der von Oma Jette auch!« Damit zog sie von dannen und zerrte Kilian mit sich.

Günther starrte in den Schneesturm, der eher aufgefrischt war, als dass er nachgelassen hatte. Ob das gut ging? Am Ende wurden sein Antrag und das Fest ebenso wild wie das Wetter draußen.

Kurz vor Mittag klopfte es, und Grete Eberle huschte zu Jette ins Haus, Wally im Schlepptau. Beide hatten schon von dem kurzen Weg Schneehäubchen auf dem Kopf.

»Das ist ein Schietwetter«, sagte Walburga. Trotzdem trug sie ihre Pumps. »Sogar die Kutschen fahren nicht mehr. Ganz Langeoog pennt unter der Schneedecke.«

»Darf ich euch, äh, Ihnen einen Tee anbieten?«, fragte Günther. Er war von den Forderungen der Enkel gestresst. Hätte er Marie doch bloß nie etwas von seinen Absichten, Jette einen Antrag machen zu wollen, erzählt. Er hätte doch wissen müssen, dass sie das zur Chefsache erklären würde. Genau wie Jettes riesige Geburtstagsfeier im Sommer, wo schließlich alles, was Rang und Namen hatte, zugegen gewesen war.

»Gern nehmen wir Tee, Herr Meilenstein.« Grete Eberle zwinkerte Günther zu.

»Und du, Walburga?«, fragte Günther.

»Einen lütten, ja!«

Günther stand auf und stellte den Wasserkocher an.

Grete Eberle stand verdammt dicht hinter ihm. Günther war die Nähe unangenehm, zumal sie immer ein bisschen nach Vanille oder Gulasch duftete, den Essensgeruch aber mit ihrem Parfüm zu übertönen versuchte. Eine ungesunde Mischung. »Wollen wir nicht doch langsam zum Du wechseln?«, hauchte sie ihm nun in den Nacken. »Ich werde schließlich auf Langeoog bleiben, und wir werden deshalb noch viele schöne Stunden miteinander verbringen. Ich geh nicht zurück auf die Alb, es gefällt mir hier.«

Das klang wie eine Drohung, sollte aber vermutlich ein Versprechen sein. Günther drehte sich zu Grete um. »Ich bin der Lebensgefährte von Frau Blümerant«, wagte er einzuwerfen und trat demonstrativ einen Schritt zurück.

»So war das doch gar nicht gemeint, Günther. Nur ist mir da etwas aufgefallen…« Grete unterbrach sich und fixierte ihn, als wollte sie die Wirkung ihrer Worte testen.

Er seufzte innerlich. Noch mehr Frauen konnte er wirklich nicht verkraften. Günther wandte sich wieder dem Teekochen zu und beachtete Grete und ihr Gesabbel nicht weiter. Irgendwann würde sie schon aufhören.

Günther hoffte, dass Horsti gleich, wie verabredet, auftauchte und ihn aus dieser misslichen Lage befreite. Sein Freund hatte sich schon vor dem Schneesturm heimlich im Haus Bethanien im Schwedenhaus eingemietet, sich aber nicht gemeldet, weil er noch immer Angst hatte, Walburga gegenüberzutreten. Deshalb hatte er sogar auf das wunderbare Weihnachtsfest bei Jette verzichtet. Er war nach Walburgas Ansage, sie wolle mehr als nur einen zahlenden Vater, mit der Jacht verschwunden und hatte sich nur noch sporadisch gemeldet. »Ich weiß nicht, ob ich das kann, Günther. Heiraten. Kinder großziehen. Obwohl mir Wally nicht aus dem Kopf geht. Das ist mir noch nie passiert!«, hatte er heute Morgen am Telefon gesagt.

»Günther, du hörst mir ja gar nicht mehr zu?«

Er fuhr herum. »Doch, doch. Sieh, der Tee ist fertig.« Er balancierte die Kanne zum Tisch, froh darüber, dass Grete ihn nun nicht mehr belagern konnte. Er holte drei Tassen nebst Kluntje und Sahne.

Grete platzierte sich übers Eck neben ihm. Walburga stand noch immer am Fenster und hackte auf der Tastatur ihres Handys herum.

»Nun, was sagst du, wenn ich mich daran beteilige?«, fragte Grete.

»Woran willst du dich beteiligen?«, hakte Günther nach. Er schenkte der Nachbarin Tee ein. Wally ließ er in Ruhe. Sie konnte sehr ungehalten reagieren, wenn man sie beim Schreiben auf dem Handy störte. Nicht alle Frauen waren multitaskingfähig.

»Na, am Winterfescht, das deine Enkel planen.« Grete legte die Hand auf seinen Unterarm. »Die drei haben mich nämlich eingeweiht! Ich kenne mich schließlich aus mit Hochzeiten und auch mit dem Schnee. Auf der Alb haben wir immerhin jedes Jahr richtige Winter. Wally lerne ich an, sie ist ja so wissbegierig!«

Marie hatte also Ernst gemacht und Grete Eberle ins Boot geholt. So wissbegierig, wie seine Nachbarin tat, wirkte Walburga gerade nicht, aber Günther wollte Grete nicht widersprechen.

»Marie war gestern noch bei mir und hat erzählt, was du planst. Ich habe mir die ganze Nacht Gedanken gemacht. Das ziehen wir richtig groß auf. Ich kümmere mich um das leibliche Wohl auf dem Fescht. Und wenn du es geschafft hast, deiner Jette den Antrag zu machen, dann plane ich die Hochzeit.«

Eine Hochzeitsplanerin wie im Fernsehen hatte Günther gerade noch gefehlt!

»Ich weiß doch noch gar nicht, wann ich Jette fragen werde«, wehrte Günther ab. Grete strich ihm beruhigend über die Hand. »Dafür hast du ja jetzt mich. Wir kriegen das schon hin, nicht wahr, Walburga?« Die ploppte gerade eine rosa Kaugummiblase und schien nur mäßig an dem Thema interessiert.

Grete hingegen war Feuer und Flamme. »Weischt, Günther, wir machen eine große Hochzeit. Mit wunderbarer mehrstöckiger Torte. Kilian sagt, Horschti kann bestimmt ein Feuerwerk machen.«

Günther wurde heiß und kalt zugleich. Wer wusste schon, was Grete Eberle noch für romantische Ideen einbringen würde? Günther in Lederhosen oder im Schottenrock ohne was drunter? Das Winterfest war daher vorerst das ungefährlichere Terrain. Er musste schließlich nicht alles tun, was sie von ihm verlangten. »Wann soll das Fest denn losgehen?«

»Sobald das Wetter besser ist und man draußen wieder herumlaufen kann«, sagte Walburga, während sie ihre Nägel betrachtete.

Dann also erst im Sommer, frohlockte Günther mit einem scharfen Blick auf deren Pumps. Das würde ihm Luft verschaffen. Doch Gretes nächste Worte machten seine Hoffnung zunichte.

»Nur der Schnee muss für das Fest bleiben«, resümierte sie. »Laut Wettervorhersage passt es morgen oder übermorgen am Silvestertag. Da wir im kleinsten Kreis feiern, bekommen wir das hin. Die Menschenmassen haben die Kinder verworfen, damit es für dich nicht so anstrengend wird mit deinem Antrag. Du scheust viele Leute, hat Marie gesagt. Und die Sonne soll Silvester am längsten scheinen. Hat Kilian erforscht.«

Walburga gähnte. »Er hat das nicht geforscht, Grete, er hat im Netz Wetter.de gegoogelt. Ich brauch mal eine Nagelfeile.« Sie trollte sich.

»Nun sind wir zwei Hübschen allein.« Grete Eberle lächelte Günther gewinnend an und zog den Stuhl dichter zu ihm. Dabei legte sie ihre mehrfach beringte Hand auf sein Knie.

Günther zuckte zurück, wusste aber nicht, wie er Grete zurechtweisen sollte, ohne sie zu verärgern.

Sie kraulte sein Knie. »Bischt denn sicher, dass eine Eheschließung mit Jette das Richtige für dich ist, mein Lieber? Die Kinder haben mir erzählt, dass du es schon so lange vor dir herschiebst. Man muss kein Psychologe sein, um zu erkennen, dass das einen tieferen Grund haben muss.«

Günther stand ohne Rücksicht auf Gretes Hand abrupt auf. »Natürlich ist meine Jette die Richtige.«

»Woher weischt das?« Grete sah zu ihm auf.

»Weil es meine Jette sogar schon als Ente gab.«

Grete Eberle erbleichte. »Es gab Jette Blümerant schon als Ente?«, wiederholte sie fassungslos.

»Ja, als Indische Laufente. Es war die schönste in meinem Stall. Sie hatte ein so wunderbares Gefieder. Ich habe ihr einen Swimmingpool gebaut.«

Grete senkte den Blick. »Das klingt sehr überzeugend, Günther. Welcher Frau wird schon eine solche Ehre zuteil.«

»Nicht wahr?«, sagte er eifrig. »Jahrelang hatte ich Jette nachgetrauert. Du musst wissen, dass ich vor langer Zeit mal etwas … nun ja, suboptimal gestaltet habe, und zur Überbrückung habe ich dann meine Lieblingslaufente nach Jette benannt. Quasi in Memoriam an meine große Liebe. Und dann hat uns das Schicksal wieder zusammengeführt.« Er senkte den Kopf. »Allerdings unter tragischen Umständen.«

»Was denn für Umstände?« Grete klang eher neugierig als mitfühlend.

»Meine Enten-Jette wurde das Opfer eines Motorradfahrers, der sich in unsere Sackgasse in Blersum verirrt hat. Jette war einfach zu neugierig. Und dann war sie platt wie eine Flunder. Jedenfalls habe ich mich nach dem Tod der Enten-Jette endlich dazu aufraffen können, zur echten Jette nach Langeoog zu fahren. Der Auslöser war demnach der unglückliche Tod ihrer Namensvetterin.«

»Wirklich tragisch«, sagte Grete nur.

Günther setzte sich wieder, aber sie machte nun keine Anstalten mehr, sein Knie zu betatschen. Erleichtert nippte er an seinem Tee.

Grete räusperte sich, und ihre Stimme bekam einen geschäftigen Ton. »Nichtsdestotrotz, mein Lieber, werde ich mich an dem Fescht beteiligen. Mit einer wunderbaren schwäbischen Suppe. Es ist mir eine besondere Freude. Vor allem, wenn ich danach die Hochzeit mit vorbereiten kann.« Sie senkte den Kopf. »Hast sicher schon gehört, dass mir eine solche Hochzeit im eigenen Familienkreis nicht vergönnt ist.«

»Weil Eberhard Victor heiratet?«

»Ja.« Grete schien plötzlich den Tränen nahe.

Günther fühlte sich berufen, die Nachbarin zu trösten. »Grete«, sagte er, »du kannst doch auch die Hochzeit für deinen Sohn gestalten. Wo ist der Unterschied?«

»Er ist ein Kerl und will einen Kerl heiraten. Das macht man doch nicht.«

Günther schmunzelte. »Nicht jeder Mann, aber eben dein Sohn!«

»Nein, Günther«, Grete schluckte, »es soll gar keiner merken, dass er heiratet. Es darf nicht einmal bekannt werden, dass sie ein Paar sind! Am Ende lacht jemand über mich.« Sie konnte ihre Tränen nicht mehr zurückhalten.

Nun war es Günther, der ihre Hand nahm und sacht an seine Lippen drückte. »Alles wird gut, Grete«, flüsterte er.

In dem Augenblick ging die Küchentür auf, und Jette trat ein.

Walburga sah nur Glitzer. Im Flur. An den Wänden. An Mimis Schloss. Auf dem Fußboden. Was sie nicht sah, war Mimi.

»Wo bist du, mein Liebling?« Walburga zog die Pumps aus und krabbelte auf dem Fußboden herum. Sie suchte ihren Hund unter dem Bett, im Schrank und auch in Mimis kleinem Neuschwanstein. Doch der Chihuahua war verschwunden.

Seit sie im Herbst von der Babykatze gejagt worden war, benahm sich Mimi nicht mehr normal. Eher wie ein Hund, nicht wie ihr Spielzeug. Mimi glaubte, den Kampf gegen das Krallentier gewonnen zu haben (die Katze war am Ende aber geflüchtet, weil Kilian sie weggejagt hatte), und schien seitdem der Ansicht zu sein, sie hätte Kräfte wie ein Wolf. Jede Katze wurde so lange verbellt, bis Mimi heiser war und Hustensaft brauchte.

Doch wo war sie jetzt? Mimi konnte sich schließlich nicht in Luft aufgelöst haben. Ganz abgesehen davon, dass Grete dieses Durcheinander alles andere als komisch finden würde. Walburga warf einen Blick aus dem Fenster und entdeckte Jette Blümerant, die gerade trotz des heftigen Schneefalls aus dem Haus stürzte. Ihrem Gesichtsausdruck nach war sie ziemlich wütend. Als Walburga sich schon abwenden wollte, sah sie eine kleine Glitzerkugel auf Jette zustürzen. Sie sprang an deren Bein hoch, sodass Jette gar nicht anders konnte, als sie aufzuheben.

Walburga war erleichtert. Mimi war zwar als Hund überhaupt nicht mehr zu erkennen, aber sie schien unversehrt.

Walburga wagte sich in den Flur, dort sah man anhand der Glitzerspur sehr deutlich, wo Mimi überall entlanggestürmt war. Oje, was hatte ihr Hund nur angestellt?

Walburga stöckelte zur Haustür, sie wollte Jette Blümerant von ihrem Glitzerhund befreien. Kaum hatte sie die Klinke in der Hand, stand Jette auch schon vor ihr.

»Dein Hund ist eine Fee!«, sagte Jette, während sie Walburga Mimi in die Hand drückte. »Und meine Laune ist schneidend schlecht. Nimm den Hund, oder ich brate ihn auf dem Grill!«

Walburga nahm Mimi verdattert auf den Arm und blickte Jette nach, deren Hose in Sternenstaub gebadet schien.

Kurz darauf kam Kilian um die Ecke geschossen. »Das sieht so cool aus, Wally! Das bauen wir ins Winterfest mit ein! Mimi als Sternenfee, deren Spur wir folgen müssen.«

»Jette ist mal wieder schräg drauf«, murmelte Walburga. »Ich glaube aber nicht, dass das nur an meiner Mimi liegt.«

Kilian erbleichte. »Schon wieder Stress? Und das jetzt, so kurz vorm Ziel?«

»Scheint so. Da habt ihr euch ja ganz schön was vorgenommen mit dem Antrag. Ich geh dann mal Mimi entglitzern.«

Kilian ging mit gesenktem Kopf rüber zu Jettes Haus, wo er seiner Mutter in die Arme lief.

Günther saß zerknirscht in der Küche. Grete hatte sich zwar gleich erhoben, als Jette den Raum betrat, aber leider war sie nicht sofort gegangen. Dafür hatte Jette sich die Jacke übergeworfen und war rausgestürmt. Deshalb hatte Günther Grete schließlich gebeten, zu gehen. Warum nur passierte ihm ständig so ein Mist? Er und Grete Eberle! Das war doch ein Witz! Jette konnte das unmöglich glauben!

»Du hast ja auch gedacht, sie mag diesen Zwiebelmann«, murmelte Günther.

Die Tür schepperte, und Kilian stürmte mit Kea rein. »Was ist denn nun schon wieder passiert?«

Günther beschloss, gar nicht erst um den heißen Brei herumzureden, und berichtete, was geschehen war. »Was hätte ich denn tun sollen? Sie hätte mich zerlegt, wenn ich sie weggestoßen hätte!«, endete er.

Kilian schüttelte den Kopf. »Ich glaube, ich will lieber gar nicht erwachsen werden. Mir ist das alles zu kompliziert. Oma glitzert übrigens, sie ist versehentlich Wallys Hund begegnet, und der sieht aus wie eine Sternenfee.«

Bevor Günther etwas darauf erwidern konnte, kam Jette ins Haus zurück. Sie feuerte ihren Schal in die Ecke und schleuderte die Jacke gleich hinterher.

»Was hast du dir dabei gedacht?«, fauchte sie Günther entgegen. In ihrem Haar klebte tatsächlich Glitzer. »Also bitte, was war das? Ich kann mir beim besten Willen nicht vorstellen, dass du auf *diese* Frau stehst!«

Günther lächelte schief. »Nein, da gibt es zu oft Spätzle, und es geht nichts über deine Klöße, Jettelein!«

Kea rollte mit den Augen. Das war wohl wieder die falsche Bemerkung, aber Jette brach in schallendes Lachen aus.

»Ach Günther«, sagte sie versöhnlicher. »Also, wie ist es dazu gekommen, dass du Frau Eberle die Hand küsst?«

Günther erzählte auch ihr zerknirscht, was passiert war. »Hör zu, ich gehe als Versöhnungsangebot heute Nachmittag und morgen früh mit dir in den Laden. Ein bisschen Hilfe kannst du bestimmt gebrauchen. Ich mache alles, sogar fegen!«

Jette nickte, und Günther war sehr zufrieden mit sich. Solche Versprechen besänftigten sogar Frauen wie sie.

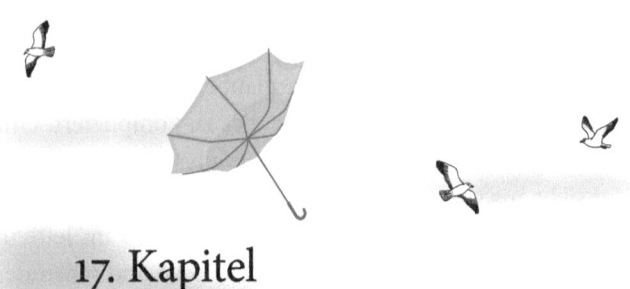

17. Kapitel

Der nächste Morgen zeigte sich kalt, aber sonnig. Die ganze Insel lag unter einer glitzernden Schneedecke, die Wege waren vereist. Horsti hatte sich gestern Abend tatsächlich in Jettes Haus gewagt und war erleichtert, dass ihn keiner auf Wally angesprochen hatte. Denn es drehte sich alles nur um den Heiratsantrag.

Nachdem die Kinder ihn stundenlang eingenordet hatten, hatte er sich noch intensiv mit Günther über das Winterfest ausgetauscht, und er war zu dem Entschluss gekommen, dass sein Kumpel wirklich so rasch es ging unter die Haube kommen musste. Günther stand unter unsäglichem Stress, was er als sein bester Freund natürlich nicht gutheißen konnte.

Horsti musste sich eigentlich sputen, denn er hatte gleich einen Termin mit Marie und Kilian, um das Ganze festzuzurren. Aber zunächst wollte er das herrliche Frühstücksbuffet im Speisesaal vom Haus Bethanien genießen. Mit vollem Bauch war er einfach kreativer.

Anschließend machte Horsti sich auf den Weg zu Oma Jettes Haus. Sie war so kurz vor Silvester wegen des zu erwartenden Andrangs von Kunden in ihrem Lädchen voll beschäftigt und würde nicht stören. Günther ging ihr dabei heute zur Hand. Er hatte einige Wogen zu glätten, denn sein Händchenhalten mit Grete Eberle war bei Jette nicht gut angekommen, wie Günther Horsti gestern noch kurz erzählt hatte. Er hatte seinem Freund selbstverständlich noch den einen oder anderen Tipp gegeben, mit dem er als Frauenversteher gute Erfahrungen gemacht hatte. So etwas wie »Du musst ihr jetzt das Gefühl geben, dass sie die Größte für dich ist! Bewundere ihre Strickmodelle, koch ihr Tee«. Lauter wesentliche Lebensweisheiten eben.

Nicht alle hörten allerdings auf ihn. Als er Marie am Telefon angesichts der ernsten Situation vorgeschlagen hatte, im Haus Bethanien den Saal anzumieten, damit ihre Besprechung einen wirklich offiziellen Touch hatte, also ein echtes Meeting war, hatte sie zunächst fassungslos geschwiegen und sich danach fast totgelacht. »Einen Saal für drei Leute? Finde ich *oversized*.«

Sie war eben zu jung, um das zu verstehen.

Horsti betrat Jettes Haus, und bald darauf hockten sie mal wieder um den Küchentisch, dem Mittelpunkt des Hauses Blümerant.

Kea nickte ihm zu. Dass Jettes Tochter auch da war, behagte ihm gar nicht. Die konnte noch bissiger sein als ihre Mutter, das hatte er im Sommer zur Genüge erfahren.

»So, morgen findet das Fest statt. Günnis Schonfrist ist vorbei!«, begann Marie. Sie hatte einen Stapel Blätter vor sich liegen. Darauf waren etliche Gemälde zu sehen. »Hab mich schon vorbereitet.«

»Ich mich auch«, sagte Kilian, der sein blaues Buch vollgekritzelt hatte und nun einen Malblock daneben platzierte.

»Was genau habt ihr vor?«

Marie fasste mit wenigen Worten zusammen, was sie gestern Nachmittag schon mit Grete Eberle besprochen hatte. »Und weil Fenna ständig mit ihren Bedenken kam und wir deshalb zum Beispiel nicht von den Dünen springen können, haben Kilian und ich gestern Abend beschlossen, in Omas Garten eine Skisprungschanze zu errichten.«

»Meine Bedenken waren ja auch berechtigt«, sagte Fenna.

Horsti schürzte bedenklich die Lippen. »In Omas Garten? Wer soll denn da runterspringen?«

»Na Günni, wer sonst?«, kam es von Marie und Kilian.

»Und zwar einen einzigen und finalen Sprung«, ergänzte Fenna. »Wir wissen ja nicht, ob eine solche Selfmade-Rampe einem weiteren gewachsen wäre. Außerdem würde es das Alleinstellungsmerkmal verwässern.«

Horsti kratzte sich am Kopf. Er hielt die Idee für sehr gewagt. Zumindest mit Günther als Protagonisten. »Und was ist das Ziel, wenn er springt?«

Kilian zog die Brauen hoch. »Na, ist doch klar! Er soll Omilein vor die Füße springen. Also ihr zu Füßen liegen.«

»Da macht er ihr dann den Antrag«, sagte Marie. Sie schienen sehr zufrieden mit der Idee. Diskutieren würde vermutlich zwecklos sein.

»Ist das nicht gefährlich?«, wandte Kea besorgt ein. »Günther ist doch nicht mehr der Jüngste. Und vor allem nicht der sportlichste Typ. Nein, Kinder, davon lasst mal hübsch die Finger!«

»Das ist ja nicht hoch«, versuchte Fenna ihre Mutter zu beruhigen. »Bleib cool! Ich dachte, wir sollten kreativ sein?«

»Und ihr meint, Günther hüpft da wirklich runter?«, fragte Horsti mit zweifelndem Blick.

»Ja«, sagte Marie, »denn jetzt kommt unsere Geheimwaffe. Dann kann er gar nicht anders.«

»Was für eine Geheimwaffe?«

»Na, Grete Eberle«, erklärte Kilian.

»Grete Eberle soll eine Geheimwaffe sein?« Horsti sah in der Frau alles, aber keinen Joker. »Wäre Wally da nicht besser geeignet?« Wally – warum wurde ihm immer warm, wenn er ihren Namen nur sagte?

Marie winkte ab. Kilian hingegen nickte unmerklich, mischte sich aber nicht ein.

Kea startete einen letzten Versuch, das alles zu stoppen. »Ich will wirklich keine Spielverderberin sein, aber ich glaube nicht, dass das eine gute Idee ist.«

»Mama, du wolltest lockerer werden, das hast du mir fest versprochen.« Marie sah ihre Mutter flehend an, und so schwieg Kea schließlich.

Fenna holte tief Luft. »Frau Eberle wird für das leibliche Wohl sorgen. Sprich, sie hat nicht nur gutes und deftiges Essen am Start, sie wird auch Glühwein und Jagertee vorbereiten.«

»Und wozu soll das gut sein?«, hakte Horsti nach. »Was ist an schwäbischer Kost und Alkohol denn als Geheimwaffe zu verstehen?«

Marie rollte wieder mal mit den Augen, aber Kilian kam ihr zuvor. »Horsti, das lockert die Aktion auf. Also, der Glühwein und der Jagertee. Mit ein oder zwei Bechern intus wird Günni mutig genug für diesen Schritt sein. Und Oma friert nicht so doll, wenn sie Jagertee im Blut hat.«

»Okay«, meinte Horsti. »Aber es gibt doch noch einige Hindernisse zu überwinden.«

»Deshalb haben wir ja gerade ein geheimes Meeting.« Marie sah Horsti ernsthaft an. »Ich glaube, ich weiß, was du meinst. Du denkst an die fehlenden Skier?«

»Unter anderem.«

Kilian senkte die Stimme. »Genau dafür haben wir schon eine Lösung gefunden. Günther wirft ja nichts weg.«

Horsti ahnte Schlimmes. »Ihr meint nicht das, was ich gerade denke?«

Marie sah ihn fragend an.

»Die alten Skier aus den Siebzigern? Ihr redet von den alten Dingern?«

Kilian nickte. »Wir sprechen bestimmt von denselben, aber du liegst mit der Einschätzung des Alters falsch.« Er sah Horsti über den Rand seiner Brille hinweg an. »Ich habe das nämlich schon rekonstruiert. Sie sind älter. Also etwa aus dem Jahrgang wie das Zelt. Die Skier, die Günther aus Blersum mitgebracht hat und die auf dem Dachboden liegen, stammen aus dem Jahr 1964.«

»Das gibt es doch gar nicht!«, stieß Horsti aus. »Die hat er noch? Damit waren wir damals auf dem Grünten im Allgäu Skifahren.« Er runzelte die Stirn. »Aber die Bindung …«

»Ziemlich verrostet, darum musst du dich gleich kümmern.« Kilian hakte einen Punkt auf der Liste ab.

»Zum Skispringen muss es aber eine andere Bindung sein als zum Abfahrtslauf. Das geht sonst nicht. Günther bricht sich das Genick!«

»Du kriegst es schon hin, dass er das nicht tut«, entgegnete Kilian ungerührt, als er den besorgten Blick von Horsti bemerkte. Er sah auf die Uhr. »Du hast noch exakt 20 Stunden und fünf Minuten Zeit.«

Als Jette am Nachmittag aus dem Lädchen kam, sah sie Marie, Kilian und Horsti im Garten arbeiten. Ihre Tochter stand ein wenig abseits und betrachtete das Geschehen mit skeptischem Blick.

Günther hatte den Laden schon etwas eher verlassen, weil er sich ausruhen wollte. Jette wischte über ihren Ärmel. Noch immer klebte überall an ihrer Jacke dieses Glitzerzeug. Mimi hatte irgendein Bastelspiel in Walburgas Zimmer bei Frau Eberle auseinandergenommen. Womit sich die junge Frau aber auch beschäftigte! Gut, dass eine Schwangerschaft nicht ewig dauerte, und gut, dass Walburga bei Grete Eberle einen Zweitwohnsitz gefunden hatte. Sie die ganze Zeit zu ertragen, wäre schwierig.

Jette hatte es bislang vermieden, Walburga darauf anzusprechen, wie es nach der Geburt weitergehen sollte. Walburga zusammen mit ihrem Baby in der Kemenate hatte in Jettes Vorstellung etwas von einem Gruselkabinett. Womöglich besprühte sie das kleine Ding auch mit diesem Glitzerzeug, damit es einer Prinzessin ähnelte. Der Herr mochte verhüten, dass es ein Mädchen wurde!

Mittlerweile war Jette bei den anderen angelangt. Die drei waren mit Schneeschaufeln und weiterem Gerät bewaffnet. Es hatte etwas Gemütliches, und Jettes Laune besserte sich urplötzlich.

»Baut ihr ein Iglu?«, rief sie fröhlich. Im nächsten Moment sah sie, dass auch Günther dabei war. Sie hatte ihn zuerst nicht entdeckt, weil er hinter der Hausecke einen Schneemann baute.

»Überraschung!« Marie winkte ihr zu.

Grete Eberle trat aus ihrem Haus. Sie trug eine rote und eine blaue Thermoskanne in den Händen. Ihr folgte Walburga, die ein Tablett mit Bechern ausbalancierte.

»Eine kleine Stärkung!«, rief Frau Eberle. »Es dämmert schließlich, und es wird von Minute zu Minute kälter.« Walburga verteilte die Getränke. »Ich nehme nichts. Der Alkohol darin ist zwar verkocht«, sagte sie mit einem Augenaufschlag in Kilians Richtung, »aber als Schwangere muss man an sein Kind denken. Alkohol ist schädlich.«

Grete Eberle schlug die Hände über dem Kopf zusammen. »O Gott, nun habe ich den Kinderpunsch drinnen stehen lassen! Ich habe ihn eigens gemischt. Mit ganz vielen Gewürzen.« Sie huschte durch die Gärten zurück ins Haus und kehrte mit einer weiteren roten Kanne wieder, die sie zu den anderen auf einen kleinen Gartentisch stellte. Dann betrachtete sie die schon weit gediehene Schanze mit ihrem schwäbischen Kennerblick.

»Schaut super aus! Aber jetzt ist Pause angesagt, und wir trinken was. Das hält alle warm.« Sie musterte die drei Kannen, fragte, wer Glühwein oder Jagertee oder Kinderpunsch haben wollte, und schenkte allen ein.

Marie, Kea, Kilian und Walburga bekamen den Punsch aus der zweiten roten Kanne. »Müsst ihr echt probieren, das alte Hausrezept ohne Alkohol! So was können wir Schwaben gut.«

»Ich muss morgen früh, auch wenn Silvester ist, noch in den Laden«, sagte Jette. »Ich trinke lieber den Kinderpunsch.«

»Ach du liebe Güte, Frau Blümerant. Da hätte ich Sie ja glatt vergessen!«

Jette hielt Frau Eberle den Becher hin, wandte sich aber kurz ab, weil sie Fenna aus dem Haus kommen sah.

Jette kostete die braune Flüssigkeit, die Grete ihr eingeschenkt hatte. »Schmeckt gut«, sagte sie. Sie meinte es ernst, denn obwohl kein Alkohol enthalten war, hatte das Getränk einen kräftigen Geschmack und war nicht zu süß. Jette leerte ihren Becher in einem Zug. Sie war nicht so dick angezogen wie die anderen, und Gretes Heißgetränk wärmte angenehm von innen. Und es schmeckte gut. So wie alles von Grete Eberle.

Nach dem dritten Becher fühlte Jette sich wunderbar leicht. Ihr war eigentlich, als würde sie schweben. Nur leider fanden das ihre Füße nicht. Irgendwie bekam sie die nicht in die richtige Schrittfolge. Setzte sie einen Fuß vor, bewegte sich der Körper in die andere Richtung, und sie musste mit den Armen rudern, damit sie das Gleichgewicht halten konnte. Jette versuchte es erneut. Vorsichtig machte sie den nächsten Schritt. Und dann noch einen. Und noch einen. Jette kicherte, weil sie das richtig komisch fand. Wie überhaupt alles um sie herum. »Die Schanze ist wirklich der Hammer! Und der Schneemann erst!«, rief sie aufgekratzt. Ihre schlechte Laune war wie weggeblasen. Was für einzigartige Gewürze Frau Eberle verwendete! Sie musste später mal nachfragen, was genau sie da hineintat, Geheimrezept hin oder her. »Das Rezept brauche ich. Bestimmt hat sie Hasch reingetan, ich glaube nämlich, ich fliege!« Jette kicherte wieder, als sie nun doch über ihre eigenen Füße stolperte und sie Gretes bitterbösen Blick bemerkte. »Ich verwende doch keine illegalen Sachen, Frau Blümerant!«

Günther sah Jette erstaunt an. »Ist alles gut bei dir, Jettelein?«

»Aber klar, mein Dickerchen. Ich bin einfach gut drauf!« Jette kamen ihre Worte selbst ein bisschen verwaschen vor, aber was sollte es?

Günther umfasste Jette von hinten. »Ich glaube, wir gehen mal rein, Jettelein. Auf dem Sofa geht es dir bestimmt gleich besser.«

»Was? Wieso denn? Ich fliege doch gerade!« Jette nahm die Arme auseinander und spielte, laut brummend, Flugzeug. Allerdings kam sie nicht weit. Eine kleine Unebenheit im Garten stoppte ihren Höhenflug abrupt und ließ sie kopfüber in den Schnee fallen.

Vom Rest des Abends bekam sie nichts mehr mit.

Jette schmerzte der Schädel, wenngleich der Druck immer mehr nachließ. So ähnlich oder gar schlimmer musste Günther sich gefühlt haben, als sie ihn damals ins Zelt verbannt hatte. Stumm gab Jette eine Litanei an Entschuldigungen dafür von sich. Günther war jedoch sehr fürsorglich und schien sich nicht an ihr rächen zu wollen. Er holte Jette einen Eimer, er kühlte ihr Gesicht und brachte Tee, als es langsam bergauf ging.

»Wie konnte das nur passieren, Günther?«

»Grete hat die Kannen verwechselt«, sagte er. »Du hast gestern fast einen Liter Jagertee getrunken. Und wir haben lediglich die Plörre abbekommen und uns gewundert, warum wir gar nichts merkten.«

Jette stöhnte auf. »Und Kilian? Und Wally? Eine Katastrophe, er ist doch ein Kind! Und Walburga ist schwanger! Herrje!«

Günther konnte Jette beruhigen. »Kilian hat nur einen Becher genommen und einmal genippt. Er mochte das Zeug nicht. Sagt, er hätte es heimlich weggeschüttet. Walburga ist sowieso übel, ob mit oder ohne Alkohol. Aber sie hat ohnehin nichts getrunken.«

Jette setzte sich langsam auf. »Dann bin ich ja beruhigt. Aber was ist das für ein Zeug, das sie da gebraut hat? Ich dachte wirklich, ich könnte fliegen.«

»Konntest du nicht.« Günther lachte laut, holte Jettes Handspiegel von der Kommode und hielt ihn ihr hin. »Sieh dir deine Nase an.«

Jette blickte hinein und entdeckte einen dicken roten Kratzer, der sich quer über ihr Gesicht zog. Die Nase war leicht geschwollen. »Wie sehe ich denn aus?«, fragte sie konsterniert.

»Jedenfalls nicht wie eine Frau, die fliegen kann.« Günther nahm ihr den Spiegel wieder ab. »Du bist kopfüber im Schnee gelandet.«

»Wie unangenehm!« Jette wäre am liebsten in Grund und Boden versunken. Sie musste sich völlig lächerlich gemacht haben.

»Und wie geht es dir jetzt? Kannst du aufstehen?«

Warum klang Günther so flehend?

»Hast du noch was vor, oder warum fragst du?«

»Jette, wir haben für heute doch das Winterfest geplant. Gestern war eigentlich nur Aufbau.«

Jette ruckelte sich im Bett hoch. Der Schwindel war vorbei, die Übelkeit verschwunden. Ihr Magen knurrte sogar ein wenig. Nur der Kopf drückte noch etwas. »Stimmt. Ich erinnere mich.«

Es half nichts, sie musste aufstehen, ob sie Lust hatte oder nicht.
»Und Walburga geht es wirklich gut?«, hakte sie nach.

»Ja, warum fragst du?«

Jette stand vorsichtig auf und tastete sich zum Schrank. Sie musste dringend duschen und etwas Frisches anziehen. Es war kalt, da war es gut, einen dicken Pullover zu wählen. »Mit ihr stimmt doch etwas nicht«, antwortete sie, während sie das Schrankfach durchforstete. »Oder wie siehst du das?«

»Ich sehe gar nichts.«

Jette seufzte. »Genau das meine ich, Günther. Man sieht nichts! Ihre Schwangerschaft müsste jetzt schon so weit fortgeschritten sein, und man erkennt nichts, auch wenn sie so tut, als hätte sie einen Bauch. Unter den Pullis ist alles flach.« Jette hatte ihren Norwegerpullover gefunden.

»Soll es ja geben«, brummte Günther. »Dass man nichts sieht.«

Jette schüttelte den Kopf, hielt aber sofort inne, weil ihr schwindelig wurde. »Das gibt es eben nicht. Wenn sie wirklich schwanger ist, müsste man das mittlerweile sehen. Wenigstens ein bisschen.«

»Ich weiß nicht«, sagte Günther zögernd, »ich glaube, bei Elefantenkühen ist das auch erst sehr spät sichtbar, wenn überhaupt.«

»Wobei deine Nichte kein Elefant ist und ihre Figur wohl eher der einer Gazelle gleicht – wenn du unbedingt einen Vergleich zur Tierwelt ziehen möchtest. Mit Walburga ist etwas faul, und wir fallen alle darauf rein.« Sie küsste Günther auf die Nasenspitze. »Ich gehe jetzt duschen. Nicht, dass Frau Eberle, ach nein, für dich ja Grete, wieder ihre Chance kommen sieht, weil ich nicht zurechnungsfähig bin.« Sie ging zur Tür, drehte sich dort aber noch einmal um. »Kannst du mir einen Beutel Aspirin holen? Ich muss schließlich nicht nur für das Winterfest einen klaren Kopf haben. Auch für die Silvesterfeier heute

Abend möchte ich noch viel vorbereiten. Wir wollen schließlich schlemmen, so wie sich das für einen guten Silvesterabend gehört. Den Laden lasse ich heute doch einfach zu. Wie spät ist es denn?«

»Gleich elf, Jettelein.«

»Elf!«, stieß Jette aus. Wie sollte sie die Vorbereitungen bis zum Abend schaffen? Und das mit ihrem Brummschädel! Hoffentlich wirkte das Aspirin schnell.

»Du musst nichts mehr vorbereiten, das haben wir alles übernommen. Du brauchst nur noch genießen!«

Jette sah Günther argwöhnisch an. »Was habt ihr vorbereitet? Etwa mit meinen Vorräten?« Immerhin war sie gestern noch einkaufen gewesen.

Günther senkte den Kopf.

Also doch. Sie führten wieder allesamt etwas im Schilde, und sie, Jette, musste es am Ende ausbaden.

»Pass auf«, sagte Günther. »Du wirst dich, nachdem ich dir was gegen die Kopfschmerzen gebracht habe, noch ein Stündchen ausruhen. Dann hole ich dich. Es ist für alles gesorgt. Vertrau mir!« Günther bemühte sich um einen festen Blick, aber Jette entging das Flackern darin nicht.

»Ich gehe jetzt erst duschen. Ob ich mich anschließend aufs Sofa lege oder das Haus putze, entscheide ich dann.«

18. Kapitel

Marie hüpfte aufgeregt auf und ab. Dann erklomm sie die Schanze ein weiteres Mal und hüpfte sogar darauf herum. Es zeigten sich dabei zwar leichte Risse, aber für den einen wichtigen Sprung würde sie auch Günthers Gewicht aushalten. Wichtig war nur, dass die Schanze rechtzeitig fertig geworden war.

»Gut, dass wir das Schlittenhunderennen und die anderen Sachen gestrichen haben«, murmelte sie. In der Kürze der Zeit wäre das undurchführbar gewesen.

Der Tisch für Glühwein und Jagertee war aufgebaut, Günther hatte aus seinen Reserven tatsächlich noch ein altes Versorgungszelt ausgegraben, das nun in tristem Grün darüber thronte. Es sah scheußlich aus, aber es erfüllte seinen Zweck, denn es hielt den noch immer scharfen Ostwind ab.

»Hoffentlich geht es der Frau Blümerant gleich besser«, jaulte Frau Eberle nun, nachdem sie neben Marie getreten war. »Wenn ich doch nur die Kannen richtig hingestellt hätte!«

»Hätte, hätte, Fahrradkette«, murmelte Marie. Sie war wirklich sauer, denn beinahe wäre der ganze Plan dadurch gekippt. Günther hatte aber eben mit erhobenem Daumen aus der Haustür gesehen. Oma duschte, die Kuh war vom Eis.

»Ich mach schon mal die Suppe warm«, hörte Marie die Nachbarin sagen. Sie hatte aus dem Außenanschluss mehrere Kabel zum Zelt verlegt.

»Dürfen wir das Winterfest auch mitfeiern?«, fragte plötzlich eine Stimme hinter Marie.

Sie drehte sich rasch um und sah Eberhard und Victor auf sich zukommen. »Klar, warum nicht?«, antwortete sie spontan. »Wer sollte denn etwas dagegen haben?«

»Meine Mutter!« Eberhard wies auf Frau Eberle, die sich mit dem riesigen Topf Suppe abmühte und froh war, als Günther ihre Schwierigkeit erkannte, und ihr zu Hilfe eilte.

»Weil Sie einen Mann heiraten?«, fragte Marie aufs Geratewohl. »Findet sie das doof?«

»Ja, ihr ist das peinlich, und es wäre ihr lieber, wenn wir uns nicht in der Öffentlichkeit zeigen. Aber das hier« - Eberhard wies auf den kleinen »Festplatz« - »ist ja nicht öffentlich, sondern eher eine familiäre und nachbarschaftliche Angelegenheit, oder?«

Marie feixte. »So ist es. Also, von mir aus können Sie heute den zweiten Heiratsantrag des Tages loswerden. Aber bitte lassen Sie Günni den Vortritt. Sonst wird das nichts, womöglich traut er sich dann nicht mehr.«

»Den Antrag habe ich Victor schon vor geraumer Zeit in trauter Zweisamkeit gemacht. Aber wir würden gern dabei sein. Sag übrigens du.«

»Gern. Ich bin Marie. Wollt ihr mithelfen? Da vorn muss noch der Grill aufgebaut werden. Günther hat schon begonnen. Und Horsti kommt auch gerade.«

Fenna half Frau Eberle jetzt beim Umrühren und Erwärmen der Suppe, Kilian lief wie ein Bauleiter von einem Einsatzort zum nächsten und kontrollierte, ob alles richtig vonstattenging.

Dann trat Walburga in einem eisbonbonfarbenen Schneeanzug mit weißen Zottelfellschuhen aus dem Haus. Ihre Kaugummiblase hatte die passende Farbe zum Outfit und im Haar trug sie eine Sonnenbrille. Sie sah aus, als wolle sie als Skihaserl auf die Piste.

»Nun, das macht doch schon richtig was her«, sagte sie und ließ die Kaugummiblase noch einmal ploppen. Ihr Zeichen für höchste Anerkennung. »Aber die Sonne scheint nicht. Da hat Kilian wohl falsch geforscht, was? Ich sehe nur dicke Wolken.«

»Er kann doch nichts dafür, wenn die Wetterfrösche was Falsches ansagen. Aber für uns ist es gut, weil so die Fackeln besser wirken.« Marie musterte Walburga mit schräg gelegtem Kopf. Der Anzug saß wie angegossen, betonte ihre schmale und zugleich kurvige Figur. Walburga sah aus wie ein Model. Oder wie ein Filmstar. Nur schwanger, nein schwanger wirkte sie weiß Gott nicht.

Victor stieß Eberhard an, die beiden tuschelten.

Weil Walburga von den anderen nur gleichgültige Blicke erntete – Horsti widmete sich rasch den Grillkohlen, als sie durch den Garten stolzierte –, ging sie auf Kilian zu. Der unterbrach seine Kontrollaufgaben sofort, als seine Angebetete vor ihm stand. »Kann ich was für dich tun, Wally? Brauchst du eine Sitzgelegenheit?« Er huschte geschäftig los, ohne Walburgas Antwort abzuwarten, und organisierte einen Gartenstuhl. »So geht das nicht, es ist zu kalt. Schwangere müssen die Nieren warm halten.«

Woher weiß der so was?, fragte sich Marie kopfschüttelnd.

Kilian kam mit einer Auflage und einer dicken Wolldecke wieder. »Jetzt hast du es bequem, Wally.«

»Danke, Kilian, wenigstens einer, der sich um mich sorgt.«

Kilian holte ihr auch noch einen warmen Kakao aus dem Versorgungszelt und spielte sogar den Vorkoster, damit nicht wie gestern etwas vertauscht wurde. Heute durfte nichts schiefgehen!

Von nebenan schlurfte nun auch Julius Zwiebell heran. »Was veranstaltet ihr denn hier? Ein Nachbarschaftsfest ohne den Nachbarn zur Linken?«, dröhnte seine Stimme. »Wehe, es wird gleich zu laut, dann hole ich den Inselpolizisten.«

Günther trat ihm entgegen und bleckte seine Zähne wie der Terminator. »Es ist Silvester, Herr Zwiebell. Da darf man so richtig lange und so richtig viel Lärm machen.«

Julius stieß wütend die Luft aus. »Gut, dass ich diese idiotische Insel in ein paar Tagen verlasse. Hier ist man ja nur von Irren umgeben!« Dann stapfte er zurück und zog in seinem Haus demonstrativ die Gardinen zu.

»Schade, dass er keine Rollladen hat, dann wäre sein Auftritt noch effektiver gewesen!« Victor grinste.

Nun hatte auch Frau Eberle die Ankunft ihres Sohnes bemerkt.

»Ihr solltet im Haus bleiben!«, herrschte sie die beiden an.

»Mutter, wir haben keine ansteckende Krankheit, wir lieben uns nur und wollen heiraten. Mehr nicht.« Eberhard ging zu ihr und legte seinen Arm um sie. »Gib dir einen Ruck!«

»Also, wir freuen uns, wenn die beiden das Winterfest mitfeiern«, sagte Horsti, und alle anderen stimmten ihm zu.

Da blieb Grete nichts anderes übrig, als nachzugeben. Allerdings rührte sie die Suppe anschließend etwas heftiger um.

Um Punkt eins war alles fertig. Günther hatte sich bereits zum Umziehen zurückgezogen. Per Express hatte er im Internet einen neuen Skianzug bestellt, doch leider kam er sich vor wie in einer Plastikwurstpelle. Aber das war nun nicht mehr zu ändern.

Marie verdrehte die Augen, als er wieder in den Garten kam.

»Für besondere Anlässe besondere Kleidung«, flüsterte Günther. »Hab ich im Internet mithilfe von Check 24 geschossen.«

»Du hättest vielleicht nicht den günstigsten, sondern den vorteilhaftesten wählen sollen«, gab Marie zurück. »Aber nun müssen wir da durch.«

Günther schaute an sich hinunter. Er sah leider bei Weitem nicht so elegant aus wie die jungen Skispringer, die gerade die Vierschanzentournee sprangen. Seine Skischuhe waren allerdings wirklich abgefahren. »Die stammen aus den Sechzigern«, stöhnte Marie. »Wie seine Zelte und die Skier.«

»Wenigstens passen sie in die Bindung«, flüsterte Horsti, der Maries entsetzten Blick bemerkt hatte. »Sie sind zwar nicht so sturzsicher wie die modernen Schuhe, aber für die niedrige Schanze erfüllen sie ihren Zweck.«

Marie war noch immer skeptisch. »Hoffentlich.« Ein Zurück gab es nicht mehr, der Showdown musste beginnen. Günther war dermaßen nervös, er würde, sollte sich das Ganze noch weiter hinauszögern, zuvor an einem Infarkt versterben.

»Kilian holt jetzt Oma Jette und Mama!«, bestimmte Fenna. »Wir wollen endlich anfangen.«

Kea war, nachdem Jette geduscht hatte und sich doch erst noch hinsetzen musste, bei Jette geblieben. Deshalb war sie noch nicht beim Fest aufgetaucht.

Jette und Kea traten Arm in Arm aus dem Haus. Günthers Herz schlug schneller. Gleich würde er seiner Jette einen Antrag machen, und danach konnte sie nichts und niemand mehr trennen!

Die beiden Frauen hielten überwältigt inne, als sie sahen, was die anderen in der kurzen Zeit auf die Beine gestellt hatten. Neben dem Weg standen kleine Fackeln, die Lichter brachen sich in den Schneekristallen. Auf den Tischen brannten Kerzen. Weil der Tag tatsächlich eher düster war, wirkte es sogar um diese Mittagsstunde festlich.

»Ist das für unser Silvesterfest?« Oma Jette wirkte sehr gerührt und freute sich riesig, dass alle da waren. »Es ist aber noch etwas früh, oder?«

»Das alles hat noch eine andere Bewandtnis. Aber das kommt später.« Marie deutete mit dem Kopf zu Günther.

Jette schaute zu ihrem Lebensgefährten hinüber und stutzte. »Was hast du denn *da* an?«, fragte sie in lang gezogenem Tonfall und schüttelte fassungslos den Kopf.

»Einen Skianzug«, erklärte er. »Extra für heute erstanden.« Er drehte sich vor ihr, aber das machte den Anzug auch nicht schöner.

»Sieht gut aus. Erinnert mich an das Raumschiff Enterprise.« Jette zwinkerte Kea zu. »Aber es ist ein wenig merkwürdig …«

»Ja, er sieht aus wie Scotty«, bestätigte Kea. »Allerdings etwas dicker.«

Jette bekam einen Teller Suppe gereicht, der ihr offensichtlich schon wieder mundete.

»Geht es Ihnen gut, Frau Blümerant?«, erkundigte sich Frau Eberle. »Wir haben auch noch Bratwurst.« Horsti winkte mit der Grillzange in der Hand herüber.

Jette gab ihr die Hand. »Ich heiße Jette. Mit meinem Lebensgefährten bist du ja schon per Du!«

Grete schlug ein. Ihre Wangen leuchteten.

Nachdem sich alle entweder mit Wurst oder schwäbischer Suppe gestärkt hatten, klopfte Marie an ein Glas. Günther war froh, dass es endlich losging, nervös, wie er war.

»Und zum Höhepunkt des Festes! Günther?«

Er nickte, stolzierte zum Schuppen und holte die Skier. Horsti hatte wirklich ganze Arbeit geleistet: Vom Rost an der Bindung sah man überhaupt nichts mehr. Er hatte sogar den Lack auf den Skiern erneuert, und so glänzten sie strahlend rot im Schnee. Marie schien sehr zufrieden. Da Kilian sich ununterbrochen um Walburga kümmerte, hatte sie das Zepter für den Ablauf vollends in die Hand genommen.

Günther zögerte, als er sämtliche Blicke auf sich spürte. Sollte er es wirklich wagen? Er war ein Feigling, wenn er es nicht tat! Das war die Chance seines Lebens, endlich da anzukommen, wohin er immer wollte!

Er sah Maries hoffnungsvollen Blick. Jettes fragenden, und Kilians angestrengtes Lächeln. Nein, er wollte heute niemanden enttäuschen.

Mit zitternden Händen versuchte er, die Skier unterzuschnallen. Es gelang ihm nicht, er rutschte ständig ab. Schließlich half Horsti ihm.

Diese Hürde war genommen, aber nun würde er gleich von dieser Schanze springen müssen. Günthers Herz klopfte zum Zerspringen. Warum hatte er sich nur auf diesen Blödsinn eingelassen?

»Nicht kneifen, Günni!« Marie schubste ihn zum Aufgang, und Günther kam sich vor wie auf dem Gang zum Schafott.

Doch dann setzte er den ersten Fuß mit dem viel zu langen Ski auf die Rampe.

Beim zweiten Schritt stolperte Günther bereits und benötigte Horstis tatkräftige Hilfe, um nicht abzustürzen. Jetzt löste sich Kilian sogar von Walburga und warf Marie einen besorgten Blick zu. Fenna zog die Brauen hoch.

Trauten sie ihm das doch nicht zu? Sie würden sich noch umschauen! Günther zuckte mit den Schultern. Schloss die Augen, als er den nächsten Schritt machte. Dann wagte er, sie wieder zu öffnen, gleich hatte er es geschafft.

Jette zupfte Marie am Ärmel. »Was treibt er da? Er hat schon zwei Jagertee getrunken, da kann er doch nicht mit solch antiquierten Skiern auf diesem Schneehügel herumspazieren. Wenn er abstürzt!«

Oje, Jette hatte Angst um ihn! Günther atmete tief ein.

Marie drückte Oma Jette einen Kuss auf die Wange. »Das geht alles gut, vertrau mir!«

Günther war mittlerweile fast oben angelangt. Ihm stand trotz der Kälte der Schweiß auf der Stirn.

»Du, Marie, der will doch nur da oben stehen bleiben und sich die Langeooger Landschaft ansehen, oder?«, fragte Oma Jette mit panischer Stimme. »Nur, was will er da sehen, die Schanze ist doch nur knapp über einen Meter hoch! Es ist aber nicht das, was ich denke ...?«

Marie nahm ihrer Oma den Becher aus der Hand und reichte ihn Grete mit einem vielsagenden Blick. »Wir holen dir noch was zu trinken. Günther weiß, was er tut!«

»Adler sollen fliegen«, stimmte Fenna leise an, um Günther Mut zu machen. Nur fühlte er sich eher wie ein Walross als wie ein Adler!

»Wie hoch ist die Rampe wirklich?« Jette nahm Grete den gefüllten Becher mit Jagertee wieder ab.

Günther nahm all das wie in einem Film wahr. Er musste es tun. Sofort! Lange würde sich Jette das Ganze nicht mehr mit ansehen. Marie versuchte derweil, sie weiter zu beruhigen. »Och, so hoch ist die nicht, hast du doch selbst eben gesagt. Mehr Höhe haben wir nicht geschafft. War ganz schön anstrengend.«

Oma Jette packte sie am Arm. »Mein Günther will da doch nicht runterspringen?«

Kea war mittlerweile ganz blass und hielt sich die Augen zu.

»Doch«, gab Marie ungerührt zurück. »Das will er.« Sie schubste Jette in Richtung Schanze. Widerwillig blieb Jette davor stehen. »Und jetzt?«

»Jetzt springt er!«

Günther schloss die Augen und rutschte los. Verdammt, das ging viel zu schnell! Horsti hatte die kurze Anlauffläche zuvor noch mit Wasser, das inzwischen vereist war, richtig glatt gemacht. Diese Geschwindigkeit überforderte ihn. Das konnte er nicht ausbalancieren! Er ruderte mit den Armen und schaffte es nicht, den Oberkörper vorn zu halten, wie er es bei den Skispringern abgeschaut und heimlich in der Küche mit Marie geübt hatte. Noch vor der Absprungkante kippte er hintenüber und fiel seitlich mit einem heftigen Rums in die Tiefe. Der Schnee stob auf, Mimi verbellte ihn mit ihrem Kläffersopran.

Günther lag wie ein Käfer auf dem Rücken, die Skispitzen ragten gen Himmel. »Jette!«, rief er aus. Es klang verzweifelt.

Er hörte ihren entsetzten Schrei. Im nächsten Moment kniete sie schon neben ihm. »Ist dir was passiert?« Jette beugte sich besorgt zu ihm hinunter. »Was war denn das?«

»Das … das war wohl nichts«, stotterte Günther. »Das war falsch. Vollkommen falsch.«

Marie machte ihm Zeichen, aber Günther wusste nicht, was sie ihm sagen wollte. Sie zeigte auf den Ringfinger, dann machte sie einen Kussmund. Schließlich verstand er. Marie hatte ja recht. Er lag Jette gerade zu Füßen, und nun galt es, alles zu einem süßen Ende zu bringen, selbst wenn es weit von dem entfernt war, was er sich zu Beginn, inspiriert von der »Traumhochzeit«, vorgestellt hatte.

Günther stemmte sich auf den Ellbogen hoch, hielt aber augenblicklich in der Bewegung inne. »Mein Bein«, jammerte er. »Verdammt, tut das weh!« Er sank zurück in den Schnee.

Jette strich ihm über die Stirn. »Was ist mit deinem Bein? Wofür machst du solch einen Unsinn?«

Günther winkte müde ab. »Später, Jettelein. Es schmerzt so höllisch! Und es war wirklich alles Blödsinn. Alles.«

Kea trat hinter ihre Mutter. »Himmel, das ist gründlich schiefgegangen. Warum habe ich nicht rechtzeitig eingegriffen?

Ich hätte es voraussehen müssen.« Sie fuhr sich nervös durch die Haare.

»Lass gut sein, Kea-Kind. War bestimmt alles nett gemeint. Wie immer.« Jette strich Günther über die Wange. »Was du immer für Ideen hast! Aber was machen wir jetzt bloß?«

Victor kniete sich auf Günthers anderer Seite in den Schnee. »Warten Sie, Frau Blümerant«, sagte er. »Ich bin Arzt. Ich sehe mir das an.«

»Arzt ist er?«, hörte Marie Frau Eberles Stimme.

»Ja, Mutter«, sagte Eberhard.

»Arzt ...« Sie klang nunmehr regelrecht verzückt.

Victor ließ sich nicht beirren und kontrollierte Günthers Bein. Dann stand er auf und zückte das Handy. »Tut mir leid, aber ich fürchte, es ist gebrochen.«

»Ich rufe den Hubschrauber. Das muss in Aurich im Krankenhaus geröntgt werden«, sagte Kea. »Auf der Insel sollte man sich eben tunlichst nichts brechen.«

»Das ist ja gründlich schiefgegangen.« Kilian war noch immer fassungslos und kämpfte mit den Tränen. Marie hatte Mitleid mit ihm. Sie war zwar auch verärgert, aber sie wollte sich nicht runterziehen lassen. Schließlich war heute Silvester.

Kea hatte inzwischen das Zepter übernommen und die Aufräumarbeiten eingeleitet. Alle nicht gebratenen Würste hatte sie eingefroren, denn für den Abend war von Jettes Seite ein großes Festmahl geplant. Auch wenn sie jetzt nicht da war, wollten die anderen alles vorbereiten, in der Hoffnung, dass Günther und Jette rechtzeitig aus dem Krankenhaus zurück waren.

Mittlerweile war es draußen wieder bitterkalt geworden und dazu sehr früh dunkel. Was für ein düsterer Wintertag!

Alle saßen in Oma Jettes Stube und schauten trübsinnig nach draußen. »Ich dachte, wir feiern heute Verlobung und tanzen mit einem Brautpaar ins neue Jahr. Stattdessen hockt Omilein mit Günther und Victor in der Ambulanz auf dem Festland«, sagte Kilian traurig.

»Ist wahrscheinlich nur ein Beinbruch, und sie kommen gleich mit der letzten Abendfähre zurück. Die Schiffe fahren ja zum Glück seit heute Morgen wieder«, versuchte Marie ihm Mut zu machen.

»Manchmal muss man Brüche auch operieren«, unkte Fenna.

»Wird schon nicht so sein. Hoffen wir, dass sie die Silvesternacht nicht in der Klinik verbringen müssen«, meinte Eberhard. »Sie melden sich bestimmt gleich.«

»Trotzdem kein Brautpaar.« Kilian war völlig frustriert. »Außerdem hat keiner von ihnen das Handy mit!« Er wies auf den Tisch, wo alle drei Telefone nebeneinanderlagen. Als der Hubschrauber gekommen war, hatte niemand von ihnen daran gedacht.

Eberhard legte Kilian die Hand auf die Schulter. Der wuchs förmlich unter dieser Geste. »Den Antrag holt Günther nach. An einer Hochzeit der beiden führt kein Weg vorbei. Sie gehören einfach zusammen, genau wie Victor und ich.«

In dem Augenblick klingelte das Telefon. Marie ging ran. »Es ist Oma Jette!«, rief sie aus, als sie die Stimme am anderen Ende hörte. »Bist du in einer Telefonzelle?« Sie lauschte eine Zeit lang und wirkte dann sehr erleichtert.

»Das ist super, Oma! Da werden sich alle freuen.« Kurz danach legte sie auf und wandte sich den anderen zu, die sie gespannt ansahen. »Also, Oma, Günther und Victor sind am Fähranleger in Bensersiel und kommen tatsächlich mit dem Abendschiff. Der Insel-Krankenwagen holt Günther am Anleger ab und bringt ihn zu uns, die anderen kommen mit der Inselbahn.«

»Super!«, sagte Fenna, und alle stimmten zu.

»Ist der Kranke schon wieder daheim?«, drang in dem Moment Frau Eberles Stimme durch den Flur. Sie schleppte schon wieder einen großen Topf.

»Nein, Mutter. Aber sie kommen gleich.«

»Gut, dass dein Victor dabei ist, Eberhard! Gut, dass er Mediziner ist.« Frau Eberle fuhr ihrem Sohn durchs Haar.

Alle sahen sie erstaunt an. Erstens sagte sie nicht Arzt, sondern Mediziner, zweitens tat sie plötzlich so, als spräche sie von einem völlig anderen Mann als Victor.

»Mögen Sie Eberhards Freund jetzt plötzlich?«, fragte Kilian erstaunt.

Frau Eberle drückte entrüstet die Brust raus. »Ich mochte ihn schon immer. Er ist schließlich Doktor!«

Eberhard hob die Hand, aber Fenna kam ihm zuvor. »Ärzte sind folglich bessere Menschen.« Sie grinste breit. »Gut zu wissen, dann studiere ich Medizin.«

»Nun, wer ein Doktor ist, ist ein Menschenfreund«, behauptete Frau Eberle.

»Doktor ist er nicht«, kam Eberhard endlich zu Wort. »Er hat Medizin studiert und ist jetzt in der Facharztausbildung«, erklärte er, aber das wollte Frau Eberle offenbar gar nicht so genau wissen.

»Ob Doktor oder Arzt – er passt in unsere Familie.«

Grete wollte nachdenken, und das ging irgendwie nicht in ihrem Haus. In Bad Urach war sie immer in die Kirche gegangen, wenn sie ihren Gedanken nachhängen wollte. Warum tat sie das nicht einfach auch auf Langeoog? Sie schlüpfte in ihre Jacke und machte sich auf den Weg zur Inselkirche.

Insgeheim hatte sie sich so sehr gewünscht, dass sie sich wieder mit Eberhard vertragen konnte, auch wenn er diesen Victor liebte. Und nun hatte ihr das Schicksal eine Brücke gebaut, sodass sie auf Eberhard und seinen Verlobten zugehen konnte, ohne das Gesicht zu verlieren. Die beiden waren einfach bei dem Fest aufgekreuzt, und keiner ihrer neuen Freunde hatte das eigenartig gefunden.

Günther und Jette hatten recht. Es war nur wichtig, dass das Herz am rechten Fleck saß. Und nun entpuppte sich Victor auch noch als Arzt. Sie hatte wirklich Glück! Und ihre Hochzeitstorte durfte sie nun gleich zweimal backen, denn irgendwann würde auch Günther Meilenstein es schaffen, Jette einen Antrag zu machen. Es war nur eine Frage der Zeit.

Grete betrat die Kirche. Später würde hier der Silvestergottesdienst stattfinden, aber jetzt war sie noch allein. Sie nahm ein Teelicht, zündete es an und stellte es in die Metallkugel in die Halterung. Es brannten schon ein paar Lichter darauf. Andere dankbare Seelen hatten also auch schon den Weg hierher gefunden.

Grete betrachtete die Kerze für eine Weile, und in ihr machte sich Frieden breit. Sie wollte das neue Jahr nicht mit Unmut im Herzen beginnen. Sie wollte ein so turbulentes Leben, wie Jette Blümerant es mit ihrer Familie hatte. Und ihre bestand nun mal aus Eberhard und Victor.

Jette hielt während der gesamten Überfahrt Günthers Hand. Sein Bein hatte er auf der Bank hochgelegt, und er erntete viele mitleidige Blicke. Er blieb aber merkwürdig einsilbig. Jette hatte es schließlich aufgegeben, ihm eine Unterhaltung aufzuzwingen. Er wollte nicht reden. Weder mit ihr noch mit Victor. »Bin müde«, hatte er gesagt.

Sie schaute aus dem Fenster. Auf dem Festland stiegen bereits vereinzelte Raketen in den Abendhimmel und erhellten ihn mit bunten Farben.

Als sie in den Langeooger Hafen einliefen, sagte Jette: »Nun ist es gleich geschafft, und du kannst dich ausruhen. Dann feiern wir eben ein geruhsames Silvester. Grete wird trotzdem was gekocht haben. Sie übt mit Walburga schon lange genug, und bestimmt hat sie etwas aus meinen Vorräten vorbereitet.«

»Ich hab gar keinen Hunger.« Endlich antwortete Günther. »Tut alles noch ganz schön weh, und der Tag war wirklich frustrierend. Nun haben wir so viele Hürden umschifft, und kaum glaubt man, in ruhigem Fahrwasser zu schwimmen, kommt die nächste steife Brise auf.«

»Besser Brise als Orkan«, sagte Jette.

»Morgen geht es Ihnen schon besser«, versprach Victor. »Heute lassen wir es nur noch ruhig angehen. Ich bin so froh, dass nichts Schlimmeres passiert ist! Hätte ich das im Vorfeld gewusst: Herr Meilenstein wäre bestimmt nicht da runtergehüpft.«

»Warum hast du das überhaupt getan?«, fragte Jette. Sie hatte schon in der Klinik mehrere Anläufe unternommen, Günther den Grund für sein Wagnis aus der Nase zu ziehen, aber er hatte stets das Thema gewechselt.

Nun geriet Günther in Erklärungsnot, denn so leicht konnte er hier ihren Fragen nicht ausweichen. »Ich … nein, wir … Ach egal«, stammelte er herum.

»Lass gut sein, Günther.« Jette strich ihm über den Arm. »Du und die Kinder, ihr habt manchmal einfach eigenartige Einfälle. Vermutlich wolltest du mir imponieren. Immer noch wegen dieses sportlichen Herrn von nebenan.«

»Der Zwiebelmann ist mir egal«, sagte Günther. »Auch wenn er mehr Muskeln hat. Außerdem zieht er weg.« Er sah Jette tief in die Augen. »Aber es kommt schon noch der Moment, wo ich dir auch imponiere.«

19. Kapitel

Horsti saß auf heißen Kohlen. Er musste sich jetzt entscheiden, so ging es nicht weiter. Walburga hatte vorhin im Garten in ihrem Schneeanzug rattenscharf ausgesehen. Merkwürdig war nur, dass man so gar nichts von ihrer Schwangerschaft sah, aber das fand Horsti nicht nachteilig. So war sie zumindest noch attraktiv. Ob das mit Bauchkugel auch so sein würde, wusste er nicht.

Schon als er sie im Garten hatte stehen sehen, war ihm in den Kopf geschossen, er könnte ihr doch endlich einen Antrag machen. Er hatte das alles lange genug hinausgezögert, sich gegen seine Gefühle gewehrt. Aber er bekam die junge Frau einfach nicht aus dem Sinn. Zudem gefiel er sich in der Rolle des zukünftigen Familienvaters immer mehr. In Gedanken sah er sich schon mit einem Kinderwagen im Park, neben ihm Walburga. Vielleicht konnte er ihr das Kaugummiploppen ja noch abgewöhnen.

Horsti schlüpfte in Jettes Badezimmer und legte ein paar Spritzer Rasierwasser auf. Er trug, für alle Fälle, stets eine kleine Packung bei sich. Dann ordnete er vor dem Spiegel das Haar und fuhr sich mit der Zunge über die Zähne. Sie waren schön glatt und frisch gebleacht. Ein Blick auf die Anrichte zeigte ihm

Günthers Mundwasser. Davon auch noch einen kräftigen Schluck, und fertig! Er war für das Projekt Heiratsantrag bestens gerüstet. Auch wenn sein Freund es nicht hinbekam – immerhin dokterte er schon vier Monate an dem entscheidenden Satz herum –, er, Horsti, würde es gleich im ersten Anlauf auf die Reihe kriegen. Und weil Günni heute bestimmt nicht mehr loslegte, würde er ihn eben überholen. Wer zu spät kam, den bestrafte das Leben.

Walburga saß in der Stube und kraulte Mimi hinterm Ohr. Was für ein verkorkstes Silvester. Da hatte sie gehofft, dass hier in der Einöde mal so richtig eine Fete stieg, und stattdessen brach sich dieser Tollpatsch von Günther ein Bein. Na ja, sie musste kleine Brötchen backen, sie hatte genug verbockt, und langsam würde sie auch noch mit mehr rausrücken müssen.

Die ganze Zeit hatte Horsti sie verdammt interessiert angesehen. Er war zwar ein alter Knacker, aber sie mochte das. Zumal Horsti verdammt viel Schotter hatte und nicht damit geizte, das auch allen zu zeigen. Aber es war nicht nur das. Horsti war für sie anders als alle Männer zuvor. Nur leider wollte er sie nicht so, wie sie sich das in ihren romantischen Träumen vorgestellt hatte. Nicht von einem Schloss träumen, sondern darin leben war ihre Devise. Sie war schon fast wie Horsti, der hatte auch immer den passenden Spruch auf den Lippen. Ob er ihren mögen würde?

Walburga seufzte. Wahrscheinlich war er längst wieder in sein Bethanien-Dings gegangen und turtelte mit einer anderen. Das tat weh, verdammt! Ja, sie war in ihn verliebt …

Walburga sprang so plötzlich auf, dass Mimi quietschend in ihr Schloss sprintete und sich dort beleidigt verkroch.

»Ich bin ja eifersüchtig!«, flüsterte sie. »Das war ich noch nie.« Sie setzte sich wieder hin. Ihr war plötzlich auch gar nicht mehr übel. Im Gegenteil: Sie fühlte sich so gut wie lange nicht, und das hing eindeutig mit Horstis Blick zusammen. »Er hat mich ja förmlich damit gestreichelt.« Walburga lächelte versonnen. Ob es doch Hoffnung für sie beide gab?

Sie fuhr zusammen, als es klopfte.

»Ja?«, fragte sie unwirsch.

Die Tür wurde leise geöffnet, und im Rahmen stand Horsti. Walburgas Herz klopfte bis zum Hals, als er sich näherte. Der Typ roch so gut! Irgendein moosiges Rasierwasser.

Horsti antwortete nicht auf ihre Frage, sondern sagte stattdessen: »Ich will es kurz machen, Walburga. Den wichtigen, menschlichen Teil einer Beziehung haben wir schon in Hamburg hinter uns gebracht. Damit müssen wir uns nicht mehr aufhalten, zumal unsere Begegnung nicht folgenlos geblieben ist.« Horsti ging vor Walburga auf die Knie. »Möchtest du mich heiraten, Wally? Ich werde dann offiziell als Vater für dein Kind sorgen und die Vaterschaft anerkennen. Egal, ob ich der Daddy bin oder nicht. Ich will mit dir leben. Das Leben ist eben ein Bumerang, und man bekommt zurück, was man gibt.« Horsti machte eine Pause und sah Walburga an. Dann rappelte er sich wieder auf. Schließlich war er nicht mehr der Jüngste und die Knieposition zu unbequem.

»Das hast du schön gesagt«, hauchte sie.

»Nicht wahr?«

»Vor allem die Stelle mit dem Bumerang.«

»Ja, ich habe dir etwas gegeben und das wächst nun in deinem wunderschönen Bauch, auf dem der Champagner gesprudelt hat. Wenn es von mir ist. Und wenn nicht, dann ...« Horsti winkte ab. »Willst du denn meine Frau werden?«

Walburga schluckte. »Ich muss dir etwas sagen.«

»Ja sollst du sagen«, brummte Horsti. »Einfach ja.«

»Nein, das geht nicht!«

Horsti rieb sich die Knie. »Und warum nicht?«

Walburga senkte den Blick. »Die anderen ahnen es schon und sie tuscheln. Sie haben auch recht. Ich bekomme gar kein Kind.«

Horsti schluckte. »Du bekommst kein Baby?«

Walburga schüttelte den Kopf und hob den Blick. »Nein. Es gab auch außer dir keine anderen Männer. Nichts. Hab ich alles nur behauptet, um mich wichtig zu machen.«

Horsti stieß ein erleichtertes »Puh« aus. »Aber warum …?«

Sie zuckte mit den Schultern. »Ich war allein. Keinen Job, keine Wohnung. Nun, mir war die lose verwandtschaftliche Beziehung mit Günther zu wenig, ich wusste nicht, ob es reicht, wenn ich nur als Walters Tochter bei ihm aufkreuze. Um wirklich Mitleid zu erregen und einen handfesten Grund zu haben, dass er mich nicht vor die Tür setzt, habe ich mir eben diese Schwangerschaft ausgedacht. Ich glaube, es ahnen alle, aber ich trau mich nicht, das zuzugeben.« Walburga legte die Hände vors Gesicht. »Es ist mir unglaublich peinlich.« Ihre Stimme brach, und Horsti nahm ihr die Bestürzung tatsächlich ab.

»Du hast die Schwangerschaft nur vorgetäuscht?«, fragte er fassungslos.

»Ich dachte zwei Wochen lang tatsächlich, ich würde ein Kind kriegen. Da ist mir die Idee gekommen, und ich habe mich tatsächlich richtig schwanger gefühlt. Hab alles gelesen, was man im Internet findet.«

Horsti setzte sich auf Walburgas Bettkante. Er stützte das Kinn in die Hände und stierte eine Zeit lang vor sich hin. »Harter Tobak«, sagte er dann.

»Ich wollte einfach nicht allein sein. Weißt du, wie scheiße das ist? Ich hab so gehofft, dich wiederzusehen. Oder in Günthers Familie aufgenommen zu werden. Nun habe ich Grete, aber …« Dann schwieg sie, und nicht einmal ihr Kaugummi ploppte. »Magst du mich jetzt nicht mehr?«, fragte sie nach einer Weile.

Horsti schaute zu ihr hinüber. »O doch, Wally. Ehrlich gesagt, jetzt noch mehr.«

Walburga nahm Horsti in den Arm. »Dann sag ich jetzt einfach mal Ja.«

Der Krankenwagen stand schon am Anleger, und so wurde Günther sofort auf die Trage gelegt. »Ich kann auch sitzen!«, protestierte er, und der Sanitäter stellte die Sitzposition ein. »Besser?«

Günther nickte. Er wollte nicht kranker erscheinen, als er war. »Bin froh, wenn wir gleich zu Hause sind«, sagte er zu Jette, die zu ihm in den Rettungswagen gestiegen war. Victor wollte mit der Inselbahn fahren.

»Zumindest haben wir so noch etwas vom Silvesterfest.« Jette sah auf die Uhr. Es war bereits halb sieben. »Das wird vor allem die Kinder freuen.«

Freuten die sich wirklich, obwohl Günther alles vergeigt hatte? Er befürchtete eher, dass Marie und Kilian ihm den Kopf abrissen. Sie hatten alles so wunderbar vorbereitet, und er fiel diese dämliche Schanze hinunter.

Aber sie wurden im Inselhaus freundlich empfangen. Marie und Kilian sprangen Günther fröhlich entgegen. »Schön, dass du wieder da bist!«, sagte Marie und drückte ihm und Jette einen Kuss auf die Wange.

»Opilein, hast du große Schmerzen?« Kilian betrachtete den Gips und Günthers Krücken skeptisch. »Ist bestimmt voll schwer, damit zu humpeln.«

Opilein! Kilian hatte tatsächlich Opilein gesagt!

»Günther kann froh sein, dass sie ihn nicht operieren mussten und es ein einfacher Bruch ist«, sagte Jette. »Aber nun gehen wir rein, nicht, dass er ein zweites Mal ausrutscht.« Sie sah sich um. »Wo steckt denn Fenna?«

»Sie hilft Frau Eberle in der Küche«, klärte Marie Oma Jette auf. »Die Suppe vom Schneefest und die Würste sind eingefroren. Nun geht es um die die Abendparty. Dafür hat sie sich ganz schön ins Zeug gelegt.«

»Fenna tut was?« Jette blieb stehen. »Sie kocht?«

»Jep, sie sorgt für die vegetarische und schwangere Menüvariante. Sie konnte es mit ihrem Gewissen nicht vereinbaren, dass Frau Eberle deinen Rinderbraten aus unökologischer Aufzucht im Ofen hat. Nur den schwäbischen Kartoffelsalat, den Frau Eberle unbedingt beisteuern möchte, fand sie akzeptabel. Jedenfalls gibt es jetzt auch noch Tofusteaks.« Marie hielt Günther und Jette die Haustür weit auf. »Vorsicht, Stufe!«

»Ich bin zwar verletzt, aber nicht senil. Und ich leide durch den Sturz auch nicht unter Gedächtnisverlust, ich erinnere mich an die Treppe«, erwiderte Günther. Er war allerdings froh, sich bald wieder setzen zu können. Das Bein tat doch ziemlich weh, und das Laufen mit den Krücken war anstrengend.

»Es riecht wirklich sehr gut«, sagte Jette, als sie ihre Jacke an die Garderobe hängte.

»Das tut es«, bestätigte Günther. Als sie an der Küche vorbeiliefen, wirbelte Grete dort mit der Schürze vor dem Bauch von rechts nach links. »Tisch ist gedeckt!«, rief sie fröhlich. »Geht schon mal vor! Ich komme gleich.« Sie platzierte einen Petersilienstängel auf dem Kartoffelsalat.

Günther hinkte mit den Krücken in die Stube. Wow, das sah ja aus wie in einem First Class Restaurant! Grete hatte wahre Wunder vollbracht. Eine lange Tafel zog sich quer durch den Raum. Den Weihnachtsbaum hatte sie kurzfristig in eine andere Ecke verschoben, damit das passte, und die Tafel war wunderschön gedeckt. Weiße Teller waren auf einem dunkelroten Tischtuch platziert, die farblich passenden Servietten hatte sie mit einer besonderen Falttechnik zu weihnachtlichen Sternen geformt. Das Besteck lag neben jedem Teller exakt im selben Abstand. Weiße Kerzenleuchter rundeten das Gesamtbild neben bauchigen Weingläsern ab. »Gefällt es euch?«

Günther nickte und suchte nach Silvester-Accessoires wie Konfetti und Luftschlangen. Grete hatte seinen Blick bemerkt. »Ich dachte, die Partystimmung kommt später. Wir müssen ja noch etwas feiern, und dafür ist dieser festliche Rahmen genau richtig.«

Günther zuckte mit den Brauen. Was redete Grete denn da? Er hatte seinen Antrag doch noch gar nicht gemacht!

In dem Augenblick kamen Eberhard und Victor ins Zimmer. Gretes Augen leuchteten freudig auf. »Da sind sie, die Verlobten. Mein Sohn und Victor, der Arzt!«

Ach, daher wehte der Wind. Günther erinnerte sich wie durch einen Nebelschleier an das Upgrade des zunächst ungeliebten Schwiegersohnes, als Grete erfahren hatte, welchen Beruf er ausübte. Hätte sie zuvor auch nur einen vernünftigen Satz mit Victor gesprochen, wäre ihr das sicher eher bekannt gewesen. Aber was kümmerte ihn das. Günther war nur froh, dass Grete nicht von *seiner* Verlobung gesprochen hatte. Er musste sich schließlich neu orientieren, jetzt, wo Plan A gescheitert war.

»Wir sind zwar schon länger verlobt, aber wir feiern das gern mit euch allen nach!« Eberhard griff nach Victors Hand, und Grete schleppte ein Tablett mit Sektgläsern an.

»Auf Victor und Eberhard und eine wunderbare Hochzeit. Wo werdet ihr denn heiraten?«, fragte Jette.

»In Holland«, kam es wie aus einem Munde, und Gretes Gesicht versteinerte.

»Das könnt ihr mir nicht antun. Ich will doch meine Hochzeitstorte noch backen!«

Die beiden grinsten breit. »Natürlich, Mutter, das sollst du auch. War nur ein Spaß. Wir heiraten auf Langeoog, wenn du das möchtest! Am liebsten im Trauzimmer vom ›Seemannshus‹.«

Grete lächelte wieder und hob das Glas.

Horsti war mit Walburga in die Stube gekommen. Er hatte den Arm um die junge Frau gelegt und nahm zwei Sektgläser vom Tablett. Mimi folgte ihnen auf dem Fuß. Was war das jetzt? Günther beobachtete die beiden. Hatte Horsti sich endlich durchgerungen, wirklich zu ihr zu stehen?

»Dann können wir endlich auf unser Brautpaar anstoßen!«, sagte Grete, die keine Augen für andere Dinge mehr hatte und sich im absoluten Hochzeitsmodus befand. Sie nahmen alle einen Schluck.

Danach hob Horsti die Hand. »Bevor wir uns an den liebevoll gedeckten Tisch setzen, liebe Grete, habe ich auch noch eine wunderbare Neuigkeit, die ich euch nicht vorenthalten möchte.«

»Walburga trinkt Sekt und ist gar nicht schwanger«, stieß Fenna aus.

Horsti war kurz irritiert. Dann aber fasste er sich. »Nun, es ist, wie es ist. Um es mit den Worten von Johann Jakob Mohr zu sagen: ›Der geniale Mensch ist der, der Augen hat für das, was ihm vor den Füßen liegt.‹«

»Ich liege dir nicht zu Füßen«, entgegnete Walburga. »Aber wo ich meinem Horsti recht gebe: Man muss das Gute in allem sehen, was kommt. Auch wenn gewisse Dinge erst anders erschienen sind.«

»Dein Horsti?«, quäkte Kilian, aber keiner nahm ihn wahr. Günther räusperte sich. »Könnt ihr beiden bitte mal in vernünftigen kurzen Sätzen sagen, worum es hier geht?«

»Wir heiraten, und Wally bekommt gar kein Kind. Kurz genug?« Horsti grinste breit.

»Du heiratest meine Wally? Und sie hat alles erstunken und erlogen?«, schrie Kilian und rannte aus der Stube. Jette flitzte ihm hinterher.

»Noch eine Vermählung!«, rief Grete aus. »Für euch beiden koche ich bei der Hochzeit schwäbische Hirnsuppe!«

Kilian saß tränenüberströmt in der Küche am Tisch. Um ihn herum blubberte es aus den Töpfen, der Backofen machte den Raum fast unerträglich heiß. Jette öffnete rasch das Fenster, das schon völlig beschlagen war, und stellte den Dunstabzug und den Herd aus. So konnte sie besser auf Kilian eingehen.

»Ich will nicht ins neue Jahr feiern, Omilein, wenn Walburga Horsti heiratet und sie eine solche Lügnerin ist.« Er blickte seine Oma mit tränenverschleiertem Blick an.

Jette legte den Arm um ihn. »Kilian, Walburga hatte sicher ihre Gründe für diese Lüge, und außerdem wäre sie doch viel zu alt für dich.«

Kilian schniefte. »Das weiß ich alles. Nur hat es so viel Spaß gemacht, mich mit ihr zu unterhalten. Sie kann gut zuhören, weißt du?«

»Und nun hast du Angst, dass sie keine Zeit mehr für dich hat? Oder warst du doch ein kleines bisschen in sie verliebt?«

Kilian hob den Kopf und sah Jette in die Augen. »Ich weiß, wo meine Grenzen als Mann sind. Aber ich verliere gerade eine gute Freundin. Wer weiß, ob Horsti ein anderes männliches Wesen an seiner Seite duldet.« Er seufzte. »Ich fürchte nicht. Er ist schrecklich dominant, Omilein.«

Jette tätschelte seine Hand. »Ich glaube, bei dir wird er eine Ausnahme machen. Erstens kennt er dich, und zweitens weiß er, dass er sich auf dich verlassen kann.«

Kilian atmete erleichtert aus. »Meinst du?«

»Aber sicher!«

»Dann muss ich nur noch unter vier Augen mit ihr sprechen und sie fragen, warum sie so schamlos gelogen hat. Das macht man einfach nicht. Auch wenn es einen Grund dafür gibt.« Kilian wischte sich die letzten Tränen von der Wange. »Zumindest mir als Freund hätte sie reinen Wein einschenken können. Ich war zu ihr doch auch immer ehrlich.«

Jette herzte ihn ein letztes Mal. Es war rührend, wie er das Leben betrachtete. »Dich werden im Leben noch mehr Menschen enttäuschen, Kilian. Das ist leider so.«

»Bestimmt hat Wally Kummer, sonst hätte sie das doch nicht gemacht, oder? Uns zu sagen, dass sie ein Kind bekommt?«

»Das denke ich auch.« Jette zog Kilian hoch.

»Lass uns jetzt wieder reingehen. Grete wird sonst noch der Schlag treffen, wenn ihr Rinderbraten kalt wird.«

Als hätte die Nachbarin nur auf ihr Stichwort gewartet, stürmte sie in die Küche.

»Herrgott, was überschlagen sich an diesem letzten Tag des Jahres die Ereignisse!« Sie stürzte zum Backofen. »Mein Braten, das gute Stück, muss jetzt auf den Tisch. Egal, wer heute sonst noch heiraten will!«

20. Kapitel

Günther schaute von einem zum anderen. Victor und Eberhard hatten es geschafft. Und sogar Horsti, der Inbegriff von freiheitsliebendem Mann, war ihm zuvorgekommen. Sie würden heiraten. Vor ihm, Günther Meilenstein, der zwar sein Häuschen auf Blersum wegen Jette verkauft hatte, aber diese eine, schlichte Frage nicht über die Lippen bekam. Günther murmelte leise vor sich hin: »Möchtest du mich heiraten?« Vielleicht ging es leichter in einer anderen Sprache.

»*Do you want to marry me? Veux-tu m'épouser? Quieres casarte conmigo?*«

Mehr Sprachen konnte er nicht. Es nützte sowieso nichts, Jette konnte nur Englisch, und wenn er ihr die Frage auf Spanisch stellte, lief er Gefahr, dass sie wieder alles völlig falsch verstand.

Er stellte sich zu Horsti, der sich nunmehr wie ein König im Raum bewegte. »Du willst trotz des Altersunterschiedes Walburga tatsächlich heiraten, Horsti?« Ungläubig sah Günther seinen Freund an. »Obwohl sie gar nicht schwanger ist? Einfach so?«

»Ja, Spezi meiner besten Tage«, bestätigte Horsti und schlug Günther auf die Schulter. »Einfach so. Ich habe mich in Walburga verliebt, mir das lange überlegt, und das muss jetzt offiziell gemacht werden. Wenn das Leben einem eine Möglichkeit bietet, darf man nicht zögern, mein Lieber!«

Günther schürzte die Lippen. Den Seitenhieb hatte er verstanden. Alle waren ihm zuvorgekommen. Er senkte den Kopf, als Horsti weiter protzte. »Ist das nicht ein Ding? Da denken alle: Mensch, der Günther, dieses konservative Menschenkind, der wird der alten Jette wohl demnächst einen Antrag machen. Und was passiert? Der gute dicke Günni lebt fröhlich in wilder Ehe und macht einen auf modern!«

»Ja, ich habe es kapiert«, grummelte Günther. Das alte Jahr war erst in drei Stunden vorbei: Er hatte noch alle Chancen. Allerdings war er sich nicht sicher, ob er es heute wirklich zwischen Tür und Angel durchziehen wollte.

Fenna kam aus der Küche zurück und servierte die Platte mit den Tofusteaks. Walburga schleppte die zwei Schüsseln mit Kartoffelsalat.

»Wir sind heute multikulti«, trällerte Grete. »Einmal original schwäbischen Kartoffelsalat und einmal den nach Oma Jettes Rezept in der norddeutschen Variante mit Fleischwurst und Mayo!«

Alle suchten sich ihre Plätze. Kilian schaute nur kurz zu Walburga, die verlegen den Blick senkte.

Jette hob das Glas. »Ich bin zwar heute nicht die Köchin, aber durchaus die Gastgeberin und heiße euch alle willkommen. Weihnachten haben wir ja nun doch nicht alle gemeinsam gefeiert, umso schöner ist es, dass nun das Silvesterfest klappt. Lange dauert das Jahr nicht mehr, und wir wissen schon jetzt, dass wir im nächsten zwei Hochzeiten zu feiern haben. Das freut mich sehr. Darauf erst einmal Prost.«

Sie stießen an, auch Walburga trank Rotwein.

»Aber eines möchte ich jetzt doch noch wissen, nein, zwei Dinge, aber ich stelle die Fragen nacheinander.« Jette wandte sich an Walburga. »Du hast uns allen eine lange Zeit etwas vorgemacht. Warum?«

Walburga kamen die Tränen, und so übernahm Horsti die Erklärung. Das natürlich lang und breit. So wie Horsti eben war.

»Oje«, seufzte Jette anschließend und schaute Kilian an, der verständnisvoll nickte. »Dann muss es dir ja wirklich schlecht ergangen sein. Wenn du also weiter Familienanschluss haben möchtest: Bei mir steht dir die Tür immer offen.«

»Bei mir auch«, beeilte sich Grete zu sagen.

»Dann habe ich also zukünftig zwei Zuhauses? Zusätzlich zu der Jacht von Horsti, denn da kann ich ja im Sommer auch wohnen. Also drei.«

Zuhauses, das war typisch Walburga.

»Ja, das hast du«, sagte Jette und wandte sich an ihre Enkel. »Und nun kommt meine zweite Frage: Was sollte das heute Mittag mit dieser merkwürdigen Schanze und Günthers waghalsigem Sprung?« Sie fixierte Marie und Kilian, die mit Sicherheit dieses Abenteuer ausgeheckt hatten. Die feixten nur. »Omilein, warte ab, da kommt noch was!«

»Noch ein gebrochenes Bein? Nein, raus mit der Sprache, was führt ihr im Schilde?«

Horsti häufte sich gerade die dritte Portion der Kartoffelsalatvariationen auf den Teller. »Omas dürfen ruhig alles essen, aber nicht alles wissen, Jette. Hier, nimm noch einen Schlag vom schwäbischen Salat, der ist köstlich!«

»Ich will nichts mehr essen, ich will die Wahrheit wissen!«

Alle senkten die Köpfe. So kam Jette nicht weiter.

»Können wir jetzt nicht mal langsam in den Partymodus kommen?«, fragte Marie. Sie saßen nun schon zwei Stunden am Tisch. Zwar hatten sie aufgeräumt und die Küche auf Vordermann gebracht, aber das Einzige, was auf Silvester hinwies, waren die Partyhütchen, die Grete Eberle aus einem Karton gezaubert hatte. Günthers Hütchen saß vorn schräg auf seiner Stirn, Jette hatte ihres kerzengerade mitten auf den Kopf gesetzt. Glücklich wirkten beide nicht. Es war aber auch wie verhext, dass alle heirateten, nur Günther und ihre Oma nicht, obwohl er das doch schon von so langer Hand plante. Warum hatte er nicht noch mit seinem gebrochenen Bein im Schnee liegend gesagt, was er wollte? Marie hatte sich bisher nie etwas gebrochen, wahrscheinlich hatte es wirklich zu weh getan.

»Ja, etwas Stimmung wäre der Knaller. In einer Stunde ist Mitternacht!«, bekräftigte Kilian.

»Wir ballern nicht«, stellte Fenna klar. »Hier ist das Weltnaturerbe Wattenmeer, und es ist frevelhaft, wenn man rumknallert. Auf Spiekeroog ist es glücklicherweise verboten, auf Langeoog kriegen die das einfach nicht hin.«

»Nur in der Schutzzone darf man keine Knaller werfen«, ergänzte Kilian.

»Ich habe wundervolle Raketen gekauft«, sagte Horsti, doch alle winkten ab.

»Nicht auf Langeoog, das ist Ehrensache. Auch wenn es erlaubt ist, muss man das ja nicht mitmachen.« Fenna sah sich Beifall heischend um, und dieses Mal widersprach ihr keiner.

Horsti schmollte, aber Walburga entlockte ihm mit einem Kuss gleich wieder ein Lächeln. »Komm, Süßer, wir feiern eben anders. Ich habe Knallbonbons mit!« Sie zückte einen Beutel, der mit grellbunten Süßigkeiten gefüllt war. »Wer möchte welche Farbe?«

Nachdem der Fußboden anschließend mit Konfetti und Kleinkram bedeckt war, setzte Grete ein wichtiges Gesicht auf. »Nun habe ich noch was Feines!«

»Was meinst du denn?«, fragte Jette vorsichtig.

»Bleigießen. Noch ist das ja nicht verboten! Bei so vielen Brautpaaren muss man doch einen winzigen Blick in die Zukunft werfen, oder nicht?«

Sie gingen in die Küche, und jeder schnappte sich einen Löffel, den er über die beiden bereitgestellten Kerzen hielt und dessen Inhalt er schließlich in eine Schüssel mit kaltem Wasser kippte. Marie kam auf Günther zu. Jette unterhielt sich in der Stube mit Kea und hatte keine Lust mitzumachen.

»Setz dich doch, ich helfe dir beim Bleigießen. Du kannst mit den Krücken schließlich kaum stehen.« Marie schob ihm einen Stuhl zu, auf den er sich setzte.

»Ist echt dumm gelaufen heute. Das tut mir wahnsinnig leid. Ich habe so große Schmerzen, dass ich gleich nach Mitternacht ins Bett gehen werde. Aber bis dahin halte ich durch.«

»Erst gießt du Blei, lieber Günni!«

Günther hielt am Ende einen kleinen Ring in der Hand. Er schaute Marie an und lächelte. »Jetzt habe ich einen Plan. Hilfst du mir? Ich mach das aber so, wie ich es will. Traumhochzeit hin oder her.«

»Ihr müsst euch beeilen mit der Bleigießerei!«, rief Frau Eberle schließlich erschrocken aus. »In fünf Minuten ist es zwölf. Ich öffne schon mal die Sektflasche!«

Wo zum Teufel war Günther? Das neue Jahr war noch keine Stunde alt, und er war verschwunden. Heckte er selbst mit gebrochenem Fuß noch etwas aus? Jette sah sich in der überfüllten Stube um, konnte aber weder ihn noch Marie irgendwo entdecken. Eberhard und Victor unterhielten sich und sahen sich dabei sehr verliebt an. Fenna, Kea und Kilian lachten über einen Scherz von Frau Eberle, während Walburga und Horsti in einem Buch aus Jettes Regal blätterten.

Doch kurz darauf öffnete sich die Tür, und Marie kam mit Günther herein. Sie hatten ein breites Grinsen im Gesicht. Günther hatte sich eine Fellmütze mit Ohrenklappen aufgesetzt und sah aus wie ein Waldschrat.

Marie balancierte ein Tablett vor sich her. Sie stellte es mit einem Augenzwinkern auf dem kleinen Beistelltisch ab.

»Ich hab etwas zu verkünden«, sagte Günther. »Auch wenn die Silvesternacht schon vorbei ist und das neue Jahr begonnen hat: Es ist nie zu spät. Zieht euch bitte etwas Warmes an und kommt dann alle mit nach draußen.«

»Du machst es ja wieder spannend, Günther«, seufzte Jette. Hauptsache, er plante nicht noch einmal einen Kamikaze-Akt wie gestern. Die Aufregung hatte Jette wahrlich gereicht.

Die anderen zogen sich lachend an. Günther wies zur Haustür. »Von dort gehen wir in den Garten.«

»Du mit deinen Krücken?«, fragte Jette entsetzt. »Nicht, dass du stürzt!«

»Gehhilfen«, verbesserte Günther. »Das sind Gehhilfen. Krücken klingt so … erniedrigend.«

Jette rührte Günthers Unbeholfenheit, wie er jetzt versuchte, auch mit seinen Gehhilfen ein vollendeter Kavalier zu sein, und ihr die Tür aufhielt.

»Der Wind hat nachgelassen«, stellte sie fest. Die kalte Luft schmerzte allerdings auf der Haut. Jette war überaus neugierig, was Günther vorhatte. Er führte sie in das kleine Gärtchen, wo noch Reste des gestrigen Festes zu erkennen waren. Die Sprungschanze wartete allerdings immer noch auf einen Springer. Neben dem Weg flackerten wieder die Fackeln, auf den Tischen im Versorgungszelt züngelten die Teelichter im Glas.

Günther hüpfte mit seinen Gehhilfen voraus und bedeutete Jette, ihm hinter die Schanze zu folgen. Dort war ein Herz aus

Schnee geformt. Ringsherum standen rote Stumpenkerzen, deren Flammen im leichten Wind flackerten.

Jette griff nach Günthers Hand. »Hast du das für mich gemacht? Mit deinem Gipsbein?«

Günther nickte. »War wirklich nicht einfach, aber ich konnte mich auf der Schaufel abstützen.« Er druckste herum. »Außerdem hatte ich Hilfe von Marie.«

Neben dem Herz stand ein Schneemann mit einer leicht nach unten gebogenen Mohrrübennase und schwarzen Steinaugen. Der Mund des Schneemanns lächelte freundlich. »Den Kerl habe ich gestern noch gebaut, wie du weißt. Vor meinem Sturz. Hatte gedacht, für den Fall der Fälle.«

Jette sah ihn erstaunt an. »Wovon redest du?«

»Guck mal, was der Schneemann in der Hand hält!« Günther wies auf den linken Arm. Im rechten hielt er einen struppigen Reisigbesen.

Jette tastete sich vor und entdeckte eine kleine Schachtel, die mit goldenem Papier eingewickelt war. Von eingepackt konnte keine Rede sein, so gewurschtelt, wie das aussah. »Ist das für mich?«

Günther nickte. Sein linkes Auge zuckte nervös.

Jette zupfte die Schachtel aus der Schneemannhand und löste die Verpackung mit zitternden Händen. »Ich glaube, ich ahne etwas«, sagte sie, und ihre Augen leuchteten.

Sie öffnete den kleinen Schub, nahm den Inhalt heraus – und sah Günther fragend an.

»Ich sag dir, das geht schief!«, flüsterte Marie Fenna und Kilian zu. Sie hüpfte aufgeregt auf und ab und starrte zu dem Schneemann, wo Oma Jette sich gerade daranmachte, die kleine Schachtel zu öffnen.

Kea aber lächelte wissend. »Nur die Ruhe, Kinder. Ich kenne meine Mutter. Das, was Günther hier gezaubert hat, mag sie.«

»Abwarten«, sagte Marie düster. »Es ist alles anders, als ihr denkt.«

»Wenn er das jetzt nicht hinbekommt, wissen wir auch nicht weiter.« Kilian biss sich auf die Lippen.

»Er muss sich sputen«, sagte Walburga spitz. »Er ist der Letzte, der es wagt. Mein Horsti dagegen …«

»Das wissen wir alle, Wally!«, zischte Kilian. Marie sah erstaunt zu ihrem kleinen Bruder. Nichts war mehr von seiner Verliebtheit zu erkennen. Er bemerkte ihren Blick und formte lautlos mit den Lippen den Satz: »Ist vorbei.«

»Was tut Oma da?«, fragte Marie, die jetzt mit Entsetzen sah, dass Oma Jette zum Haus rannte.

Jette konnte nicht mehr. Sie musste derart lachen, dass sie den verdutzten Günther einfach im Garten stehen gelassen hatte. Nun lehnte sie an der Haustür und versuchte, sich zu beherrschen. Sie wollte ihn wirklich nicht verletzen, aber mit so etwas hatte sie definitiv nicht gerechnet. Allein der Augenblick, als sie nicht das erwartete Schmuckkästchen, sondern die Streichholzschachtel vorgefunden hatte. Dann, als sie das Pappding geöffnet hatte und ihr kein goldener, sondern ein Bleiring entgegengefallen war …

Sie hörte Günther heranhumpeln. »Warte Jette! Ich muss dir doch noch was Wichtiges sagen. Nein, nicht sagen: Ich muss dich was fragen, so ist es korrekt.« Er schnaufte, als würde er gleich ersticken.

»Günther, komm mal her!« Jette blieb stehen und drückte ihm einen Kuss auf den Mund. Sie musste schon wieder lachen. Das Leben an seiner Seite würde alles werden, nur nicht langweilig. »Komm, wir setzen uns in die Stube, und dann sagst du mir ganz einfach, was du loswerden willst!«

Günther humpelte hinter Jette her.

»Zum Glück hast du meinen Ersatzring nicht einfach in den Schnee geworfen«, sagte er, als er mit Jette am Tisch saß.

»Nein, ich glaube nämlich, ich weiß, was du mir sagen möchtest.« Jette sah ihn liebevoll an. Auch wenn er sich quälen musste, das konnte sie ihm nicht abnehmen.

»Ich kann ja jetzt nicht vor dir auf die Knie fallen.«

»Das stimmt. Das geht nicht.«

»Ich habe auch keine echten Ringe, weil ich wegen der Springerei von der Schanze so aufgeregt war, dass ich vergessen habe, sie beim Juwelier abzuholen. Es gibt aber welche!«

Jette musste schon wieder kichern. So etwas passierte auch nur Günther.

Er senkte den Blick. »Und ich habe nicht einmal Rosen«, sagte er zerknirscht. »Hab ich zwar gekauft, aber im Laden liegen gelassen. Auch, weil ich vor dem Sprung so eine Angst hatte.«

»Und nun?«

Er sah Jette wieder an. Sein Blick war herzerweichend. »Aber ich sitze hier vor dir. Weil ich dich liebe. Weil ich mein Leben mit dir verbringen will. Bitte, Jette, sag: Willst du meine Frau werden? Du bekommst auch noch echte Ringe und Rosen, so viele du willst!«

Jette stand auf und nahm Günther in den Arm. »Ja, Günther! Ja, ich will.«

Inzwischen waren auch die anderen in die Stube getreten und hatten Jettes Antwort mitbekommen.

Marie juchzte auf und fiel ihrer Mutter um den Hals. »Geschafft!«

Fenna nickte erleichtert. »Und wir haben keine ökologische Katastrophe hinterlassen.«

Kilian grinste. »Als Forscher hatte ich eine andere Theorie, was den Ausgang des Tages angeht, aber jeder Wissenschaftler irrt auch mal.«

»Ja, wer hätte das geglaubt?«, krähte Horsti. »Wie sagt der Ostfriese, und das trifft nun auch auf Günni zu: Mein Unglück ist aber überschaubar. Ich heirate eine kleinere Frau!«

Jette sah ihn mit hochgezogenen Brauen an.

Horsti knickte ein und hob die Hände. »Okay, okay. Ich sag es lieber mit einem indischen Sprichwort: ›Am Ende ist alles gut. Und wenn es nicht gut ist, dann ist es auch noch nicht das Ende!‹«

Rezepte

Zwei Rezepte aus Oma Jettes und Gretes Küche und das Rezept von Frau Eberles Schlehenlikör.

Rouladen nach Grete Eberle

Zutaten:
- Rouladen nach Personenzahl
- pro Roulade zwei Scheiben dünn geschnittenen Speck
- Zwiebeln
- Gewürzgurken
- ¼ l Rotwein
- ¼ l Brühe
- Senf, Salz, Pfeffer

Zubereitung:
Die Rouladen mit Salz und Pfeffer würzen und mit Senf bestreichen. Darüber die Speckscheiben legen. Dann klein geschnittene Zwiebeln und Gewürzgurken darauflegen. Die Rouladen einrollen und mit Spießen feststecken. Scharf in einer Pfanne anbraten und anschließend in einem Bräter mit der Brühe und

dem Rotwein zwei Stunden bei 180 Grad schmoren. Die Rouladen zwischendurch wenden. Anschließend den Bratenfond mit einer Mehlschwitze andicken.

Klöße oder schlesische Kließla nach Oma Jette

Zutaten:
- 1 kg Kartoffeln
- 250 g Mehl
- 125 g Kartoffelmehl
- etwas Salz
- 1 Ei

Zubereitung:
Kartoffeln kochen und durch eine Kartoffelpresse drücken. Die Masse mit Mehl, Kartoffelmehl, Salz und Ei vermengen. Die Klöße mit feuchten Händen formen und in kochendes Wasser geben, mit etwas Salz aufkochen, dann 10 – 12 Minuten ziehen lassen, bis sie aufschwimmen.

Dazu schmecken Rotkohl, Rosenkohl oder Erbsen und Mohrrüben oder Wurzeln, wie man in Norddeutschland sagt.

Schlehenlikör nach Grete Eberle

Zutaten:
- 7 Pfund Schlehenfrüchte
- 1 Pfund Haushaltszucker
- 1 Pfund Rohrzucker (braun)
- 12 Nelken

- 2 Päckchen Vanillezucker
- 1 Stange Zimt
- ½ – ¾ l 90-prozentiger Alkohol
- 1 Glas Rum

Zubereitung:

Die Schlehen in einem großen Kochtopf mit fünf Liter kochendem Wasser überbrühen. Nach 24 Stunden abgießen, das Wasser erneut aufkochen und über die Früchte gießen. Das Ganze dreimal wiederholen.

Am letzten Tag den Saft mit Zucker und den Gewürzen fünf Minuten kochen. Das Ganze abkühlen lassen, den Alkohol und den Rum hinzufügen und in kleine Flaschen abfüllen.

Anmerkungen der Erbin des Hausrezeptes:
- Die Schlehen müssen Frost abbekommen.
- Die Früchte können etwas zerdrückt werden, dann schmeckt der Likör noch fruchtiger.
- Die Gewürze können in ein Tee-Ei oder einen Teefilter gefüllt werden.
- Vorsicht, der Likör schmeckt wie Fruchtsaft, ist aber keiner! ☺

Danksagungen

Wieder ist ein Roman zu Ende geschrieben worden, und dieses Mal mit mir bereits bekannten Figuren, was unheimlich viel Spaß gemacht hat!

- Danke an meine Agentin Anna Mechler von Lesen & Hören.
- Danke an meine Lektorin Sabine Ley für die wunderbare und konstruktive Zusammenarbeit.
- Danke an Gisela Klemt für ihren scharfen Blick und den professionellen letzten Schliff.
- Danke an Sabine und Dietmar Schrade für die Hilfe bei den schwäbischen Rezepten. Die Zeit bei euch in Bad Urach werden wir nicht so schnell vergessen.
- Danke an Simone Kühn für das alte Familienrezept des Schlehenlikörs und die Anmerkungen der Erbin.
- Danke an Lea Freese, die sich immer wieder die Mühe macht, alles gegenzulesen.
- Danke an Sabrina Ganse für die lustigen Plot-Inputs.
- Danke an Birgit Haller vom Haus Bethanien für den wunderbaren vogelkundlichen Ausflug mit allen für mich wichtigen Informationen.
- Danke an meine Freundin und Kollegin Gitta Edelmann. Du weißt schon, wofür! Solch tolle Kollegen muss man suchen.
- Danke an mein Gitarrenduo »Rostfrei« für die wunderbaren Auftritte und das nachfolgende Schlemmen bei »Perry« vom Restaurant »Athen«! Danke auch dahin!
- Danke an meine Eltern für die Unterstützung – in diesem Buch wieder bei den Rezepten. Es geht nichts über Omas gute Küche!
- Danke an meine Familie und vor allem an meinen Mann Frank für das wunderbare Miteinander, auch bei unseren großen gemeinsamen Musik- und Bühnenprojekten.

*Eine turbulente Familiengeschichte:
Da lachen sogar die Möwen!*

Regine Kölpin
Oma wird Oma

Roman

Mit Familienthemen ist Suse durch, spätestens als ihr Sohn sie in eine »schnucklige« Altenwohnanlage verfrachten will. Kurzerhand zieht die 70-Jährige auf ihre Lieblingsinsel Wangerooge, um dort ihre Ruhe zu haben. Doch schon am ersten Tag macht Suse die Bekanntschaft von Paul und seinen drei kleinen Enkeln. Seine »Brut« hat Paul nun wirklich so gar nicht im Griff. Auf ihre polternde Art mischt Suse sich ein; irgendjemand muss ja durchgreifen. Was dann passiert, überrascht Suse aber gewaltig …